W0323605

Le crépuscule des Justes

Du même auteur :

Le Temps en héritage, Albin Michel, 2002

Le Chemin de Peyreblanque, Albin Michel, 2003

La Vie en plus, Albin Michel, 2005

Le Forgeron de la liberté, Albin Michel, 2006

Un brin d'espérance, Albin Michel, 2007

Le Sentier des pastelliers, Albin Michel, 2008

Le Destin de Marthe Rivière, Albin Michel, 2009

L'Auberge des myrtilles, Albin Michel, 2010

Rue des Hortensias rouges, Albin Michel, 2011

Une nuit en juin, Albin Michel, 2012

La Fille de la fabrique, Calmann-Lévy, 2013

Pas plus tard que l'aurore, Calmann-Lévy, 2014

Le Serment des oliviers, Calmann-Lévy, 2015

Le Vent de la jeunesse, Calmann-Lévy, 2016

Quelques pas dans la neige, Calmann-Lévy, 2017

Les Noisetiers du bout du monde, Éditions Calmann-Lévy, 2018
Éditions poche chez TDO éditions, 2021

Le Crépuscule des Justes, Roman, Éditions Calmann-Lévy, 2019

Même les pierres ont une histoire, Calmann-Lévy, 2020

La montagne des autres, Calmann-Lévy, 2021

Édition originale Presses de la Cité © Presses de la Cité, 2019

ISBN : 978-2-36652-336-2

Tous droits réservés © TDO éditions

Couverture réalisée par Charlotte Picouilla

Georges-Patrick Gleize

Le crépuscule des Justes

Collection Poche

Il y a quelque chose de plus fort que la mort. C'est la présence des absents dans la mémoire des vivants.

Jean d'Ormesson

1
Le chemin de Borde Blanche

Portés par un léger vent d'autan, quelques cumulus de beau temps, dodus à souhait, jouaient à saute-mouton dans le ciel clair de cette belle matinée de mi-octobre 1998. Une poignée de palombes, fatiguées de leur vol matinal, tournoyaient dans l'azur, à la recherche d'un bois de chênes dorés pour faire halte sur la route qui les conduirait vers les cols des Pyrénées. Le son lointain d'une cloche égrena les heures, monocorde. Sans doute provenait-il d'une sonnerie électrique car, dans le pays, il n'y avait plus de bedeau depuis belle lurette en ces temps de déchristianisation profonde où les curés officiaient devant des auditoires faméliques. L'air était chargé des fragrances épicées d'un automne bien entamé. Seule note annonçant la fin prochaine de l'été indien, à la tombée du soir, les volutes des premiers feux de bois qui s'élevaient dans le ciel venaient parfumer la fraîcheur du crépuscule des senteurs de l'alternance éternelle des saisons et des jours. La matinée s'achevait, tout empreinte de la langueur sucrée du temps qui passe pour ne laisser au cœur que le souvenir de ses regrets.

Une Renault Clio blanche, brillante comme au sortir de l'usine de Flins, s'approcha du village de Sainte-Colombe-sur-l'Hers. À voir sa plaque d'immatriculation, un numéro étranger au département, il s'agissait d'un véhicule de location. La banquette arrière était occupée par un gros sac en toile, de couleur verte, semblable à ceux que les soldats traînent en opérations extérieures. Passé l'embranchement de la voie conduisant au camping municipal, la petite départementale se bordait d'une haie majestueuse de platanes centenaires dont les feuilles jaunissaient au fil de ces jours d'automne où le soleil se faisait plus bas sur l'horizon. L'automobile remonta lentement par la grand-rue jusqu'au cœur du village, comme si elle cherchait un incertain chemin. Une vieille femme, assise à la fenêtre de sa cuisine, écarta le rideau de cretonne et la regarda passer. Sans doute, pensa-t-elle, s'agissait-il d'un touriste égaré en cette saison où les vacanciers avaient déserté les lieux de villégiature pour regagner les capitales surpeuplées et y retrouver leur sempiternel métro-boulot-dodo.

Le conducteur de la Clio roulait presque au pas, scrutant les plaques bleues qui parsemaient les façades pour y lire le nom des rues transversales. À observer les enduits décrépis qui laissaient apercevoir des murs de briques rouges rongés par la succession des siècles, nombreux étaient dans ce bourg historique les édifices inhabités depuis plusieurs décennies. Et les tuiles, sur les toits couverts de mousse, glissaient inéluctablement de mois en saisons pour s'effondrer à grand fracas, ne laissant subsister que les pans tragiques de maisons désertées par la vie. Comme pour beaucoup de communes du piémont pyrénéen, le XXe siècle avait été synonyme de dépopulation. Plusieurs habitations s'ornaient de panneaux publicitaires en plastique de couleur rouge ou bleue qui affichaient un laconique *À vendre*. D'autres, plus pimpantes, mais aux volets tout aussi clos, devaient servir de résidences secondaires durant les week-ends ou les vacances scolaires.

La petite citadine blanche avançait lentement. Elle parcourait l'alignement de maisons basses à un étage, toutes couvertes de ces tuiles canal typiques du Midi. De temps à autre, un gros conteneur à ordures gris et vert venait briser la monotonie de la route. En approchant du centre, le conducteur ralentit encore, cherchant son chemin dans l'entrelacs des impasses et des voies étroites qui lui étaient inconnues. À l'angle de la rue dite *des Mimosas*, la voiture manqua écraser un matou galeux qui avait jailli du soupirail d'une cave comme un diable sort de sa boîte. L'estaffier, un véritable *bufo òli*[1], se hâta de disparaître sous un véhicule en stationnement. La Clio arriva sur la place du village qui regroupait les rares commerces à avoir survécu à la marée des grandes surfaces de tout poil qui, tel un cancer, avaient rongé les périphéries des villes proches.

Comme le symbole de l'affrontement mythique entre don Camillo et Peppone, l'église, une belle bâtisse datant du XIIe siècle, faisait face sur cette place à la mairie, une solide construction en pierre de la fin du XIXe, objet de tous les soins de la municipalité, par tradition dans ce Sud-Ouest radical-socialiste. D'aucuns n'auraient pas manqué de voir malicieusement dans ce vis-à-vis l'illustration du combat pour une république laïque contre l'obscurantisme supposé de la foi. Plus prosaïquement, c'était le legs d'un notable fortuné à la commune qui avait permis l'érection du bâtiment. Toutefois, en plein hiver, par grand froid, on n'en continuait pas moins de tenir les réunions du conseil municipal dans la salle de

1. En occitan, littéralement « bouffeur d'huile ». Se dit des chats de gouttière aux poils sales et graisseux.

l'auberge. Un énorme poêle Godin y diffusait une douce chaleur, plus propice aux empoignades politiciennes que la salle glacée et poussiéreuse où le maire, l'écharpe en bandoulière et le Code civil à la main, officiait deux à trois fois l'an pour un mariage.

La voiture se gara devant l'édifice public. La porte de la Clio s'ouvrit pour laisser descendre un homme encore jeune. Il était d'une taille un peu supérieure à la moyenne, mais solidement charpenté par une musculature bien entretenue. Ses cheveux noirs, coupés en brosse, assez courts, commençaient tout juste à se parsemer de fils d'argent. Mais nulle trace de calvitie ne venait dégager son crâne. Le visage était énergique, la peau tannée par la vie au grand air. Les sourcils, épais, dominaient des yeux gris vert qui semblaient en avoir déjà assez vu. Vêtu d'un pantalon de toile claire et d'une chemise en jean portée manches relevées à la saillie du coude, il émanait de sa personne la force tranquille de ceux qui ont roulé leur bosse. L'inconnu huma longuement l'air diaphane, prêta une oreille au roucoulement d'un couple de pigeons, écouta le gargouillis d'eau vive qui s'échappait du bec de bronze de la fontaine, mélodie des petits bonheurs des jours tranquilles.

L'homme embrassa la placette du regard. Ici, le temps semblait s'être arrêté. Derrière une rangée de platanes atteints d'anthracnose[2] se tenait l'unique boulangerie du village, dont la désuète vitrine s'ornait de rideaux Vichy défraîchis pour n'offrir au chaland que la perspective de quelques paquets de gaufrettes décolorés par le soleil. Deux pas-de-porte plus loin, un bar-tabac à l'intérieur aussi sombre qu'un bouge jouxtait la boutique d'un coiffeur à la mode des années cinquante. À l'opposé, une pharmacie moderne faisait presque figure de verrue. Un peu en retrait, l'enseigne colorée d'un multiservice attirait le client de passage. Avec son présentoir de cartes postales fanées, le magasin proposait en devanture quelques cageots de légumes et, dans ses rayons, le bric-à-brac d'une épicerie-bazar dans la tradition des *general stores* des villes américaines. Fallait-il qu'il y eût bien peu de commerces à la ronde pour que ceux-là pussent encore survivre, songea l'homme.

Dans ce village bien tranquille où il ne devait sans doute jamais rien se passer, il devinait l'imperceptible mouvement des rideaux derrière les carreaux des fenêtres. En cette France profonde de toujours et d'aujourd'hui, tout étranger était un suspect en puissance dont l'apparition alimentait

---

2. Maladie cryptogamique due à la présence d'un champignon pathogène responsable, avec le chancre coloré, du dépérissement de milliers de platanes du Sud-Ouest.

commentaires et ragots. Il n'y échapperait pas. Sans même verrouiller par une pression sur la télécommande la portière de la Clio, l'homme se dirigea le plus naturellement du monde vers l'épicerie, tel un touriste de passage. Sur la porte du magasin, il posa un œil blasé sur une affiche en quadrichromie. Elle reproduisait la première page de l'hebdomadaire *Ici Paris*. Fidèle à sa ligne éditoriale, le journal faisait sa une sur la vie des *peoples*. Et cette semaine, c'était au tour de Michel Sardou d'aligner en gros titres ses malheurs supposés.

L'homme poussa la porte et le tintement aigrelet d'une clochette l'accueillit. Une odeur un peu fade et écœurante de produits laitiers flottait dans l'air. Au centre du magasin, sur une gondole ovoïde, un assortiment de tablettes de chocolat, paquets de gâteaux, bonbons et sucreries diverses venait tenter jeunes et vieux pour le plus grand bonheur des dentistes de la ville voisine. Il la contourna et jeta un coup d'œil circulaire. Sur des étagères mélaminées blanches, fixées au mur par des équerres métalliques, s'empilaient boîtes de conserve, pots de confitures, paquets de farine, kilos de sucre, bouteilles d'huile et légumes secs. Si les rayonnages ne proposaient pas la variété d'articles que l'on trouve dans les supérettes de quartier en ville, la boutique offrait un échantillon de produits de première nécessité, en lieu et place du camion qui avait bien souvent, ici comme ailleurs, cessé de faire les tournées de campagne depuis plusieurs années.

Écartant un rideau pour sortir d'une arrière-boutique encombrée de cartons, une femme au mi-temps de sa vie apparut derrière le comptoir d'une vitrine réfrigérée où s'entassaient plaquettes de beurre, margarine, yaourts et pots de crème fraîche. Elle était vêtue d'une courte blouse de nylon bleu et d'une robe de cotonnade imprimée de grosses fleurs rouges et jaunes. La masse de ses cheveux châtains, coupés courts et permanentés, laissait apparaître des racines blanches. Les yeux, de couleur marron, s'enchâssaient dans des orbites qu'un léger cerne venait souligner. Avec des sourcils épilés jusqu'à ne plus former qu'un trait, sans autre apprêt qu'une simple crème de jour, elle ne déployait guère d'efforts de séduction. Elle le dévisagea, évaluant d'un regard tout professionnel le client potentiel.

— Monsieur ?

— Bonjour…

— Vous désirez ? demanda l'épicière d'un ton rendu prudent par la tentative de braquage dont avait été victime, la semaine précédente, la station-service du bourg voisin.

— Rien de particulier. Vous habitez un bien joli village, madame…

— Une carte postale, peut-être ? susurra-t-elle

en identifiant, à l'absence d'accent, un étranger de passage.

— Merci. Je cherche quelque chose à louer…

— À louer ?

— Oui, un logement.

— Pour vous installer à l'année ?

— Non, pour quelques jours de vacances seulement. Vous ne connaissez pas un hôtel dans le pays ?

— Ici, il y a juste un camping municipal, mais il n'ouvre qu'aux beaux jours, de début juin à la fin septembre…

— Et hors saison touristique, ils n'ont pas de bungalows à louer ?

— Non… La seule chose que je peux vous conseiller, c'est de chercher du côté des gîtes ruraux.

— Il y en a au village ?

— Le plus proche est à deux kilomètres d'ici. C'est celui de la ferme de la Garosse…

— Comment y arrive-t-on ?

— C'est très simple ! Vous prenez la première route à gauche en sortant du bourg… Ensuite, vous continuez en direction du lac et c'est le premier embranchement à main droite.

— La Garosse, me dites-vous ?

— Oui, vous ne pouvez pas vous tromper, il y a un panneau à l'entrée du chemin.

— Qui dois-je demander ?

— Brigitte Espinasse… Vous pouvez y aller en confiance, le gîte a ouvert l'an passé et il est tout neuf.

— Merci pour le renseignement, madame. J'aurai sûrement l'occasion de repasser au magasin pour faire quelques courses.

— Mais avec plaisir, monsieur… À votre service, répondit l'épicière d'un ton mielleux. Monsieur comment au fait ?

— Lanzac, Roger Lanzac…

— Comme l'animateur du *Jeu des mille francs* ?

— Oui, ça s'écrit pareil, mais je n'ai aucun lien de parenté avec lui, précisa-t-il par habitude en esquissant un sourire poli. Et votre magasin, lui, c'est comment ?

— L'épicerie Laborde…

— Voilà bien un nom du Sud-Ouest…

— Tout à fait ! Ça fait cinq générations que les Laborde tiennent commerce dans le village. Moi, je ne suis que la belle-fille. Ici, tout le monde m'appelle Ginette !

— Eh bien, à bientôt, Ginette, conclut l'homme avec un large sourire.

Donnant le nom de sa mère, Roger ne se faisait guère d'illusions sur la capacité de cette Ginette Laborde à garder un secret. Il ne fallait pas être un fin psychologue pour deviner, derrière la faconde de l'épicière, la bonne langue d'une commère. Sans doute n'avait-elle pas son pareil pour alimenter la chronique villageoise du murmure des rumeurs ! Roger retardait simplement le moment où il devrait révéler son véritable nom de famille : Darmon. Un nom dont il ne savait rien ou presque, mais qui pouvait s'avérer difficile à porter. Fils de salaud, fils de héros ou fils de victime, les quelques bribes qu'il avait pu glaner sur le destin paternel ne l'incitaient guère aux confidences prématurées. S'il voulait tirer les vers du nez aux gens du cru, apprendre ce qu'on lui avait caché, il valait mieux jouer les naïfs !

Dans ce village perdu aux confins de l'Aude et de l'Ariège, au cœur de ce moutonnement de collines où la polyculture et l'élevage constituaient l'essentiel des activités industrieuses, où les principales distractions se résumaient à dire du mal de ses voisins, il se doutait que son arrivée n'allait pas manquer de susciter bien des interrogations. Le bouche-à-oreille aurait tôt fait de l'habiller pour l'hiver du voile des médisances. Sans doute serait-il toujours temps de se découvrir, de confirmer le nom qui figurait sur un passeport couvert de tampons, fruit de ses voyages professionnels aux quatre coins du monde. Le silence était pour l'instant son meilleur allié, lui qui savait qu'une partie de l'histoire de sa famille s'était jouée ici, bien des années auparavant.

En marchant dans la rue pour regagner sa voiture, Roger Darmon sentait dans son dos le regard de l'épicière, à moitié dissimulée par le rideau du magasin. Sans doute n'allait-elle pas tarder à décrocher son téléphone pour prévenir cette Brigitte Espinasse de son arrivée... Darmon remonta dans son véhicule et manœuvra pour prendre la direction que Ginette Laborde lui avait complaisamment indiquée. Le chemin n'avait rien de compliqué et il n'avait pas besoin de programmer son GPS ultramoderne, acheté à Dubaï, pour trouver la ferme de la Garosse. La route serpentait mollement entre deux rangées d'arbres. Elle était plutôt étroite et Roger Darmon priait le ciel de ne pas croiser de véhicules, craignant de se retrouver face à un tracteur. Un petit panneau en tôle noire lui signala le lieu-dit.

De l'embranchement du chemin vicinal où Roger s'était engagé après avoir quitté la départementale, il n'y avait guère plus que quelques centaines de mètres à parcourir pour arriver à la ferme de la Garosse. Au détour d'un bois d'acacias, il découvrit un imposant hangar de tôle, encombré de machines agricoles. Rénovée avec soin, une pimpante bâtisse, le toit couvert de tuiles canal, les murs formés d'une alternance géométrique de briques crues et de galets de rivière, lui faisait face sur sa gauche. Ses volets blancs fraîchement ripolinés égayaient sa façade austère d'une touche moderne. Au centre d'un parterre gravillonné, un massif de bégonias rouges aux feuilles claires et vernissées servait de rond-point. À peine eut-il coupé le moteur de sa Clio qu'un chien au poil jaune, surgi de nulle part, vint lever la patte pour pisser sur sa roue avant et affirmer la maîtrise de son territoire.

Roger Darmon ouvrit la portière et descendit prudemment de sa voiture. De précédentes randonnées, ses mollets conservaient quelques souvenirs douloureux de crocs acérés qui, non contents de déchirer son pantalon, avaient meurtri sa chair. Le bâtard aboya rageusement à deux ou trois reprises. Puis, bien campé sur ses pattes, les oreilles dressées, il s'écarta pour le fixer en bon chien de berger, attentif à ses mouvements. Bien que le cerbère n'eût pas l'air méchant, c'est en le surveillant du coin de l'œil que Roger se dirigea d'un pas tranquille vers la porte d'entrée, prêt à parer à toute attaque inopinée du clébard. Il n'y avait pas de sonnette. Un massif heurtoir en fer occupait le centre du battant. Sans hésiter, il le saisit et frappa plusieurs coups qui résonnèrent dans le silence campagnard avec autant de force qu'un brigadier[3] sur le plancher d'une salle de théâtre à l'ouverture du rideau.

---

3. Bâton qui sert à frapper les trois coups au théâtre.

Il n'eut pas longtemps à attendre. La porte s'ouvrit pour laisser apparaître le visage d'une femme aux cheveux châtains et frisés, un torchon à la main. Roger inclina poliment la tête pour la saluer. Âgée d'une petite quarantaine, mince, de taille moyenne, le teint hâlé, elle arborait un court tablier de nylon beige sur un jean et un chemisier de grosse toile verte. Au coin de ses grands yeux noirs rieurs, des pattes-d'oie trahissaient une vie marquée par des hauts et des bas. Du premier coup d'œil, la femme le jaugea. Le type qui frappait à sa porte n'était pas l'un de ces vendeurs à la sauvette qui s'abattaient périodiquement sur les campagnes, comme les sauterelles en Afrique, pour placer quelque produit miracle ou de mirifiques contrats d'assurance-vie qui n'enrichissaient jamais celui qui les signait. Rassurée, elle esquissa un sourire prudent de bienvenue.

— Monsieur ?

— Bonjour, madame ! Au village, Ginette Laborde m'a assuré que vous aviez un gîte à louer…

— En effet, répondit Brigitte Espinasse, un gîte pour quatre personnes, un gîte classé trois épis…

— Je suis seul…

— Ça risque d'être un peu grand pour vous, dans ce cas…

— Aucune importance. Est-il libre actuellement ?

— Oui… C'est pour combien de nuits ?

— Une semaine, peut-être un peu plus, qui sait ? Enfin, si vous n'avez pas d'autre réservation…

— Il n'y a aucun problème. Nous sommes en basse saison. Ici, vous savez, passé le début du mois de septembre, les clients ne se bousculent pas.

— Vous ne travaillez pas avec une centrale de réservation ?

— Bien sûr que si ! Mon gîte est référencé sur le plus ancien réseau d'hébergements chez l'habitant, les Gîtes de France.

— Je peux le visiter ?

— Laissez-moi juste quelques instants, le temps de mettre mes bocaux à stériliser…

— Je ne veux pas vous déranger…

— Je n'en ai pas pour longtemps. Entrez donc…

Elle s'effaça pour le laisser pénétrer dans un large couloir dallé de tomettes rouges vernissées. Les murs, recouverts d'un rustique crépi ocre, étaient décorés d'anciens instruments aratoires que la modernisation des campagnes avait relégués au rang de curiosités folkloriques. Les manches usés des *bigòs*[4], des faux et des râteaux à faner, portaient la marque du travail opiniâtre des

4. Houe à deux dents. (Occitan.)

hommes d'hier. Sans grand effort d'imagination, on y devinait la place de la main calleuse qui les avait serrés. Entre les outils patinés, des caleils en cuivre jaune venaient s'intercaler comme pour éclairer le labeur qui avait brisé les reins à des générations de paysans penchés sur une glèbe avide de sueur.

Le couloir menait à une immense salle dont une partie faisait office de cuisine. Éclairée par une large baie vitrée, la pièce était lumineuse. Elle offrait un panorama de carte postale sur la chaîne des Pyrénées dont les sommets les plus élevés se poudraient déjà du voile blanc des premières neiges, annonciatrices des frimas de l'hiver à venir. Sur un fourneau à gaz, une grande marmite en aluminium frissonnait doucement en attendant qu'on remplisse son ventre des bocaux de verre qui s'empilaient sur la table. Une volute de vapeur s'en échappait par intermittence, soulevant le couvercle d'une brève respiration. Sur la paillasse de l'évier en grès, couleur *Terre de France*, une pile de cèpes coupés en larges morceaux patientait sagement dans l'attente du bocal en verre de la marque *Le parfait Familia Wiss* qui lui assurerait quelques mois d'éternité. Il ne fallut qu'une poignée de minutes à Brigitte Espinasse pour garnir son stérilisateur. Elle s'essuya les mains et lui dit :

— Excusez-moi de vous faire attendre.

— Mais j'ai tout mon temps, madame…

— En villégiature, sans doute ?

— Entre deux missions, plutôt, mais on peut dire que ça y ressemble, en effet…

— Et vous êtes dans quoi, sans indiscrétion ?

— Je fais des expertises de sécurité pour le compte de l'American Bureau of shipping sur des plateformes pétrolières.

— Vous voyagez beaucoup alors ?

— Oui, je suis souvent entre deux avions, mais ça n'est pas du tout des vacances !

— À la ferme, les congés, on ne sait pas trop ce que c'est, soupira Brigitte Espinasse.

— Avec les bêtes, il est difficile de prendre quelques jours, fit Roger, compatissant.

— Oui… Trouver quelqu'un pour vous remplacer n'est pas aisé !

— Le gîte est loin d'ici ?

— À vrai dire, c'est l'ancienne maison de mes beaux-parents que nous avons aménagée, mon mari et moi. L'entrée est privative et à l'opposé de la mienne… Vous y serez chez vous !

— Vous faites aussi table d'hôtes ? demanda Roger Darmon.

— Non, c'est trop de contraintes… Par contre, je peux vous fournir des plats cuisinés, si vous le désirez…

— N'étant pas un virtuose des fourneaux, ça peut m'intéresser, en effet. Tout dépend de ce que vous avez à me proposer…

— Le choix est large ! J'ai du cassoulet au confit d'oie, du petit salé aux lentilles, une *fevolade*[5] aux manchons de canard, de la daube de bœuf gascon au vin de pays, des tripes à la catalane, du sauté de porc, du civet de lapin, des tomates farcies…

— Un vrai menu de restaurant, dites-moi ! Vous me mettez l'eau à la bouche !

— Mon fils, Alexandre, me dit que je suis bonne cuisinière. J'ai parfois la faiblesse de le croire…

— Les gosses ne sont pas toujours les plus mauvais juges…

— Surtout à dix-neuf ans !

— À cet âge, il ne faut pas leur en promettre…

— Certes, mais les compliments, c'est comme les promesses des hommes politiques, ça n'engage que ceux qui y croient !

— Votre fils vit encore avec vous ?

— Oui… Enfin, il rentre tous les soirs, mais il déjeune à la cantine…

— Alors il n'a sans doute pas tort ! La restauration collective manque souvent de charme, fit Roger qui gardait un piètre souvenir du resto « u » de ses années d'étudiant. Sans doute poursuit-il

5. Cassoulet de fèves cuites dans un bouillon de pieds de porc, servi avec des manchons de canard et des saucisses de Toulouse.

ses études à Toulouse ?

— Il termine son BTS production animale au lycée agricole de Pamiers, expliqua Brigitte Espinasse. Encore un an et il aura le pied à l'étrier pour reprendre l'exploitation.

— Pamiers ? Ça ne lui fait pas trop loin ?

— À peine une heure en coupant par Mirepoix…

— En tout cas, vos bocaux de champignons sont bien appétissants.

— Si vous prenez le gîte, promis, je vous apporterai de quoi vous régaler ! lui répondit-elle en s'essuyant les mains au torchon à carreaux rouges et blancs.

— Eh bien, allons le voir !

Il suffisait en effet de faire le tour de la maison pour accéder à l'entrée du gîte. Passé une large porte cloutée, mariant avec harmonie l'ancien et le moderne, l'appartement avait de quoi séduire une famille désirant passer quelques jours de vacances au calme. L'entrée ouvrait directement sur une vaste pièce à vivre à laquelle des fenêtres à petits carreaux masquées de doubles rideaux sang et or conféraient une certaine intimité. Une immense table de ferme cernée de bancs rustiques trônait au centre. Le sol participait, par l'inégalité de ses larges dalles, à donner à ces lieux une authenticité de bon aloi évoquant les temps passés. Autour de cette pièce à vivre nantie d'une imposante cheminée au linteau de chêne massif, assez large pour faire rôtir l'un de ces Cathares hérétiques qui avaient, aux dires de l'Église catholique, troublé au XIIIe siècle l'âme des bons chrétiens du Midi languedocien, s'organisaient trois chambres indépendantes, décorées avec goût. Leurs noms – Plaisance, Terrefort, Boulbène – s'affichaient sur un petit panneau de bois pyrogravé sur chacune des portes.

— Voilà qui me convient très bien pour passer quelques jours de repos, lâcha Roger en tirant le vantail, le tour du futur locataire achevé.

— Ah, pour ça, vous serez tranquille !

— Il ne nous reste plus qu'à faire les papiers…

— Venez à la maison, monsieur… Mais je ne vous ai même pas demandé votre nom ! Monsieur comment, au fait ?

— Darmon… Roger Darmon, fit le grand type en la regardant droit dans les yeux pour juger de sa réaction.

— Un nom du grand Sud ? interrogea Brigitte Espinasse qui se souvenait d'avoir déjà, par le passé, entendu prononcer ce patronyme sans parvenir à le rattacher à quelque chose de précis dans sa mémoire.

— Du Sud et d'ailleurs… du côté de mon père, ils sont originaires de la région parisienne et ma famille maternelle est du Limousin. Et vous ? demanda Roger qui distinguait dans sa bouche une pointe d'accent étranger.

— Espinasse, c'est le nom de mon mari. Moi, je suis native de Montgivray, dans le Berry… Un bourg rural, juste à côté de Nohant, la patrie de George Sand.

— Comment avez-vous atterri ici ?

— J'ai épousé un enfant du pays, j'ai fait sa connaissance par hasard, une rencontre sportive… Et *Darmon*, c'est de quelle région ?

— On trouve des Darmon dans le bordelais, le lyonnais et même vers Marseille, expliqua-t-il. Ce patronyme vient d'une tribu berbère originaire de Tunisie et de la Tripolitaine.

— En tout cas, vous n'avez pas le style maghrébin, plaisanta-t-elle.

— En Afrique du Nord, avant la décolonisation, il y avait des israélites, vous savez…

— Vous êtes juif ?

— D'origine, par mon père, et vaguement catholique par ma mère.

— Et vous vous y retrouvez ?

— Ma judaïcité ne m'obsède pas. Aujourd'hui, en dehors de la pluie, du vent, de la beauté d'un coucher de soleil, de l'amitié et du bon vin, je ne crois plus en rien depuis longtemps !

— Moi non plus, répondit Brigitte Espinasse en esquissant un pâle sourire dans lequel Roger Darmon déchiffra l'ombre du désespoir et les blessures mal cicatrisées des désillusions d'une vie marquée d'épreuves.

Brigitte Espinasse tira la porte du gîte derrière elle, comme elle avait l'habitude de le faire après chaque visite. Sur le pas de la porte, retrouvant l'air tiède de cette belle journée d'octobre, elle observa Roger Darmon à la dérobée. De toutes les fibres de sa perspicacité, elle sentait que ce type avait quelque chose de particulier. Il était différent des clients ordinaires. C'était indéfinissable. Sans être l'un de ces apollons de banlieue qui hantent les salles de sport pour se sculpter un corps de culturiste à faire tomber en pâmoison les madones du RER, il émanait de lui un parfum de mystère qui ne pouvait laisser de marbre la gent féminine. Nombreuses devaient être les esseulées à avoir succombé à un tel mélange de candeur et de charme, pensa-t-elle. Quel passé pouvait-il traîner derrière lui ? Des histoires de femmes, bien sûr, mais aussi tout un tas d'aventures que laissait subodorer son énigmatique sourire.

— En guise de bienvenue, puis-je vous offrir un verre d'hypocras ? fit courtoisement Brigitte Espinasse, une fois l'imprimé de location dûment rempli.

— C'est une boisson d'origine médiévale, n'est-ce pas ?

— C'est l'apéritif du pays cathare, la boisson de Gaston Fébus.

— Eh bien, goûtons à l'hypocras !

— Ici, en Occitanie, c'est un peu comme le

pastis à Marseille, le Lillet à Bordeaux ou le Picon bière dans l'Est, lui expliqua-t-elle.

— Qu'est-ce qui rentre dans sa composition ?

— Du vin rouge, du gingembre, de la cannelle, du miel et des épices. Goûtez aussi ces biscuits, fit Brigitte en lui tendant une boîte en fer qui contenait des croquants triangulaires.

— Une spécialité du pays ?

— De la région, plutôt…

— C'est quoi ?

— Ce sont des *jeannots* d'Albi, ils sont à l'anis.

Midi avait sonné au clocher de l'église quand Darmon prit possession des lieux en posant son sac de voyage sur le canapé convertible qui faisait face à la monumentale cheminée. La faim commençait à lui tenailler les boyaux. Par réflexe, il ouvrit la porte du frigo de la cuisine mais, comme il aurait dû s'y attendre, le meuble était vide. En habitué des imprévus de la vie, avant de prendre la route pour ce bourg de Sainte-Colombe qui hantait ses nuits, Darmon avait pris ses précautions. Il exhuma de son sac de grosse toile verte un quart d'eau minérale en bouteille plastique et un solide sandwich au jambon, beurre, cornichons, enveloppé dans une feuille de papier d'aluminium.

Roger Darmon dévora son casse-croûte debout, avec un féroce appétit, arpentant l'agréable pièce à vivre du gîte à grandes enjambées, comme il avait l'habitude de le faire pour réfléchir depuis ses années universitaires à Limoges. Parfois, il s'arrêtait quelques secondes, pliait une jambe, le temps de bien mastiquer une bouchée. Ses yeux fixaient alors le moutonnement des collines dorées que la baie vitrée lui permettait d'embrasser à perte de vue. Petit à petit, dans sa tête, son plan d'action pour les jours à venir se construisait. Pour reconstituer l'histoire de ce père qu'on lui avait cachée, il lui fallait d'abord découvrir ce pays, en prendre le pouls, s'en imprégner. La meilleure manière de procéder pour ne pas se trahir trop vite était de se comporter comme un touriste ordinaire. Sans doute serait-il amené à se dévoiler au fil des jours et des rencontres. N'était-ce pas la condition nécessaire pour créer la confiance propice aux confidences ? Ainsi, après le temps des questions viendrait celui des explications dont les recoupements conduiraient peut-être, du moins l'espérait-il, à la découverte de la vérité.

Rassasié, Darmon regretta de ne pas pouvoir déguster un bon verre de vin rouge pour clore son rustique repas. Faute de mieux, il avala d'un trait la moitié de la petite bouteille d'eau minérale. En fouillant dans les placards de la kitchenette, il eut l'agréable surprise de dénicher un bocal de Nescafé lyophilisé à demi entamé qu'un locataire avait dû oublier lors d'un séjour antérieur. Il fit chauffer un peu d'eau sur le gaz. L'arôme du breuvage lui rappela ces caouas qu'il avalait vingt ans plus tôt, lorsqu'il était moniteur de colonie de vacances, l'été, pour payer ses études. Mais qu'importe, la boisson était chaude.

Le temps de se brosser les dents et Roger avait prestement déballé les quelques affaires qu'il avait apportées, à commencer par son sac de couchage, un modèle Lafuma qui lui éviterait la comédie des draps et des couvertures. Son installation ne lui prit guère plus de dix minutes. Darmon jeta un coup d'œil à sa montre, une robuste Oméga qui résistait aux champs magnétiques des plateformes pétrolières. Il était à peine treize heures. Il avait toute l'après-midi pour explorer ce pays dont il ne savait rien. Sacrifiant à son habitude, il fouilla dans la poche latérale de son sac de voyage pour saisir son appareil photo. Quelques mois auparavant, au retour d'une mission difficile sur une plateforme au large du Koweït, il avait cédé aux sirènes de la modernité et acheté un petit boîtier de marque Canon qui le suivait désormais partout. Nanti de ce jouet pour adulte, il avait redécouvert le plaisir de prendre des clichés, et ces photos étaient devenues la mémoire de ses jours ordinaires.

Roger Darmon monta dans sa Clio. Il démarra et prit tranquillement la route du bourg de Sainte-Colombe. Les mains bien posées sur le volant, il laissait descendre la voiture de virage en virage. Sans jamais l'avoir parcourue, il connaissait la route par cœur tant il l'avait étudiée sur la carte de l'IGN au 50/1 000e. Il lui suffirait de bifurquer à droite, juste avant d'arriver au village. Le chemin vicinal le conduirait au rendez-vous d'une histoire sur laquelle pesait encore une chape de plomb. Était-elle celle de la honte et de l'ignominie, celle d'une réputation salie et de l'honneur perdu ? Il voulait savoir, même si ce pèlerinage serait sans doute douloureux. Combien de fois son imagination avait-elle pallié la quête d'identité qui l'avait longtemps obsédé à l'adolescence ? N'était-ce pas le prix à payer pour être enfin en paix avec lui-même, pour trouver les réponses aux questions qui avaient miné sa jeunesse de doutes et d'interrogations ?

Darmon avait bien failli rater l'embranchement. Nul panneau de signalisation ne venait, il est vrai, en indiquer la destination, et les branches d'arbres concouraient à préserver la confidentialité de l'accès. Avec les années, parce que cette voie ne conduisait plus désormais qu'à un véritable bout du monde, oublié des hommes et de Dieu, le chemin vicinal s'était transformé en une mauvaise charrière creusée d'ornières que les dernières pluies avaient rendues insondables. Darmon roulait au pas, comme s'il hésitait à fouler le sol du théâtre d'une histoire qui avait fait de lui l'homme qu'il était. Les branches de noisetiers sauvages griffaient le pare-brise de la voiture. Roger ne pouvait s'empêcher de penser qu'elles ressemblaient à bien des égards aux coups de martinet dont son grand-père maternel, Guy Lanzac, croyant sans doute bien faire, avait flagellé ses jambes de gamin.

Au bout d'un long tunnel végétal, au détour d'un roncier un peu plus épais que les autres d'où s'enfuit à grands cris un tourde en colère, il avait découvert deux pans de murs noircis, envahis d'un lierre amoureux des vieilles pierres. Le décor lugubre qui lui apparut derrière le pare-brise tenait autant de la carte postale que du cauchemar. C'était là… Darmon savait qu'il était arrivé à un point nodal pour le passé des siens. Certes, ce qui restait de la ferme de Borde Blanche s'engloutissait, année après année, dans les profondeurs de l'oubli, mais une partie de son histoire prenait racine ici. Darmon arrêta la voiture et descendit. Dans la douceur automnale de ce début d'après-midi d'octobre, l'endroit n'avait pourtant rien de vraiment sinistre à proprement parler.

Le bâtiment ressemblait à nombre de ces fermes en ruine que la végétation grignote comme les lotissements mitent l'espace rural pour le périurbaniser et lui ôter la profondeur de son âme. Tout juste émanait-il des lieux une pesante impression de morne ennui. L'abandon qui l'affligeait n'avait rien du romanesque des ruines des châteaux écossais ou des burgs[6] du Rhin hantés par la nymphe mythique de la Lorelei. On y aurait cherché en vain une dimension fantastique. Les murs moussus suintaient simplement l'épaisseur du drame qu'ils avaient vécu. Pour mieux en affronter la dimension tragique, Roger Darmon huma longuement l'air tiède, empreint d'une douceur toute méridionale. La chaîne des Pyrénées, aussi sauvage qu'abrupte, barrait l'horizon de son chapelet de sommets.

Darmon erra quelques minutes entre les églantiers qui poussaient en mâtes charnues. Le chemin qui menait à la ferme s'était perdu dans les méandres d'un passé que la mémoire des hommes avait préféré oublier. En écartant un rideau de lierre, Darmon découvrit ce qui avait dû être l'entrée. Le battant de la porte, happé par l'alternance des saisons, avait disparu depuis longtemps. L'ouverture n'avait conservé que la pierre taillée de son linteau. Il y déchiffra un cœur, sculpté d'une main naïve dans le grès tendre. Le motif s'encadrait des chiffres 17 et 63, l'année de la construction du bâtiment à coup sûr. Darmon en conclut que cette marque était sans doute l'œuvre d'un compagnon du devoir du XVIIIe siècle, effectuant son tour de France.

---

6. Châteaux forts médiévaux.

Mais il lui était bien difficile de progresser au-delà, tant l'enchevêtrement de madriers, de pierres et de ronces constituait un maquis impénétrable. En dehors de l'emplacement visible d'une ancienne cheminée, il ne demeurait rien de l'habitation. Darmon avait beau écarquiller les yeux pour tenter de sonder les profondeurs du foisonnement végétal, il ne pouvait apercevoir une quelconque trace de meuble – table, banc, coffre ou vaisselier – qui pût témoigner d'une vie passée. L'existence de ceux qui avaient habité ici – leurs jours de joies ou de peines, leurs rires et leurs pleurs – avait été engloutie dans le puits sans fond de l'oubli. L'histoire semblait même avoir gommé le drame qui s'était noué là et seules quelques traces noires sur les murs et des moignons de poutres témoignaient du ravage d'un probable incendie. À contempler ces lieux désolés, Roger Darmon se demanda quelles pouvaient bien être les circonstances de la tragédie qui s'était jouée ici.

Il tourna pendant quelques minutes autour de la ferme en ruine, écartant branches et ronces à l'aide d'un bout de bois mort. Sans doute les lieux avaient-ils été consciencieusement pillés, car sa seule découverte fut celle d'un fer à cheval rouillé, enfoncé dans un joint entre deux briques de terre crue. Faute d'indices, il sortit son appareil photo et prit une dizaine de clichés dans l'espoir de repérer plus tard quelques détails que sa mémoire visuelle n'aurait pas retenus. De retour sur ses pas, il regagna sa voiture et poursuivit sa route sur la charrière. Telle une invitation à la flânerie, elle descendait en pente douce vers le lac. En dehors de la fréquentation épisodique de tracteurs qui y laissaient par endroits l'empreinte profonde des sculptures de leurs pneus, le chemin n'était guère passant.

Au sortir d'une voûte végétale où le soleil jouait à cache-cache dans les feuilles, Roger Darmon déboucha sur le lac. Ses eaux noires brillaient tel un miroir maléfique. Le sentier qui en faisait le tour, creusé d'ornières profondes, était si peu carrossable qu'il préféra ne pas s'y engager en voiture, de crainte de ne pas en ressortir. L'appareil photo à la main, Darmon eut vite fait d'atteindre le rivage. Sans conviction, ne sachant quoi photographier, il prit quelques clichés de l'ensemble. En ce début d'après-midi où le zéphyr automnal venait rider d'une once de mélancolie la surface de l'eau, quelques barbeaux mouchaient en ronds concentriques qui se propageaient jusqu'aux rives boueuses. Un peu plus loin, un nuage d'éphémères s'attardait pour une ultime parade nuptiale avant de servir de nourriture à quelque carnassier affamé.

Malgré le soleil tiède qui baignait l'eau d'une lumière mordorée, le lac aurait inspiré un spleen durable à n'importe quel tempérament optimiste. Une pensée le taraudait : sans doute était-ce au bout de ce chemin ou dans les parages immédiats de ces eaux noires que son père avait disparu… À vrai dire, son grand-père maternel, Guy Lanzac, s'était toujours refusé à lui en révéler davantage, se murant dans le silence d'un père affligé par la mort subite et dans la fleur de l'âge de sa fille bien-aimée. Pourtant, ce n'était pas faute de lui avoir posé des questions ! Combien de fois, assis sur ses genoux, l'avait-il interrogé pour lever un coin du voile sur l'histoire de ce père, de ce François Darmon dont il portait le nom. Tout au plus, poussé dans ses derniers retranchements, son grand-père, papy Guy comme il l'appelait, avait-il fini par lâcher, de guerre lasse, un soir :

— Arrête avec toutes ces questions !

— Mais, papy, je veux savoir !

— Savoir quoi, hein ? De toute façon, ton père, c'était un moins que rien !

— Pourquoi tu dis ça, papy ?

— Parce qu'il t'a abandonné à ta naissance ! Voilà, tu es content maintenant ? Alors ne me parle plus jamais de ce triste sire !

Le gamin qu'il était ne savait pas au juste ce que signifiait un *triste sire*. Il était resté sur sa faim. Le vieillard n'avait jamais satisfait sa légitime curiosité d'enfant. À croire que, pour lui, cette histoire ancienne n'avait plus aucun intérêt… Jamais, sans doute, ses pas ne l'auraient conduit au bord de ce lac perdu au beau milieu du moutonnement de collines, un pays coincé entre Aude et Ariège, si par un étrange hasard, en faisant du rangement l'été précédent dans la maison familiale, douze ans après le décès de celui qu'il appelait *papé Guy*, il n'avait mis la main sur une vieille coupure de journal glissée dans une chemise cartonnée, jaunie par les ans. L'article était daté de juin 1962. Il relatait un fait divers dramatique : la disparition d'un certain François Darmon dont on avait retrouvé la voiture incendiée au bout d'un chemin creux, au lieu-dit Borde Blanche, à l'orée de ce qui devait devenir plus tard le lac de Montbel, à la lisière du village de Sainte-Colombe… Roger Darmon n'en savait guère plus. Pompiers et gendarmes n'avaient rien trouvé et l'hypothèse d'un suicide semblait la plus probable.

À cette pensée, une intense émotion lui broya le cœur en un spasme soudain. Ainsi, ce père qu'il avait tant cherché à l'âge où, enfant, on construit sa personnalité, ce père qu'il n'avait jamais eu l'occasion d'appeler papa, ce père avait disparu sur ces rivages… d'après l'article de *La Dépêche*, des traces de pas conduisaient au bord de l'eau, sur les rives de la Trière. Dans ce milieu hydromorphe, l'on ne savait plus très bien où s'arrêtait le ciel et où commençait la terre. Ils se perdaient dans un marécage de roseaux surtout fréquenté par les macreuses et les poules d'eau, rempli d'autant de mystères que la vie de ce père inconnu. En cette année où l'Algérie, après cent trente ans de domination française, accédait à l'indépendance, au terme de huit années d'une guerre sans nom, le fait divers n'avait pas dû longtemps faire la une des journaux.

Après avoir pris une dernière photo du plan d'eau irisé par un soleil jouant dans la ramure d'un frêne pour se refléter sur les eaux noires, Darmon rebroussa chemin. Il n'avait aucune raison de demeurer plus longtemps ici. Ses pas l'avaient conduit sur la piste que l'article du journal lui avait indiquée, mais l'idée de passer l'après-midi à contempler la morne surface de ce lac le déprimait quelque peu. Sans doute un effet de l'ambiance étrange qui transpirait de ce lieu. Écartant une branche de noisetier à hauteur de son visage, il rejoignit la Clio. Arrivé à la voiture, Darmon se retourna et jeta un dernier regard sur le chemin qui menait au lac et à la métairie en ruine de Borde Blanche. Il n'y avait plus rien à voir ni à faire ici.

Malgré le gabarit compact de la voiture et son court rayon de braquage qui faisaient d'elle une bonne citadine apte à se glisser dans les embouteillages, il ne lui fut pas facile de faire demi-tour dans le chemin creux. Darmon dut effectuer plusieurs manœuvres. Prudemment, il resta en première pour ne pas courir le risque de laisser le pot d'échappement entre deux ornières. Il était à peine quatre heures de l'après-midi quand il atteignit l'embranchement de la petite départementale qui menait au bourg, là où reprenait un semblant de civilisation. Presque soulagé de retrouver le goudron de la chaussée, il poursuivit en direction de Sainte-Colombe. La petite route était déserte et il ne croisa qu'un tracteur attelé d'une imposante charrue réversible à cinq corps. Face au Massey Ferguson de 150 CV qui occupait toute la largeur de la voie, il préféra se garer sagement sur le bas-côté, la roue droite de la Clio flirtant avec le fossé. Le monstre mécanique de couleur rouge ayant disparu aussi vite qu'il était arrivé, Roger Darmon continua son chemin vers le bourg dans l'espoir d'en apprendre davantage.

2
Un vacancier bien curieux

Le patelin n'était guère plus animé que le matin de son arrivée. Les rues suintaient la même mélancolie. Seul un couple de petits vieux, assis sur des chaises de cuisine au fond d'une impasse fleurie de géraniums, apportait une touche de vie au calme pesant qui accablait la bourgade d'ennui. Fallait-il s'en étonner ? Dans ce village de Sainte-Colombe, perdu dans les collines d'un pays de culture et d'élevage constitué de petites et moyennes exploitations, la vie de tous les jours obéissait au sempiternel rythme des travaux champêtres. Mais avec la mécanisation progressive de l'agriculture dans l'après-guerre, le système de production agricole avait évolué. Désormais, même pour les grands travaux, le paysan travaillait seul. Le labeur et les tâches, jadis collectifs, s'étaient individualisés, brisant les liens d'entraide qui avaient fait, des siècles durant, la vie sociale des campagnes. Ainsi allait le temps, les communes rurales laissant partir leur jeunesse vers la ville.

Roger Darmon gara sa voiture en face de l'épicerie. Sans doute avait-il encore en tête l'image des eaux noires du lac, car il traversa la rue sans regarder. Heureusement, en ce milieu d'après-midi, les rues du bourg, déjà peu fréquentées d'ordinaire, étaient désertes. En arrivant devant l'établissement, il remarqua que les stores étaient tirés et que Ginette Laborde avait recouvert ses cageots de légumes d'une épaisse toile verte imperméable, histoire de leur éviter les affres du soleil et de leur conserver un semblant de fraîcheur. Roger poussa la porte vitrée du petit commerce et fut accueilli par le tintement aigrelet de la clochette. Il contourna la gondole centrale quand, écartant le rideau qui séparait le magasin de l'arrière-boutique, la silhouette de l'épicière lui apparut dans la pénombre. Reconnaissant son client du matin, Ginette Laborde le gratifia d'un large sourire commercial.

— Ah, monsieur Lanzac… Vous êtes toujours parmi nous, à ce que je vois. Alors, avez-vous fait affaire avec Brigitte Espinasse ?

— Oui. Merci pour l'adresse, fit Roger, courtoisement. Le gîte est très bien… et je crois que je vais y rester pour me ressourcer quelque temps. Ça me donnera l'occasion de découvrir votre belle région. J'ai besoin de provisions pour mon séjour…

— Que puis-je donc vous servir ?

— Eh bien… Un kilo de sucre, du lait, une plaquette de beurre, un paquet de yaourts, deux ou trois tranches de jambon d'York, un sachet de fromage râpé, un paquet de spaghettis, six œufs, une boîte de corned-beef, quelques cornichons, deux ou trois conserves… Bref, de quoi tenir une petite semaine.

— Et du fromage aussi ?

— Oui, bien sûr…

— Je vous mets un morceau de bethmale ?

— C'est quoi ?

— Un fromage du pays à pâte pressée non cuite, fait avec du lait de vache, lui expliqua Ginette Laborde en montrant un quart de meule à croûte dorée. Celui-là vient de la fromagerie de la Core. Vous m'en direz des nouvelles…

— Va pour le bethmale…

— Et quoi d'autre ?

— Je n'ai pas fait de liste… Je vais sûrement oublier quelque chose.

— Ne vous en faites pas, le magasin est ouvert tous les jours ! Et puis Brigitte vous fera de bons petits plats.

— Elle me l'a proposé, en effet !

— À la Garosse, vous serez tranquille pour vous reposer.

— J'ai déjà fait une longue promenade dans le pays cette après-midi…

— Et vers où, si ce n'est pas indiscret ?

— Mes pas m'ont conduit vers un plan d'eau et j'ai découvert une étrange ferme en ruine…

— Borde Blanche, sans doute…

— Oui, c'est un nom comme ça que j'ai vu sur la carte, mentit Roger. Vous la connaissez ?

— Qui ne la connaît pas ici ? C'était l'une des plus belles fermes du pays.

— Vraiment ?

— Pensez donc, plus de quarante hectares de bonnes terres !

— Le lieu est empreint d'une curieuse ambiance. Que s'est-il passé là-bas ?

— Les boches l'ont brûlée en mai 1943. Enfin… c'est ce que mon beau-père m'a raconté… Parce que moi, à cette époque, vous savez, je n'étais pas encore née !

— Je m'en doute bien, répondit Darmon en esquissant un sourire galant. Mais pourquoi les Allemands ont-ils incendié cette ferme ?

— On les avait mal renseignés. Paraît qu'ils l'ont confondue avec une autre, tout bêtement !

— Laquelle ?

— Celle de Peyreblanque, une métairie située de l'autre côté de la colline, sur la départementale 4…

— Et qu'y avait-il là-bas ?

— Une poignée de réfractaires au STO. Oh, à peine une quinzaine de gars que les paysans et les commerçants patriotes, comme les grands-parents de mon mari, ravitaillaient à la petite semaine…

— Un maquis ?

— Pas vraiment. Plutôt une bande de jeunes qui refusaient de partir travailler en Allemagne. Ils n'avaient que quelques armes, pas de quoi tenir le pays !

— Sans doute ont-ils été dénoncés par quelque *bon patriote* ?

— L'époque était trouble…

— Une tragédie comme il y en a eu beaucoup en ces années noires, soupira Roger en hochant la tête.

— Faut dire aussi que ces gamins avaient tendance à faire les marioles…

— Que voulez-vous dire ?

— Ils jouaient les caïds… Les mauvaises langues prétendent même qu'ils rackettaient les paysans des environs.

— Une sale histoire…

— Surtout pour les Sicre, ceux qui tenaient Borde Blanche.

— Les propriétaires ?

— Non, juste des fermiers… Les terres appartiennent depuis cinq générations à la famille Ducos.

— Une famille de notables ?

— Oui… Philippe Ducos a pris la suite de son père. Il possède un gros laboratoire d'analyses médicales et l'une des plus importantes pharmacies de la Ville rose.

— Ils ne résident pas ici ?

— Non, bien sûr ! Les Ducos vivent à Toulouse, un bel hôtel particulier dans le quartier du Grand Rond. Philippe ne vient au domaine que le week-end, surtout à l'automne.

— Pourquoi donc spécialement à cette saison ?

— Il aime bien la chasse. D'ailleurs, il entretient une petite meute d'Ariégeois qui a remporté bien des *field-trials*[7]…

— Des Ariégeois ?

— Une race locale de chiens courants qui excellent à la chasse au lièvre.

— Les longues menées excitent la barbarie qui dort dans le cœur de tout homme, fit Roger qui n'avait jamais éprouvé d'attirance pour la chasse.

— Oh, je crois que ça relève de l'atavisme. Les Ducos ont toujours chassé…

— Il a une belle petite propriété, je suppose ?

— Plutôt ! En fait, les Ducos sont propriétaires de trois exploitations agricoles sur la commune. Pas loin de deux cent quatre-vingts hectares de terres…

---

7. Compétition de chiens de chasse.

— Dont celle de Borde Blanche…

— Oui, plus une bonne vingtaine d'hectares qui jouxtent la ferme de la Garosse et que Brigitte Espinasse leur loue.

— Et leur maison ?

— Le château de Montplaisir… Une grande bâtisse construite au début du XIXe siècle. Dix-huit pièces… C'est à deux kilomètres d'ici, à la sortie du village, mais de la route, on ne voit qu'un mur de pierres sèches et les arbres centenaires du parc… Je ne suis jamais rentrée dans la propriété, expliqua Ginette Laborde.

— Le château est inhabité en temps ordinaire ?

— Non, le père Ducos, Hippolyte, y réside en permanence avec un jardinier, une cuisinière et une bonne.

— Et qu'est-il arrivé aux Sicre ?

— Ah, les pauvres gens ! soupira l'épicière. Furieux de ne rien trouver, les boches les ont battus comme plâtre pour leur faire avouer où étaient les maquis !

— Ils ont parlé ?

— Que vouliez-vous qu'ils disent ? Ils n'en savaient pas plus que ce que la rumeur apportait par vent d'autan !

— Les Allemands ne les ont pas fusillés ?

— Non… Ils les ont amenés à Toulouse. Je crois savoir qu'ils ont été déportés. Sans doute ont-ils péri dans les camps. En tout cas, mon beau-père m'a toujours dit qu'il ne les a jamais revus au pays !

— Les malheureux…

— Si l'histoire vous intéresse, il vous faut aller voir Rafael Mendez.

— Rafael Mendez ? Qui est-ce ?

— Un républicain espagnol arrivé avec ses deux frères dans les fourgons de la *Retirada*[8], en février 1939. À l'époque, je crois qu'il était employé comme ouvrier agricole à la métairie de Borde Blanche.

— Et ce Rafael Mendez était là quand les Allemands sont arrivés ?

— Oui… Il est même le seul qui a réussi à fuir, avec un gamin.

— Comment a-t-il fait pour leur échapper ?

— Mon beau-père m'a raconté qu'ils ont sauté par une fenêtre. Par la suite, je crois que Mendez a rejoint les guérilleros et qu'il a participé à la libération de Foix.

— Et où puis-je le trouver, ce Rafael Mendez ?

— Il habite au hameau de Latour, à cinq minutes d'ici, sur la route d'Escosse, pas très loin du château des Ducos. Une vieille ferme qui tient plus de la chaumière que du cinq-étoiles.

8. Retraite des troupes républicaines en février 1939, accompagnée de l'exode de milliers de réfugiés espagnols de la guerre civile.

Roger Darmon remercia d'un sourire la volubile épicière. Elle venait de lui fournir une première piste. Incertaine, certes, mais parvenu à l'aube de la quarantaine, à cet âge où l'on commence à regarder en arrière pour mieux mesurer le chemin qu'il reste à parcourir, il avait tant envie de savoir... Darmon sortit sa carte de crédit et régla le montant de ses achats. Ginette l'accompagna jusqu'à l'entrée de l'épicerie et lui ouvrit la porte car il avait les bras encombrés de paquets. Roger Darmon marchait tranquillement sur un trottoir parsemé de crottes de chien quand surgit, au coin d'une rue, la silhouette voûtée d'un vieil homme habillé d'un bleu de travail aussi fané que la couleur de ses yeux.

Jean Saurat, quatre-vingts ans passés de quelques mois, allait son bonhomme de chemin qui, comme tous les jours, le conduisait à l'épicerie pour acheter *La Dépêche*. Sans doute aurait-il pu s'abonner et attendre que le facteur glisse le quotidien dans sa boîte aux lettres mais, depuis son veuvage, il avait besoin d'un but pour sortir de chez lui et papoter avec Ginette Laborde, bonne langue devant l'éternel. Une casquette à carreaux sur la tête d'un bout à l'autre de l'année, Saurat avait le regard de ceux que le temps indiffère parce qu'ils ont trop vécu. Voûté sous le fardeau des jours ordinaires, il cheminait à petits pas, sa seule fierté étant désormais de ne pas s'aider d'une canne, contrairement à nombre de ceux qui fréquentaient le mercredi après-midi le club de belote du foyer des aînés.

Le trottoir était si étroit que Roger Darmon, par un réflexe de bonne éducation, en descendit, politesse oblige. Le petit vieux leva la tête, machinalement. Une expression de surprise figea alors brusquement ses traits. Il dévisagea brièvement celui qui venait à sa rencontre. Les rides qui marquaient d'ordinaire son front du poids d'une vie qui tirait à sa fin s'estompèrent. Non, ce n'était pas possible… Sans doute sa mémoire lui jouait-elle des tours. Alzheimer ne commençait pas comme ça ? Pourtant… le visage de ce type… Non ! Ce ne pouvait être qu'une vague ressemblance, un hasard trop improbable… Son pas ralentit, presque à devenir traînant. Sans doute avait-il soudain l'impression de rencontrer l'histoire, la sienne et un peu celle des gens d'ici.

En s'efforçant de ne rien laisser paraître malgré son trouble profond, Jean Saurat poursuivit sa route, luttant contre l'envie irrésistible de se retourner. Sur son visage, un vieux tic s'était réveillé, lui tordant la bouche en une grimace qui tenait du rictus. Il passa devant la porte de l'épicerie sans même s'en rendre compte, tant il avait l'esprit ailleurs. Dix mètres plus loin, parvenu à la hauteur de la boucherie Rumeau, un commerce qui avait tiré définitivement son rideau de fer une bonne dizaine d'années plus tôt, Jean Saurat, reprenant ses esprits, s'arrêta pour rebrousser chemin, submergé par un flot d'images d'un passé qui lui sautait au visage avec la violence des choses qu'on a voulu oublier.

Roger Darmon ouvrit le hayon arrière de la Clio pour y déposer ses victuailles. Les bras délestés, il s'installa tranquillement au volant de sa voiture et, d'un tour de clé, fit docilement démarrer le moteur de la 1,5 litre DCI. Trouver le domicile de ce Rafael Mendez ne devait pas être compliqué grâce aux explications que Ginette Laborde lui avait abondamment fournies. Il s'engagea dans les rues désertes, attentif au danger qui pouvait surgir à tout moment d'une porte cochère, conscient que les gens d'ici n'avaient guère l'habitude de la circulation urbaine. Roger Darmon se méfiait à juste titre. Parvenu à la hauteur des dernières maisons du bourg, un roquet jailli de nulle part manqua passer sous ses roues.

Latour, qui tenait son nom d'une médiocre tour de guet détruite lors des guerres de religion du XVIe siècle, n'était qu'à une encablure du village de Sainte-Colombe. Blotti dans un écrin de frênes mordorés, à dix mètres en retrait de la départementale, il abritait cinq maisons, deux granges dont les toits en tuiles romanes se voilaient du poids des ans, et quelques pans de murs couverts de lierre, tendus vers le ciel comme l'ultime prière des hommes à l'heure du jugement dernier. Roger Darmon gara la petite Clio là où le bas-côté, envahi d'une herbe drue, semblait le moins traître. Le hameau, un bout du monde où la route s'achevait en un chemin de terre, ne devait compter guère plus d'une dizaine d'habitants. En descendant du véhicule, Darmon jeta un regard circulaire. Dans ce paysage bucolique, aucune habitation ne portait de numéro, pas plus que les boîtes aux lettres de nom.

Mais à quoi bon cet étiquetage administratif ? Ici, tout le monde se connaissait assez pour se dispenser de cet artifice urbain. S'enhardissant, Darmon s'approcha de la première maison. Avec son beau crépi tyrolien ocre, couleur *terre d'Ariège*, le bâtiment était bien entretenu. Sans doute servait-il de résidence secondaire à un Toulousain. Si les contrevents du premier étage étaient fermés, la fenêtre du rez-de-chaussée laissait entrevoir une table de ferme bien cirée, artistiquement décorée d'un bouquet de fleurs des champs dans un vase en faïence de Martres-Tolosane. La porte, cloutée à l'ancienne, venait de recevoir une couche de lasure mate qui faisait ressortir les veinures nobles du bois. Se saisissant du solide heurtoir qui ornait le centre du battant de droite, Roger frappa énergiquement. Mais il eut beau tambouriner, hormis la fugitive apparition d'un chat noir, personne ne lui répondit.

Sans s'attarder davantage, Roger Darmon traversa la rue et s'avança vers la maison d'à côté, une longère basse, surmontée d'un faux grenier. La bicoque était loin d'offrir le charme coquet de sa voisine. Dépourvue d'un véritable étage d'habitation, elle transpirait l'esthétique triste et morne des jours de peine et de labeur. Les derniers travaux, quelques fissures grossièrement rapetassées assorties d'un chaînage par une croix de Saint-André, remontaient à une bonne quarantaine d'années. Depuis, la fuite inexorable du temps l'avait marquée du poids des ans. L'enduit gris de sa façade s'effritait par plaques, laissant apparaître un appareillage grossier de matériaux disparates où les tessons de brique et de tuile se mêlaient aux galets et au tout-venant. Fruits d'un laisser-aller général, quelques touffes de graminées s'accrochaient à l'angle des murs et du sol pour ajouter une touche d'abandon. Sans être disgracieux, le modeste logis, qui aurait fait le bonheur d'un Toulousain en quête d'une fermette à restaurer, avait besoin d'un sérieux rafraîchissement.

La porte en chêne était décolorée par la succession des saisons, du soleil, de la pluie et de la lune. C'était un modèle commun datant des années cinquante. Sa partie supérieure s'ornait d'une grille en fer forgé, protégeant une vitre en verre martelé. Là où la traverse intermédiaire croisait le meneau, un gros bouton en fonte noir se piquait de rouille. À travers le battant, il entendit le son d'un poste de télévision. Darmon chercha en vain une sonnette ou un heurtoir. Faute de mieux, il frappa fort le chambranle, le majeur replié. Une minute plus tard, tendant l'oreille, il perçut le glissement d'une pantoufle sur le sol. La porte s'entrebâilla, laissant apercevoir le visage maigre et parcheminé d'un vieil homme au teint cuivré. Sans doute était-il surpris de recevoir une visite car il posa sur lui un œil rond et interrogateur.

— Monsieur Mendez ? Rafael Mendez ?

— *Si*… répondit le vieux, prudent, croyant avoir affaire à l'un de ces représentants faisant du porte-à-porte dans les campagnes pour vendre du fil, des aiguilles, des produits d'entretien ou placer des contrats d'assurance.

— Je suis Roger Darmon. Le fils de François Darmon…

— François Darmon ?

— Oui… Le jeune garçon qui était à la ferme de Borde Blanche avec vous pendant la guerre. Vous vous en souvenez ?

— Yé m'en souviens, fit Mendez après un long silence.

Que voulez-vous ?

— Que vous me parliez de lui…

— Y pourquoi voulez-vous que yé vous parle

de lui ? répondit le vieillard avec un accent espagnol à couper au couteau.

— Parce que je ne sais rien de l'histoire de mon père, lâcha Roger, la voix empreinte d'une sincérité désarmante.

Le vieil homme le toisa. Ses yeux brillaient d'un feu mystérieux. Troublé par ce regard noir qui avait l'intensité de celui d'un commissaire politique des années trente, Roger détourna la tête. Il en ressentit un profond malaise. Pourtant, il n'avait guère l'habitude de baisser les yeux, aguerri qu'il était par le rude contact des marins et des ouvriers qui travaillaient jour et nuit sur les plateformes de forage pétrolier, îles de vie industrieuses perdues au milieu de mers souvent déchaînées. Un silence pesant menaçait de s'installer quand le vieillard, après avoir balbutié dans sa barbe mal rasée deux ou trois mots dans un sabir inconnu, laissa filtrer entre ses dents jaunies de nicotine un sourd : « *¡Entrad!* »

Rafael Mendez s'effaça pour le laisser passer. En descendant une marche pour franchir le seuil de la porte et entrer dans la salle, Darmon constata que l'homme qui l'accueillait était aussi sec et noueux que la végétation steppique de la Meseta[9]. Les manches courtes de sa chemisette à carreaux

---

9. Haut plateau de Castille.

dénudaient des bras décharnés. La tête couverte d'une casquette de toile beige, Rafael semblait presque flotter dans ses vêtements. Les épaules voûtées, le visage osseux, le profil en lame de couteau, il arborait une complexion souffreteuse qui tenait sans nul doute à sa consommation excessive de tabac brun dont ses chicots jaunis portaient la trace.

Roger pénétra dans ce qui ressemblait à une cuisine-salle-à-manger. Le sol, un vulgaire ciment patiné des pas des jours ordinaires, présentait l'uniforme dessin de la boucharde du maçon qui en avait lissé la chape. La pièce, sans être immense, offrait un espace de vie simple au confort rustique. Dans un coin, un évier de pierre grise, surmonté d'un petit chauffe-eau électrique, était encombré de vaisselle. Sur une étagère, à portée de main, une brosse à dents, dans un verre, tendait son manche vers le plafond. Elle jouxtait un blaireau aux poils fatigués et un rasoir dit de sécurité. Si Rafael Mendez avait depuis belle lurette abandonné le traditionnel coupe-chou que son père et son grand-père utilisaient pour se faire la barbe une fois par semaine, le dimanche matin, il n'était pas pour autant devenu adepte des rasoirs jetables que plébiscitait une jeunesse anticonformiste qui, non sans contradiction, blâmait la société de consommation. Mendez continuait à réaffûter patiemment ses lames Gillette pour les faire durer plus longtemps et moins s'écorcher la peau du menton.

Au centre d'un cantou occupant tout un mur, la masse noire d'une traditionnelle cuisinière bois-charbon flanquait la silhouette plus claire d'un fourneau à gaz blanc, un *deux feux* de marque Arthur Martin. Les brûleurs, encrassés par la succession des soupes mijotées et des biftecks cuits à l'huile dans la poêle, étaient d'une graisse collante. Dans l'angle, un frigo ancien Radiola était surmonté d'un sous-verre où une photo sépia, représentant trois hommes jeunes, achevait de se décolorer. Au mur, un vieux calendrier aux couleurs rouge et noir de la FAI et la CNT rappelait les engagements politiques de l'occupant de la maisonnée. Au-dessous, les rubans colorés de trois décorations se ternissaient derrière la vitre d'un cadre tacheté de chiures de mouches. À ses côtés, sur une desserte en contreplaqué, un téléphone gris à cadran et un petit téléviseur couleur, le volume du son réglé très bas, meublaient la solitude du vieil homme.

Roger fit quelques pas vers le centre de la pièce où trônait une grande table recouverte d'une toile cirée aux motifs floraux délavés par le passage biquotidien de l'éponge. Au centre, à côté d'un dessous-de-plat en céramique, une bouteille à demi entamée de rouge ordinaire *trois étoiles* voisinait avec une boîte en plastique de sel Cérébos et un moulin à poivre à moitié vide. Une paire de lunettes, aussi fatiguées que les yeux qu'elles soulageaient, était posée à côté d'un exemplaire déplié du grand quotidien du Sud-Ouest, *La Dépêche du Midi*. Le journal, en ce 19 octobre 1998, faisait sa une sur l'arrestation à Londres du vieux dictateur chilien Augusto Pinochet. Lu et relu, l'article, qui relatait les suites de la plainte internationale déposée en Espagne pour *génocide, terrorisme et tortures*, ne devait pas avoir déplu à Rafael Mendez.

Par la fenêtre donnant sur le jardin de derrière, la salle ouvrait sur un délicieux petit potager ponctué de touffes de plantes aromatiques. Mendez tira une chaise et, d'un geste lent, le pria de s'asseoir. Sans un mot, en guise de bienvenue, il poussa devant lui un gobelet Duralex et lui servit une bonne rasade d'un rouge épais propre à décaper l'estomac le plus endurci. Mendez leva son verre et les deux hommes trinquèrent dans le silence de la salle où le balancier de la comtoise rythmait le temps. Sans doute ignoraient-ils à quoi car un silence embarrassé s'installa. Roger Darmon ne voulait pas brusquer celui qui pouvait lui révéler l'histoire de son père, et Rafael, autant par prudence que par timidité, ne savait trop par où commencer.

— Vous êtes de quelle région d'Espagne ? fit Darmon en reposant son verre.

— D'Estrémadure…

— Le pays qui a vu naître Francisco Pizarro et Hernán Cortés ?

— *Si*… Vous connaissez ? lui demanda Rafael Mendez avec une lueur pétillante au fond des yeux.

— Un peu. Quand j'étais étudiant, un été, avec des copains, j'ai traversé les provinces de Cáceres et Badajoz.

— Vous avez eu du courage ! Mon pays, les Espagnols disent que c'est trois mois d'hiver et neuf mois d'enfer !

— Nous y avons eu chaud, en effet, répondit Roger Darmon qui se souvenait de l'air brûlant balayant les pâturages arides et pauvres.

— La meilleure saison pour visiter, c'est le printemps. Les températures sont douces et la *dehesa*[10] toute frémissante du bourdonnement des insectes.

— Il y a longtemps que vous êtes en France ?

— Que si ! Depuis les premiers jours de février 1939…

— Vous étiez donc de ceux qui ont fait la *Retirada* ?

— En effet, lâcha Rafael avec une profonde tristesse dans la voix qui indiquait que, de toute évidence, les années écoulées n'avaient rien gommé de l'acuité du drame qu'il avait vécu.

---

10. Pâturage en sous-bois clairsemé. (Espagnol.)

— Et… comment ça s'est passé pour vous ? demanda Roger.

— J'avais tout juste vingt et un ans et, avec mes deux frères, je combattais dans la colonne Durruti depuis juillet 1936. Quand la frontière française s'est ouverte, fin janvier, pour accueillir les civils fuyant la répression des nationalistes, en quelques jours, ce qu'il restait de l'armée républicaine, près de deux cent cinquante mille combattants, a suivi. J'ai été parmi les derniers à passer la frontière. C'était le 8 février, un jour avant que le gouvernement français ne la ferme.

— Il était temps !

— Hum… On était surtout pressés car on avait les phalangistes de Franco aux fesses ! Sur ordre du gouvernement français, les gardes mobiles, les tirailleurs sénégalais et les gendarmes nous ont dépouillés au passage de tout ce que nous possédions : nos armes, bien sûr, mais aussi les bijoux, l'argent… jusqu'aux alliances de ceux qui étaient mariés ! On a tout donné pour sauver notre peau.

À ces mots, Roger Darmon ne put s'empêcher de songer au film *Mourir à Madrid* qu'il avait vu à la cinémathèque, l'année de son bac, sur les conseils de son prof d'histoire de terminale. Le documentaire réalisé par Frédéric Rossif en 1963, fruit d'un remarquable travail d'archives, avait obtenu à sa sortie le prix Jean Vigo. Les plans en noir et blanc, la musique du générique de Maurice

Jarre, le ton du commentaire l'avaient profondément marqué en cette dernière année de lycée où, découvrant comme nombre de ses camarades la philosophie, il s'efforçait d'appréhender les concepts de liberté, de justice, de vérité. Donnant toute sa dimension à la tragédie vécue par l'Espagne républicaine, prélude à la Seconde Guerre mondiale, ces images s'étaient gravées dans sa mémoire avec l'intensité d'une histoire qui aurait pu être la sienne s'il avait été de cette génération.

— Et une fois en France ? demanda Roger Darmon.

— Comme tous mes camarades de la division Durruti, j'ai été envoyé au camp du Vernet d'Ariège.

— Un camp de concentration ? Je ne savais pas qu'il y en avait eu aussi en France, fit Roger.

— Non, le Vernet, c'était un camp d'internement où l'on nous avait tous regroupés. Un camp atroce, effroyable, certes ! Aux yeux du gouvernement de Daladier, nous étions dangereux pour l'ordre public. Les conditions de vie y étaient terribles et la pitance maigre. La popote du camp n'avait rien d'un restaurant étoilé ! D'ailleurs, un peu plus de deux cents détenus y sont morts, de mauvais traitements surtout. Plus tard, à partir de 1942, le Vernet a servi de camp de transit vers l'Allemagne. Mais même si la vie au Vernet était très dure, les conditions de détention n'y avaient aucun rapport avec celles du Struthof, en Alsace.

— Le Struthof ?

— Le seul *Konzentrationslager* que les nazis ont construit en France, vingt-deux mille personnes y ont été exécutées. Quant aux camps d'extermination comme Auschwitz, Treblinka, Chelmno ou Belzec, principalement situés en Pologne occupée, c'étaient des usines à tuer, des machines pour l'anéantissement de peuples entiers…

— Les Juifs, comme mon père…

— Les Tsiganes, les handicapés aussi !

— Vous avez eu faim, derrière les barbelés ?

— Oui, surtout nous, les jeunes !

Rafael Mendez marqua un bref silence. Il ne cherchait nullement à rassembler ses souvenirs. Les blessures que ces jours avaient laissées étaient assez fraîches pour qu'il se les remémore sans effort. Il esquissa un pâle sourire de connivence avant de remplir son verre d'une autre rasade de vin, une manière comme une autre de se donner une contenance. Dans ses yeux qui avaient vu une large part des vicissitudes du XXe siècle, les images se bousculaient. Il se revoyait avec ses frères, les pieds serrés dans de mauvais chiffons retenus par une ficelle, franchissant la frontière dans le blizzard et la neige épaisse qui bouchait les cols des Pyrénées. Vaincus autant par la force mécanique des dictatures que par la lâcheté des démocraties, la tête basse, la rage au cœur, ils avaient été enfermés comme du bétail derrière les barbelés des camps du mépris.

— Combien de temps avez-vous passé au Vernet ?

— Quelques mois, jusqu'en juin 1939 exactement. Puis on nous a envoyés à la 309e compagnie de travailleurs étrangers.

— Pour faire quoi ?

— Construire des fortifications pour le compte de l'armée, dans les Alpes, sur la frontière italienne. Comme tant d'autres… C'était le prix à payer pour bénéficier de l'asile politique que le gouvernement français nous accordait.

— Vous y êtes restés longtemps ?

— Jusqu'à la signature de l'armistice en juin 1940.

— Dans quelles circonstances avez-vous été libérés ?

— Celles que la guerre avait créées ! On n'avait plus besoin de nous sur la frontière italienne puisque le *Duce* était désormais l'allié de la révolution nationale, mise en place par Pétain. J'ai été rendu à la liberté à l'automne 1940. Ne pouvant offrir que la force de mes bras, un organisme de placement m'a adressé à Léon Ducos, un riche propriétaire terrien qui tenait une grosse pharmacie à Toulouse avec son fils Hippolyte. Avec mes deux frères, nous avons atterri ici, au village de Sainte-Colombe, pour travailler sur ses terres. Ducos m'a envoyé à Borde Blanche pour épauler le couple de métayers.

— Épauler ?

— Oui... Même s'il avait un peu plus de quarante ans, le père Sicre a été rappelé en 1914. La république avait besoin d'hommes sur le front pour faire face aux offensives allemandes. Affecté à la territoriale, il n'a pas tardé à se retrouver en première ligne. Il a traîné pendant quatre ans dans la boue des tranchées de Champagne... Le pauvre type en est revenu avec trois doigts en moins et perclus de rhumatismes ! Il avait du mal à labourer. Tenir les mancherons de la charrue lui était difficile et il ne pouvait guère compter sur sa femme qui s'était épuisé la santé avec ses beaux-parents pour faire tourner la boutique. Pour se donner du courage, Joseph Sicre tétait parfois un peu trop la chopine.

— Il buvait beaucoup ?

— Oh, trois ou quatre litres par jour... Et avec la guerre et l'Occupation, les difficultés de ravitaillement, ce n'étaient pas des grands crus qui humectaient son gosier ! Passé midi, le pauvre type ne tenait plus sur ses jambes. La métairie s'en ressentait. Quand je suis arrivé, tout allait à vau-l'eau. Le père Sicre ne curait même plus le fumier des étables et la broussaille poussait dans les champs. Les récoltes diminuaient et Hippolyte

Ducos songeait sérieusement à mettre un terme à leur bail de métayage.

— Malgré son handicap, il avait l'intention de les chasser de Borde Blanche ?

— Oui. Ducos n'est pas un sentimental. Il a toujours été près de ses sous…

Rafael Mendez acceptait avec fatalisme cette éventualité. En ces années de guerre, n'avait-il pas vu autant d'actes héroïques que d'horreurs ? Le vieil homme au visage parcheminé baissa la tête, ferma les yeux, laissant les réminiscences émerger du puits des souvenirs enfouis pour retrouver les fantômes de ce passé qu'il n'avait jamais pu oublier. Les images se superposaient, tantôt en sépia, tantôt en couleurs, toujours fortes de bruits et d'odeurs, pleines de la vivacité des choses d'hier. De son engagement enthousiaste dans la chaleur accablante de l'été 1936 au sein de la FAI jusqu'aux combats héroïques menés avec les guérilleros pour la libération de la ville de Foix, le jeune républicain espagnol en avait fait du chemin. Sa mémoire débordait aujourd'hui de souvenirs qui avaient tout autant le parfum de la gloire fugace que celui doux-amer des combats perdus. Un véritable *Camino Frances*[11] à l'envers.

11. Chemin de pèlerinage qui conduit de France vers Saint-Jacques-de-Compostelle.

— Mais alors, quand avez-vous rencontré mon père ?

— À l'automne 1941. C'était un tout jeune garçon. Un gamin aux yeux noirs. Francou ne devait guère avoir plus de six ou sept ans.

— Francou ?

— C'est comme ça qu'on l'appelait ! Un *chico* aux jambes maigres, les cheveux coupés en brosse. Ce qui m'avait frappé chez lui, c'était son regard. On y lisait un chagrin infini.

— Pourquoi y avait-il cette tristesse dans ses yeux ?

— Un jour, il m'a dit qu'il n'avait plus sa mère, qu'elle était morte à sa naissance.

— Pas d'autre famille ?

— Non, juste un oncle. C'est lui qui l'accompagnait…

— Il n'avait plus son père ?

— Non… *Su padre* avait disparu dans la rafle du 20 août 1941.

— Plus de onze mois avant celle du Vél d'Hiv ?

— Quelque chose comme ça.

— Et vous savez comment ?

— *Si*, lui répondit l'Espagnol au terme d'un lourd silence. Un soir du printemps 1942, son oncle Samuel, sans doute parce qu'il avait confiance en moi, connaissant ma propre histoire, m'a raconté comment eux, les Darmon, étaient arrivés ici…

Dès la fin septembre 1940, les Allemands avaient entrepris en zone occupée un recensement systématique des Juifs en les invitant à se faire inscrire sur un registre spécial. Moïse Darmon, qui dirigeait une maison de couture, en petit-bourgeois juif respectueux de l'ordre, s'était logiquement présenté au commissariat de son quartier, à Paris, dans le 11e arrondissement. Derrière le guichet de bois, l'employé lui avait indiqué qu'il devait aussi mentionner le nom et l'âge de tous les membres de sa famille, de ses enfants, même majeurs et mariés. Samuel, son frère, qui habitait dans un immeuble voisin, s'était méfié, lui. Bien lui en avait pris ! Quand, quelques jours après, le 3 octobre 1940, le gouvernement de Pétain avait promulgué, sans que les autorités allemandes l'eussent exigé, le premier statut des Juifs, le piège était prêt.

Quelques mois plus tard, le matin du 20 août 1941, vers neuf heures, Samuel Darmon était sorti pour aller chercher son pain, comme d'habitude. L'air, encore tiède de la chaude soirée de la veille, avait l'odeur de ce pari bon enfant qu'il aimait tant. Mais, au sortir de la porte cochère, il avait constaté une agitation inhabituelle : sur les trottoirs, des dizaines de policiers français et allemands, tous en uniforme, interpellaient les passants qui devaient présenter leurs pièces d'identité. Samuel avait levé un sourcil interrogateur, ne comprenant pas la signification de tout ce tintouin. Un peu plus loin, avant d'arriver à la boulangerie, il avait vu que les grilles du métro étaient fermées. Que se passait-il ? Un frémissement d'angoisse parcourait l'asphalte. *On arrête les Juifs, tous les Juifs...* lui répondit une femme au visage congestionné de peur.

Samuel Darmon avait appris le métier de tailleur pour hommes. Mitrailleur dans l'aviation pendant la drôle de guerre, il avait vu, en juin 1940, les Allemands défiler au pas cadencé sur les Champs-Élysées. Il avait entendu les tambours et leurs voix gutturales chanter *Die Fahne Hoch*[12]. Un peu plus lucide que d'autres qui croyaient qu'en respectant la légalité, forts de leur statut d'anciens combattants, ils ne risquaient rien, protégés qu'ils étaient par les institutions de la République française, Samuel ne nourrissait guère d'illusions sur le gouvernement de Philippe Pétain. Ne disait-on pas que le vainqueur de Verdun était ouvertement anglophobe et proche de la Cagoule, cette organisation d'extrême droite, notoirement antisémite, soutenue par Eugène Schueller, le fondateur de L'Oréal ? Depuis

12. Le *Horst-Wessel-Lied* (Le chant de Horst Wessel), connu aussi sous le nom formé par son premier vers *Die Fahne Hoch* (Le Drapeau haut), fut l'hymne officiel des SA, puis celui du parti nazi.

l'armistice, Samuel Darmon avait vu que Vichy devançait allègrement les désirs des autorités d'occupation. Aussi son premier réflexe fut-il de prévenir son frère et sa belle-sœur.

Ils habitaient à deux pas, rue de Charonne, un immeuble construit dans les années trente qui appartenait à la compagnie d'assurances La Séquanaise. Samuel avait vainement essayé de les convaincre de ne pas se faire enregistrer à l'automne dernier. La France n'était plus républicaine et laïque, leur avait-il expliqué. Malgré son insistance, Moïse avait refusé de se cacher, arguant que, tôt ou tard, de toute façon, les policiers les trouveraient. Et puis qu'avaient-ils à dissimuler ? N'étaient-ils pas de bons Français ? Moïse avait fait son devoir en 1914 et le ruban de la Croix de guerre pouvait témoigner de son patriotisme. Tout juste réussit-il à le persuader de lui confier son aîné, François. Rachel, sa petite sœur, était restée avec Moïse. En guise d'adieu, le jeune Francou lui avait fait un sourire avant de dévaler l'escalier, faisant résonner ses semelles de bois sur les marches. En rasant les murs, Samuel et le gamin s'étaient esquivés par un immeuble à double entrée de la rue de Charonne, via une porte de secours qui donnait sur l'avenue Philippe-Auguste. Quelques heures plus tard, Moïse Darmon et sa fille avaient été arrêtés à leur domicile…

— Vers où sont-ils partis ?

— Drancy…

— Et après ?

— Votre père m'a dit que Moïse Darmon avait été classé *Nacht und Nebel*, Nuit et brouillard, selon le décret de décembre 1941.

— Et mon père, il n'a jamais cherché à savoir ?

— Il a juste appris que, le 19 juillet 1942, son père, Moïse, avait été embarqué dans le convoi n° 7 à destination d'Auschwitz en Pologne.

— Il ne l'a pas retrouvé ?

— Non, personne n'en a plus jamais entendu parler…

— On a perdu sa trace ?

— Oui, sans doute a-t-il été rapidement gazé, comme les trois cent soixante-quinze autres déportés de ce sinistre convoi de la mort, lâcha Rafael Mendez dans un souffle, la voix empreinte de toutes les passions d'une histoire qui le dépassait pour prendre la dimension du destin tragique de l'humanité.

Roger hocha la tête, pensif. Il conservait, dans le tréfonds de sa mémoire, le souvenir vivace d'un voyage scolaire effectué en classe de première. Il était alors scolarisé au lycée Gay-Lussac à Limoges, un établissement fondé au XVIe siècle qui pouvait s'enorgueillir légitimement d'être le plus ancien de la capitale des Lémovices. De prestigieux condisciples avaient usé leurs culottes sur ses bancs, tels le physicien d'Arsonval, l'ancien ministre Roland Dumas, les écrivains Robert Margerit et Georges-Emmanuel Clancier, l'auteur du *Pain noir*. À l'instigation de son professeur d'histoire, monsieur Dautry, un respectable quinquagénaire et européiste convaincu, il avait embarqué avec ses trente-cinq camarades, garçons et filles mélangés, dans un bus au confort sommaire en direction de la Bavière et de l'Autriche.

Largement subventionnée par le foyer socio-éducatif, hébergée dans des auberges de jeunesse, la joyeuse équipe de copains et copines de la première C3 avait découvert avec ravissement, au terme d'une agréable semaine, Neuschwanstein, le célèbre château de Louis II, les eaux sombres du lac de Constance, le Zugspitze, plus haut sommet d'Allemagne où un train à crémaillère leur avait permis d'admirer un magnifique glacier. La beauté des paysages des Alpes bavaroises avait-elle vaincu les dernières réserves des uns et des autres ? Dans le groupe, entre garçons et filles, quelques idylles s'étaient nouées, encouragées par le sentiment de liberté propre à ces vacances loin du lycée et des parents.

De jeunes couples se promenaient, bras dessus, bras dessous, au vu de tous. Les professeurs laissaient faire, indulgents face à ces amourettes adolescentes, apprentissage de la vie d'adulte. Le voyage touchait à sa fin. À dix-sept kilomètres au nord-ouest de Munich, dans ce petit matin frais de la fin du mois d'avril, le car avait fait halte sur une route devant un long mur gris. Avec son copain pierre Canizarès, Roger avait débarqué du bus, un peu ensommeillé après la joyeuse soirée de la veille, passée à boire en catimini quelques bières achetées hors du regard de leurs professeurs. Quelques rires gras fusaient en réponse à des plaisanteries d'un goût douteux.

Le porche d'un immense bâtiment blanc à deux étages franchi, le troupeau de potaches bon enfant s'était brusquement retrouvé dans un autre univers. Celui de l'intérieur du camp de concentration de Dachau. En ces murs qui suintaient l'histoire de l'une des plus atroces tragédies de l'humanité, une étrange pesanteur les avait soudain accablés. En quelques secondes, les rires s'étaient tus et les voix s'étaient faites mourantes sur les lèvres. Les mains s'étaient dénouées et chacun s'était retrouvé seul face à la monstruosité d'un crime contre l'humanité. Une chape de plomb leur avait lesté les épaules du poids des soixante-seize mille victimes qui avaient ici perdu la vie. Le regard vide, anéantis par l'incompréhensible, Roger et ses camarades avaient avancé d'un pas lent, comme des enfants perdus. Brisés par l'émotion qui leur serrait la gorge, plusieurs garçons, joueurs de rugby qui passaient pour des durs à cuire, pleuraient toutes les larmes de leur corps, inconsolables. Paradoxalement, le groupe des filles semblait mieux tenir le coup. Les lèvres serrées, les mâchoires contractées, elles promenaient un regard droit et noir qui excluait toute clémence envers les bourreaux.

Tels des zombies, dans un état semi-cataleptique, Roger Darmon et ses camarades avait erré de la vaste place d'appel aux sinistres fours crématoires. Ils avaient parcouru l'alignement monotone des baraquements, visité l'inquiétant *revier*[13] où les médecins de la mort conduisaient de pseudo-expériences médicales, ce qui avait valu à plusieurs la corde à la Libération. Confrontés à une réalité crue que la consultation des livres d'histoire n'avait pu leur transmettre avec autant d'acuité, les adolescents avaient regagné le bus, hagards, la mine have et défaite, les yeux gonflés de larmes mal séchées. Pour une fois, il n'y avait pas eu de bousculade pour gagner les places du fond, celles traditionnellement dévolues aux chahuteurs. Personne n'avait osé demander au chauffeur de mettre de la musique et un silence pesant avait régné dans l'autocar pendant toute la matinée. Roger avait regardé le paysage de la riante Bavière défiler derrière la vitre sans le voir vraiment.

---

13. Nom donné à l'infirmerie dans les camps de concentration.

Passablement ébranlé par cette rencontre avec l'Histoire à travers une visite qui n'avait rien de touristique, Roger avait ressenti les brûlures du passé avec une acuité toute personnelle qu'il s'était bien gardé de partager avec ses camarades de première C3. Bien que son grand-père Guy fût de confession catholique et fréquentât plus ou moins régulièrement l'église, rarement le dimanche, mais plutôt pour les enterrements et les mariages, n'avait-il pas subodoré dès l'enfance, sur la base de quelques vagues allusions, que la famille Darmon devait avoir quelque origine juive ? Aussi avait-il fait ce matin-là l'effort suprême de ne pas pleurer devant les autres, le cœur endurci d'une histoire qu'il se voulait prêt à affronter.

Sans parenté depuis bien des années maintenant, Roger Darmon avait conscience que ce Rafael Mendez, assis devant lui, constituait le fil ténu qui le reliait à un passé resté secret. Aiguillonnées par le désir de savoir, les questions lui brûlaient les lèvres. Seul ce vieil homme aux mains percluses de rhumatismes pouvait apporter une réponse à l'obsédante question qui avait motivé son voyage pour ce village de Sainte-Colombe : pourquoi lui avait-on caché le passé de son père, de ce Francou dont il découvrait tardivement l'existence ? Il n'y avait de prime abord nulle honte à avoir… En quoi donc un grand-père d'origine juive, victime innocente de la Shoah, pouvait-il constituer un déshonneur ?

— Racontez-moi, se contenta-t-il de murmurer à voix basse pour inciter le républicain espagnol à poursuivre sur le chemin des confidences.

3
L'homme et l'enfant

Samuel Darmon lui avait raconté son arrivée, se souvenait Rafael Mendez. Le mois d'octobre 1941 touchait presque à sa fin. En cette après-midi d'automne où les rayons tièdes du soleil irisaient les collines d'une lumière dorée, les dernières palombes achevaient paisiblement leur migration saisonnière. L'autocar, un Latil H1 AB3 à gazogène – temps de guerre oblige –, avait réussi, en un ultime panache de fumée blanche au nauséabond parfum d'œuf pourri, à gravir laborieusement la côte des Ecures. Le véhicule cherchait son souffle. Au volant, le chauffeur, Jules Lafaille, qui faisait la ligne depuis plus de quinze ans, changea aussitôt de vitesse pour soulager la mécanique. En une respiration laborieuse, le moteur retrouva un régime plus calme pour aborder sereinement la double haie de majestueux platanes centenaires qui annonçait la grand-rue du village. Comme à l'accoutumée, le lourd véhicule s'était immobilisé devant l'église dans la plainte lugubre de ses deux servofreins fatigués par quelques milliers de kilomètres de trop.

— Hé, monsieur, vous êtes arrivé ! avait lancé le chauffeur en se retournant vers le dernier voyageur de sa tournée.

— Merci… Ah, savez-vous par hasard où se trouve le château de Montplaisir ?

— Montplaisir ? Non, mais demandez à la gendarmerie. C'est juste à côté…

— Oui, bien sûr, avait acquiescé le passager, l'air un peu gêné.

— Sinon, allez à la mairie. Ils sauront vous renseigner… Et puis, eux, ils posent moins de questions, avait ajouté à voix basse Jules Lafaille qui, fort de trente ans d'expérience professionnelle, devinait le désir de discrétion de son passager.

Le type, âgé d'une trentaine d'années, était accompagné d'un gamin de six ou sept ans. Saisissant leurs valises, ils étaient descendus du car, les jambes quelque peu engourdies. Derrière le pare-brise du Latil, Jules Lafaille les regarda s'éloigner. Assurément, ces deux-là venaient de la ville. Vêtu avec élégance d'un costume bleu sombre, d'un veston croisé sortant d'un bon faiseur, bien cravaté, l'homme était coiffé d'un chapeau mou genre Borsalino. Rien à voir avec l'allure bonasse de ses passagers quotidiens dont les vêtements trahissaient le plus souvent une origine modeste, sinon paysanne. Quant à la légère pointe d'accent que Lafaille avait cru distinguer, elle identifiait à coup sûr des étrangers, sans doute des Parisiens ou des gens du Nord.

L'étranger marchait vers la mairie. Il tenait fermement la main de l'enfant, comme s'il avait peur de le perdre. Comment aurait-il pu en être autrement ? Samuel Darmon se sentait responsable de lui après leur *évasion* parisienne. Certes, il pouvait légitimement passer pour son père. Ne portait-il pas le même nom ? Par miracle, ils avaient échappé à deux reprises à des contrôles policiers. Quant au franchissement de la ligne de démarcation, ça avait été un exploit ! Pas question d'obtenir un *Passierschein*[14] qui eût permis un passage légal de cette véritable frontière intérieure qui rendait le gouvernement de Vichy docile. Il avait fallu payer un passeur, attendre deux jours, terrés dans une grange. Puis, par une nuit sans lune où l'ombre lugubre des peupliers se détachait sur le ciel noir, la peur au ventre, ils avaient franchi la Creuse à la hauteur de Chambon, tapis dans une barque à fond plat que leur guide avait

14. Laissez-passer délivré par les autorités d'occupation.

habilement laissée dériver dans l'obscurité.

De ces aventures, le petit François, la casquette vissée sur la tête, avait gardé l'air sérieux de ceux qui ont grandi un peu trop vite. Le gamin au teint clair portait encore des culottes courtes qui dévoilaient ses genoux cagneux et meurtris. Sur ses souliers en cuir marron, les chaussettes grises tombaient en accordéon. Engoncé dans un veston bleu quelque peu étriqué, François Darmon, tel un canard de Barbarie quittant pour la première fois la mare de la ferme qui l'a vu naître, agitait sa tête en tous sens, attentif au monde nouveau qu'il découvrait. Ses yeux n'étaient pas assez grands pour se remplir de tout un paysage dont la ruralité ne lui était guère familière. Les trottoirs de Paris étaient moins riches en découvertes ! Les narines pleines de l'odeur mielleuse de cette fin d'automne, le gamin cherchait notamment à éviter les innombrables bouses de vaches qui transformaient la chaussée en une voie lactée d'étoiles brunes.

Samuel Darmon avait franchi les portes de la mairie le sourire aux lèvres. Ici, dans cette zone libre qu'on qualifiait familièrement de *nono*[15], il ne risquait plus grand-chose, pensait-il. Même si Vichy ne portait pas sa race dans son cœur,

---

15. Pour *non occupée*.

comme la loi datant du 3 octobre 1940, nommée par les historiens *premier statut des Juifs*, le lui avait bien laissé entendre, il ne courait pas les mêmes dangers qu'en zone occupée. De l'autre côté d'un comptoir en bois vernis, patiné par le lustrage des manches, une femme aux cheveux frisés et peroxydés trônait derrière un bureau en hêtre massif, encombré de dossiers. Non loin, posée sur une petite table en bois blanc, une machine à écrire de marque Japy étalait les touches rondes de son clavier noir. Elle leva la tête en les voyant paraître, les gratifiant d'un regard interrogateur.

— Monsieur… Vous désirez ?

— Oh, juste un renseignement, madame, fit Samuel en se découvrant. Peut-être pouvez-vous m'aider ? Je cherche la route du château de Montplaisir.

— Montplaisir ? Ah, vous allez chez les Ducos…

— Oui, répondit-il en lui décrochant un sourire charmeur pour désarmer la méfiance qu'en ces années troubles l'on voyait naître face à des étrangers, fussent-ils accompagnés d'un enfant.

— C'est très simple. À la sortie du village, passé le tournant de la croix de mission, vous verrez, sur votre droite, il y a un grand portail en fer.

— Il n'y a pas de numéro ? demanda Samuel, habitué à un environnement urbain.

— Non… Au bout d'une allée de platanes centenaires, vous apercevrez les toits d'une grande bâtisse grise au milieu du parc. C'est là…

— Merci, madame, fit Darmon en esquissant un pas en arrière pour se retirer.

— Solange… Solange Claustres, lâcha la blonde avec un regard plein de gourmandise.

— Eh bien, merci, Solange…

— Mais avec plaisir, monsieur… Monsieur comment ?

— Darmon… Mickael Darmon, lâcha Samuel mentant sur son prénom dont l'origine pouvait fâcheusement attirer l'attention.

— Vous êtes venu en voiture, peut-être ? susurra la jeune femme qui mourait d'envie d'en savoir un peu plus sur cet étranger, mieux habillé que la plupart des gens du village et des environs.

— Hélas, non ! Avec les restrictions d'essence, j'ai peu d'occasions de sortir la voiture, vous comprenez. Nous sommes arrivés de Pamiers par l'autocar. Le château est loin d'ici ?

— En marchant d'un bon pas, vous en avez à peine pour un quart d'heure…

Samuel Darmon la remercia d'un sourire enjôleur accompagné d'un gracieux mouvement de la tête en remettant son chapeau. En ces temps de guerre, ne fallait-il pas cultiver l'amabilité administrative ? Sans doute, avec elle, il n'avait guère à se forcer. Solange Claustres, secrétaire de mairie à mi-temps, n'était-elle pas dotée d'un physique appétissant ? Veuve d'un brave quincaillier du bourg voisin qui s'était fait tuer sur la plage de Dunkerque un an et demi plus tôt, elle ne faisait guère mystère de son désir ardent de retrouver rapidement un mari. Arborant un chemisier rose bonbon qui moulait une poitrine au galbe généreux, elle affichait un début de quarantaine plantureux que les restrictions alimentaires de l'Occupation ne semblaient guère avoir entamé. Le petit François sur ses talons, Samuel Darmon referma la porte assez discrètement pour entendre la jeune femme soupirer.

Darmon ne se faisait plus d'illusion sur ses compatriotes depuis longtemps. Il avait assisté impuissant à la montée des fascismes, au triomphe de l'imbécillité crasse des petits égoïsmes, à l'abandon des valeurs de solidarité et de fraternité les plus élémentaires. Sans doute la position de cette agréable blonde à la mairie lui permettait-elle d'obtenir ces produits de première nécessité que seul le marché noir proposait désormais, songea-t-il en descendant les marches de la maison commune, la main de François dans la sienne. Mais fallait-il l'en blâmer ? Les temps étaient durs ! Les Français souffraient de la faim et des mille désagréments d'une économie de pénurie : les tickets de rationnement ne permettaient qu'une existence bien médiocre à tout un chacun, faisant du système D un sport national.

L'homme et l'enfant quittèrent le centre du bourg. À leur passage, ici et là, un rideau s'écartait, laissant filtrer un regard de curiosité. Sans y prêter attention, ils poursuivirent leur chemin. La route qui menait au château de Montplaisir avait le charme des voies secondaires du sud de la France. Ombragée, comme au temps des diligences où les Français se déplaçaient principalement à pied, par un double alignement de vénérables platanes dont la cime se rejoignait en une voûte céleste, la départementale offrait un agréable couvert au voyageur. Grâce aux indications de Solange Claustres, vingt minutes plus tard, ils arrivèrent devant un monumental portail en fer, chargé d'arabesques churrigueresques. Les ventaux ouvraient sur une belle allée cavalière traversant un parc aux essences variées. L'homme et l'enfant s'engagèrent dans la voie privée, suivant les deux traces de pneus qui y avaient laissé leur empreinte.

Ils parcoururent ainsi une petite centaine de mètres avant de découvrir, à la sortie d'une courbe, une massive bâtisse plantée au milieu d'un jardin. L'oncle et son neveu marquèrent un léger temps d'arrêt pour contempler les lieux. Soudain, deux immenses dobermans noir et feu vinrent à leur rencontre, babines retroussées sur des crocs menaçants d'une blancheur agressive. Samuel Darmon et le petit François se figèrent, laissant les chiens les inspecter à distance, attentifs à ne manifester nulle hostilité dans leur comportement. Dans la foulée de l'apparition des molosses, d'un buisson de buis proche émergea un type sans âge, la taille ceinte d'un immense tablier de toile bleue, une cisaille sur l'épaule. Il les héla d'une voix rude :

— Eh, vous… C'est une propriété privée, ici !

— Bonjour, monsieur. Je suis bien au château de Montplaisir ?

— Oui… Pourquoi ?

— J'ai rendez-vous avec un monsieur… Monsieur Ducos… Oui, c'est ça, Ducos ! fit Samuel Darmon en consultant le petit morceau de papier plié en quatre qui dormait au fond de sa poche.

— Monsieur Léon ? fit l'employé avec une moue dédaigneuse, le toisant de la tête aux pieds, plein de suspicion.

— Oui, c'est ça… Monsieur Léon Ducos, reprit Samuel en esquissant un léger sourire afin de désarmer l'hostilité de celui qui, au vu de sa tenue, devait sûrement être le jardinier.

— Et c'est à quel sujet ?

— Pour un emploi, dit Darmon qui n'avait guère envie de faire des confidences au domestique.

— Quel emploi ?

— On m'a parlé d'un travail d'écriture…

— Hum… ça m'étonnerait ! Monsieur n'a besoin ni de comptable ni de secrétaire.

— Pourtant, je vous assure…

— Peut-être vous a-t-on mal renseigné !

— Sans doute monsieur Ducos ne tient-il pas ses domestiques au courant de ses affaires, rétorqua Samuel que la suffisance du jardinier commençait à indisposer.

— Hum… marmonna le factotum avant de se raviser : soit ! Veuillez me suivre, monsieur.

— Merci…

— Et qui dois-je annoncer ?

— Mi… Michel… Michel Darmon, lança Samuel au terme d'une profonde inspiration en serrant fort la main du petit François.

Le domestique les entraîna, à travers un labyrinthe de massifs de buis taillés au cordeau, vers la grande bâtisse. L'édifice avait fière allure. Construit en bonne pierre de taille du pays, couvert d'ardoises, matériau noble en cette région de tuiles romanes, il était planté au cœur d'un parc aux arbres centenaires. Devant la façade percée de belles fenêtres qui laissaient entrer largement la lumière, un délicieux jardin à la française contribuait à lui donner un air de petit Versailles local. Quelques marches d'un large perron permettaient l'accès à la terrasse du rez-de-chaussée, ceinte d'une balustrade moulurée, parsemée de vasques de citronniers et de buis.

Dépassant le majestueux vantail de l'entrée qui ouvrait sur les pièces de réception, l'homme à tout faire les conduisit vers une porte latérale plus modeste qui constituait l'accès de service des domestiques et des fournisseurs. Ripolinée en vert bouteille, elle donnait sur une opulente cuisine, digne d'une auberge de campagne. Une appétissante odeur de chicorée flottait dans l'air. Baignant dans une lumière tamisée, une batterie de casseroles, chaudrons et faitouts en cuivre tapissait généreusement un mur. Le panneau faisait angle avec les portes en bois d'une glacière. Sous une haute fenêtre encadrée de rideaux à petits carreaux rouges et blancs, une plonge en grès laissait deviner la profondeur de ses bacs. À l'opposé, un volumineux buffet Henri II présentait des sculptures tourmentées.

Au centre de la pièce, assise à une immense table de ferme patinée, Angèle Bonnafous, la cinquantaine épanouie, le visage marqué de couperose, pelait méthodiquement un tas de pommes de terre. Le cheveu filasse et graisseux, Angèle avait abandonné depuis des lustres toute velléité de séduction. L'économe à la main, la maîtresse femme veillait à faire les épluchures les plus fines qui soient. En ces temps de guerre, le gaspillage n'était pas de mise, même chez les Ducos ! En voyant entrer Samuel Darmon, le petit François et son jardinier de mari, elle leva la tête, le front barré d'une ride interrogative. De ses yeux porcins, elle les dévisagea. Qu'est-ce que son Joseph lui ramenait ? Où avait-il été pêcher ce type et ce gamin ? À en juger par leurs vêtements, ce n'étaient pas des mendigots... Le type aurait pu passer pour un commis voyageur, mais les représentants de commerce ne s'embarrassaient pas d'enfant dans leurs tournées...

Sans un mot d'explication pour sa femme, Joseph Bonnafous abandonna sur un paillasson ses sabots de jardinier pleins de la terre humide des massifs pour enfiler une paire de pantoufles à semelles de feutre. Inutile, devant des étrangers, de donner à Angèle une bonne raison de lui faire l'une de ces remarques désagréables qu'elle distillait fielleusement à tout propos. Poliment, Samuel Darmon ôta son chapeau pour saluer la cuisinière, laissant sa curiosité insatisfaite. Par une porte dérobée, juste à droite du buffet Henri II, Joseph Bonnafous accompagna homme et enfant dans un immense hall qui conduisait aux pièces nobles. Sans lâcher la main de son oncle, le petit François était éberlué tout autant par la hauteur du plafond que par les trois gigantesques lustres aux innombrables pampilles de verre qui y pendaient. Que c'était beau ! Ça ressemblait aux images du château de Versailles de son livre d'histoire ! Sur les murs blancs, ce n'était qu'une succession de toiles enchâssées dans de lourds cadres dorés à la feuille. Parvenu devant une double porte aux panneaux moulurés, le domestique s'arrêta.

— Attendez-moi là… Je vais voir si monsieur peut vous recevoir, laissa-t-il tomber d'un air sentencieux avant de frapper discrètement au battant, baissant la tête pour tendre l'oreille.

Le chapeau à la main, Samuel acquiesça d'un signe de tête. Son regard croisa celui du petit François. Le gamin levait vers lui des yeux pleins d'espérance. Il était désormais sa seule famille… N'en avaient-ils pas traversé, des épreuves, avant d'arriver ici ? À commencer par leur fuite de Paris… Et le franchissement nocturne de cette maudite ligne de démarcation. L'odeur fade du bois humide de la barcasse au fond de laquelle ils s'étaient tapis sous une bâche leur imprégnait encore les narines. Jamais François ne pourrait oublier ces heures d'angoisse. Quelle aventure ! Samuel serra la main du garçonnet un peu plus fort et lui adressa un sourire d'encouragement. Sans être pour autant en terre promise où nombre de ceux de sa race cherchaient refuge, il avait bon espoir de trouver, dans ce pays méridional, au pied des Pyrénées, loin des turbulences, loin des passions et des peurs, un lieu où ils seraient enfin en sécurité.

Un tonitruant « Eh bien, qu'il entre ! » qui tenait de l'aboiement vint interrompre ses réflexions. Sans doute Léon Ducos n'appréciait-il guère qu'on le dérange car Samuel entendait des éclats de voix. Joseph Bonnafous réapparut dans l'encadrement de la porte, l'air contrit, la mine sombre. Se faire rabrouer devant des étrangers par son patron après plus de trente ans passés à son service n'avait rien de bien agréable ! Le domestique s'effaça pour le laisser entrer, sans un mot d'introduction. Samuel n'osa lui glisser un compatissant : « Il est toujours comme ça ? » Il se contenta de baisser la tête en signe de remerciement et il entendit Joseph Bonnafous marmonner entre ses chicots : « Un jour, ce vieux, je le crèverai... » Lui-même chef d'une petite entreprise dans le quartier du sentier, Samuel Darmon savait bien que, sans les ignorer, il ne fallait pas accorder trop d'importance à ces mouvements d'humeur.

Darmon et le petit François pénétrèrent dans une vaste pièce aux murs tapissés de livres anciens qui offraient dos et mors reliés pleine peau et dorés à l'or fin. Trônant derrière un volumineux bureau ministre en chêne massif éclairé par deux lampes aux abat-jour d'opaline verte, un homme à la soixantaine largement entamée, vêtu d'une confortable veste en toile beige, rédigeait une lettre, un élégant stylo Montblanc à la main. Avec son crâne dégarni et rasé, Samuel Darmon lui trouva immédiatement une certaine ressemblance avec les portraits du *Duce* que la presse écrite ou les actualités cinématographiques de la Gaumont diffusaient complaisamment.

Léon Ducos ne leva même pas la tête, restant concentré sur les mots qu'il couchait d'une fine écriture sur le papier vélin de pur chiffon. Samuel Darmon et le petit François demeurèrent face à lui dans le silence glacé qui fait peser sur les épaules de celui qui vient quémander une faveur une chape de gêne et d'humilité. Bien qu'ayant perçu leur arrivée, l'homme ne faisait rien pour leur manifester son attention. Un bon moyen pour les mettre en situation d'infériorité et leur faire comprendre qui était le maître ici, songea Samuel. Le type ne suscitait pas, de prime abord, une grande sympathie. Darmon hésita à s'éclaircir la gorge pour signaler sa présence.

— Qui vous a dit que j'avais du travail à offrir ? lâcha brutalement Léon Ducos d'un air bougon.

— Monsieur Souquet, Pierre Souquet, lui répondit Darmon d'une voix qu'il voulait calme et posée.

— Souquet ? Connais pas !

— Nous nous sommes rencontrés à la pharmacie…

— Chez mon fils ?

— Oui…

— C'est un client ?

— Probablement… En tout cas ils avaient l'air de bien s'apprécier.

— Comment pouvez-vous le savoir ?

— Ils se tutoyaient. J'ai même cru comprendre qu'ils jouaient au bridge tous les mercredis soir, répondit poliment Samuel.

— Ah bon… Et vous êtes originaires d'où ?

— De la région parisienne, fit Samuel d'une voix évasive.

— Réfugiés ?

— Oui…

— Vous n'êtes pas juifs au moins ? fit Léon Ducos, les sourcils froncés, témoignant de cet antisémitisme que la crise des années trente avait exacerbé chez nombre de possédants.

— Non, mentit effrontément Samuel en levant les yeux au ciel, comme offusqué, la voix pleine d'une mâle assurance.

— Tant mieux ! lâcha Léon Ducos.

— Il en est des honnêtes, se hasarda à objecter Samuel.

— Hum… Nous savons tous que, pour la plupart, les youpins sont l'âme damnée de la coalition maçonnique qui nous a conduits à la défaite, répliqua Ducos, exprimant le sentiment partagé par la bourgeoisie française avant les grandes rafles de l'année 1942.

Sans doute Ducos était-il sensible à la politique que Vichy s'efforçait de cultiver ici, comme en témoignait, en ce mois de septembre 1941, la lettre du bureau de l'Action française de la Haute-Garonne à son représentant de Foix sur l'écho que pourrait avoir en Ariège une conférence de Charles Maurras. Samuel Darmon se garda bien de répliquer. Il demeura de marbre, se contentant de serrer juste un peu plus fort la petite main de Francou. Un instant, la pensée que Ducos pouvait écouter *Die Fahne Hoche* avec émotion lui traversa l'esprit. Adhérait-il au *lied*[16] des SS ou était-il, plus simplement, comme nombre de ses compatriotes, un maréchaliste convaincu de la nécessité de la collaboration suite à cette *étrange défaite*, selon l'expression de l'historien Marc Bloch ? Samuel Darmon demeura sur une prudente réserve, à la fois perplexe et circonspect face au regard d'acier de Léon Ducos, ce propriétaire terrien qui incarnait si bien à ses yeux l'image d'une France tout aussi puissante qu'endormie. Ducos lui expliqua brièvement qu'il avait renvoyé son régisseur, un certain Henri Joucla, au début de l'été, parce que ce grand escogriffe le volait effrontément, détournant une part des fruits des métairies à son

16. Poème germanique accompagné au piano.

profit personnel. Pour les comptes, ajouta-t-il, il n'avait besoin de personne. Il savait les faire tout seul.

— Depuis, mes types se tournent les pouces du matin au soir. Je cherche surtout un contremaître qui soit sur le terrain pour mettre les hommes au travail. Un type qui leur montre l'exemple. Plus un garde-chiourme qu'un régisseur, précisa-t-il. Le dernier passait son temps à jouer les *mèstre-jous*[17] en paradant devant ma brochette d'ouvriers agricoles, conclut Ducos.

— Alors, je suis votre homme !

— Hum… À voir vos mains, vous ne me semblez pourtant guère habitué aux travaux de la terre !

— Certes, je manque un peu d'expérience dans ce domaine, confessa Samuel Darmon avant d'ajouter : Croyez bien que je sais diriger des hommes et obtenir d'eux les meilleurs rendements possible ! À Paris, j'avais une bonne dizaine de personnes dans mon atelier de fabrication.

— Des hommes ? Des femmes ?

— Les deux… Mais les ouvrières, toujours à se jalouser et à se chipoter, n'étaient pas les plus faciles.

---

17. Petits-maîtres.

Léon Ducos le sonda d'un regard dur, sans aménité. Samuel Darmon comprit que ce type ne nourrissait guère de considération pour ceux qui étaient sous ses ordres. Habitué à être obéi, il n'avait que mépris pour ceux que le destin contraignait à courber l'échine. Il devait être fort avec les faibles et faible avec les forts. Ducos, en relevant le menton, prit une puissante inspiration digne des mimiques du dictateur transalpin. Le type qu'il avait devant lui présentait bien. Son assurance était de bon aloi. Il avait le regard franc et l'air décidé. Que risquait-il à l'engager à l'essai ? Il aurait vite fait de voir s'il lui donnait satisfaction. Le renvoyer ne serait qu'une simple formalité.

— Eh bien, soit ! Je vous embauche… à l'essai. Vous logerez à côté de l'ancienne tuilerie, une petite maison meublée de trois pièces. C'est là que résidait ce voleur de Joucla. Le confort y est certes élémentaire, mais nous sommes à la campagne, n'est-ce pas ?

— Je suis persuadé que François et moi y serons très bien, assura Samuel, ravi d'avoir un toit sur la tête.

— Les voisins ne vous gêneront pas. À part la ferme de Borde Blanche, située à une petite centaine de mètres, le lieu est quelque peu isolé…

— Cela n'a rien pour nous déplaire.

— Joseph Bonnafous, mon jardinier, vous

aidera à vous installer. Demain, je vous ferai faire le tour du domaine. Présentez-vous ici à quatorze heures précises. Soyez à l'heure… J'ai horreur des gens en retard !

C'est ainsi que Samuel Darmon avait fait son entrée au domaine de Montplaisir comme contremaître. Le lendemain matin, avant de se rendre au rendez-vous fixé par Léon Ducos, il avait inscrit le petit François à l'école de Sainte-Colombe en neuvième, dans la classe de monsieur Puyo. Puis, l'après-midi, après avoir déjeuné à l'auberge du bourg en donnant des tickets, Samuel Darmon avait découvert son nouveau travail, flanqué du petit Francou qui le suivait comme son ombre. L'accueil des métayers Sicre, des ouvriers agricoles et autres tâcherons, n'avait guère été enthousiaste. Leur poignée de main était molle, aussi fuyante qu'une anguille dans un pré humide. À voir la succession de têtes baissées, de visages obtus aux fronts ridés, il n'était pas le bienvenu. Mais Samuel pouvait-il leur en vouloir ? L'arrivée d'un nouveau contremaître signifiait pour eux qu'un empêcheur de tourner en rond allait veiller à meubler leurs temps morts par des tâches supplémentaires.

Les jours suivants, il avait fallu toute l'habileté diplomatique de Samuel pour vaincre leur méfiance, ouvrant la voie à l'établissement d'un climat de confiance et d'estime réciproque. Le partage du dur labeur quotidien, tout autant que l'espièglerie naturelle du petit François, avaient facilité l'enracinement des deux réfugiés parisiens. Samuel avait abandonné son costume pour un bleu de travail, retroussé ses manches, faisant preuve d'une vaillance qui forçait le respect. Le soir venu, les paumes douloureuses, les reins broyés de courbatures, une frugale assiette de soupe avalée, il n'avait plus qu'une hâte : se coucher pour trouver enfin un sommeil réparateur qui ne lui laisserait même pas le temps de rêver. Mais qu'importait qu'il soit recru de fatigue ! Ici, au pied des Pyrénées, loin de l'agitation des grandes agglomérations et de la police de Vichy, Samuel Darmon se sentait en sécurité.

De son côté, en quelques jours, le petit François s'était adapté à sa nouvelle vie. Le gosse des villes avait découvert les joies de la campagne. Au sortir de l'école, imitant ses condisciples qui s'égaillaient de la cour de récréation comme une nuée de moineaux, il courait prés et champs à perdre haleine, la gibecière sur le dos, le béret enfoncé sur la tête jusqu'aux oreilles. Il ne lui avait pas fallu longtemps pour apprendre à faire des moulins sur le ruisseau, découvrir l'art des ricochets, savoir poser des pièges ou fabriquer une fronde. Et même s'il rentrait parfois chez lui les genoux écorchés, le tablier déchiré, l'arcade sourcilière tuméfiée, celui que tout le monde avait baptisé Francou était heureux.

— Et son père, Moïse ? avait demandé Roger à Rafael Mendez. François ne posait jamais de questions sur ce qu'il avait pu devenir ?

— Moïse ?

— Il n'en parlait jamais ?

— Non…

— Pourquoi ?

— À quoi bon ! Francou le savait parti vers ces camps d'où l'on ne revenait pas…

Roger Darmon avait hoché la tête, vaincu par cette logique fataliste. Mendez lui raconta qu'un soir de novembre, alors que le vent hurlait à la mort dans les branches nues des hêtres, Samuel s'était confié à lui, sans doute parce qu'il avait confiance en ce réfugié espagnol qu'un régime fasciste avait banni de chez lui. Dans la salle commune de la ferme de Borde Blanche, les rideaux sales laissaient filtrer la lumière grise d'une nuit de pleine lune. Assis au cantou, le ventre plein d'une épaisse soupe au lard, un petit verre de prune à la main pour se réchauffer le cœur, ils étaient trois hommes au coin du feu. Le père Sicre, Darmon et lui-même. Ils contemplaient les flammes qui se reflétaient sur les diamants de suie noire. Le torse cassé en deux sur le dos de chaises basses, ils faisaient silence, éreintés par le bûcheronnage de la journée, la gorge brûlante des vapeurs de l'alcool. Un peu en retrait, Marie Sicre reprisait une paire de chaussettes, un œuf en bois glissé dans le talon. Les coudes posés sur la grande table de la ferme, Francou s'essayait au tricotin. Soudain, pris d'une inspiration que rien ne laissait prévoir, Samuel, sur le ton de la méditation personnelle, avait laissé tomber :

— Nous avons été vaincus par nous-mêmes plus que par nos ennemis ! Cette défaite est la nôtre… Elle est le fruit de notre lâcheté, de nos trahisons, de nos mesquineries… Notre étroitesse d'esprit nous a fait considérer comme plus importantes les incertitudes d'une paix fragile que l'alliance des démocraties. Enfin, toi, au moins, tu as combattu…

— Parce que toi, tu n'as pas fait la guerre ? lui avait demandé Marcelin Sicre en levant la tête.

— Si, j'étais mitrailleur sur un Amiot 340, dans l'aviation de bombardement… Mais je n'ai pas eu beaucoup de temps pour exercer mes talents. Une grande partie de notre escadrille a été détruite au sol par un raid de Messerschmitt Bf 109. Après l'attaque du 10 mai 1940, on s'est repliés en catastrophe et il s'en est fallu de peu que je sois fait prisonnier. J'ai finalement été démobilisé à la caserne Marceau de Limoges. Trois mois après, en septembre 1940, je suis rentré chez moi, vaincu sans m'être battu, comme un chien honteux, la queue entre les pattes.

— Pourquoi êtes-vous venus ici avec *el niño* ?

Parce que tu n'as pas pu te décider à aller plus loin ?

— Fuir… Pourquoi fuir toujours plus loin ? Cette terre n'est-elle pas déjà une terre d'exil ?

— Et puis ici, vous courez moins le risque d'être arrêtés, marmonna Marcelin d'un air plein de sous-entendus, entre deux gorgées de gnôle.

— Hum… Ne t'y trompe pas, lâcha Rafael en haussant les épaules, ce pays est un refuge bien précaire. Personne n'est à l'abri d'une dénonciation.

— Les murs ont des oreilles, assena Marcelin Sicre.

— Des malfaisants, il y en a partout !

— Et toi ? Tu n'as jamais songé à reprendre le combat depuis la *Retirada* ? coupa Darmon que ces remarques dérangeaient.

— J'y pense tous les jours, soupira l'Espagnol en levant vers lui un regard enflammé d'une farouche volonté de revanche.

Samuel Darmon était resté silencieux, pensif. Dans l'âtre, les flammes dansaient la gigue en un envoûtant jeu d'ombres et de lumières. Par moments, elles éclairaient brièvement le profil en lame de couteau, digne des héros de Miguel de Cervantès, de l'Espagnol. Assurément, ce Rafael Mendez était de la race des rebelles, de ceux qui ne se courbent pas, de ces insoumis qui préfèrent la mort à l'esclavage. Son courage à lui n'allait pas jusque-là. Mais qui pourrait le lui reprocher ? Depuis qu'il avait miraculeusement réchappé à la rafle qui avait fait disparaître son frère et ceux de sa race, n'était-il pas en charge du petit François ? Sans constituer une excuse, la présence du gamin lui conférait désormais des devoirs familiaux auxquels il ne pouvait se soustraire.

Rafael expliqua à Roger que Samuel Darmon, que tout le monde appelait désormais Michel sans pour autant être dupe de ses origines, avait fini par se faire accepter des gens d'ici. Loin de l'agitation de la capitale, le petit François et lui goûtaient aux charmes simples d'une vie paisible. Le jeudi, le gamin se plaisait à accompagner son oncle. Lorsque le soleil atteignait son zénith, on les voyait s'arrêter pour déjeuner. Assis à l'ombre d'un frêne, Samuel sortait de sa musette un morceau d'un *cambajou*[18] dont le lard commençait à rancir, un *tarnas*[19] de pain rassis et un bout de fromage à la croûte odorante. Arrosé d'un bidon d'eau fraîche que venait couper un filet de vin rouge, c'était un repas de pauvre au regard des menus d'avant-guerre, mais un plantureux déjeuner en comparaison de ce que son frère devait

18. Jambon sec de pays.

19. Gros morceau.

avoir à se mettre sous la dent dans le camp où il croupissait. Et si la soif se faisait plus grande, Samuel savait qu'il pouvait compter sur la source de Saint-Antoine. Là, dans l'anfractuosité de la roche, l'eau jaillissait en un gargouillis délicat et précieux. Surgissant des profondeurs de la terre, elle ne craignait nulle pollution humaine, contrairement à l'eau de la rivière ou celle des torrents du pays, trop fréquemment souillées des déjections des troupeaux et des rejets de l'activité industrielle des hommes.

Rafael Mendez lui raconta qu'après le déjeuner, Samuel et François aimaient à se prélasser sous les arbres. Samuel sifflotait une mélodie populaire juive qui, comme la fumée de sa pipe, montait dans l'air pour s'évanouir et rejoindre les parfums de la nature sauvage. Une buse tournait dans le ciel, à la recherche d'un imprudent surmulot ou d'une couleuvre ensommeillée. Qu'il était loin ici de la routine domestique, de la ville aux odeurs fétides, de la rouerie des affaires traitées dans le quartier du sentier, du regard en biais des bons Aryens qui tournaient la tête à la vue de l'étoile jaune que les Juifs devaient désormais arborer. Ici, Samuel était libre, ivre d'indépendance, de ce bonheur simple et limpide qui ne lui donnait d'autre maître que la nature, exigeant peine et sueur pour porter ses fruits. Dans ce décor baigné d'une lumière diaphane, dans cet espace sculpté de main d'homme, au cœur du silence, Samuel sentait l'espérance renaître en lui.

— Ces jours heureux auraient pu durer longtemps si le malheur n'avait pas pointé le bout de son nez en mai 1943, soupira Rafael Mendez.

— Que s'est-il passé au juste à ce moment-là ? lui demanda Roger.

— Personne ne vous l'a raconté ?

— Très brièvement…

— C'était un soir de mai, entre chien et loup… Il était sept heures et demie bien sonnées à l'heure allemande. On venait juste de s'arrêter de faire les patates au Taouret parce que, à cette heure-là, on n'y voyait plus rien.

— Vous plantiez des pommes de terre ?

— Non ! Ici, les patates, on les plante à la lune de la fin mars. Il s'agissait de les débarrasser pied par pied des premières éclosions de doryphores. Marcelin Sicre avait sulfaté à l'arséniate quelques jours auparavant. Il fallait juste enlever les larves pour les empêcher de se reproduire.

— Un travail facile ?

— On voit bien que vous ne l'avez jamais fait ! Tout le monde avait les reins cassés…

— Qui était là avec vous ?

— Ceux de Borde Blanche, Darmon et son gosse, Jean Vidal et moi-même…

— Qui était ce Jean Vidal ?

— Un tâcheron de Chalabre qui travaillait à la

journée pour nourrir une famille trop nombreuse. Un brave type, plutôt taiseux. On était tous en train de se débarbouiller au puits, dans la cour de la ferme de Borde Blanche, quand on a entendu un bruit de moteur sur le chemin. À ce moment-là, je suis rentré avec Francou dans la maison pour chercher un morceau de ce savon noir qu'on fabriquait avec de la saponaire et de la cendre de bois, restrictions obligent. Par l'étroit *fenestron* de la souillarde, j'ai vu arriver deux camions remplis de soldats allemands. Ils couraient en tous sens mais il ne leur a pas fallu longtemps pour se mettre en position.

— C'était quel jour ?

— Le 18 mai 1943. Je crois que c'était un mardi…

— Deux jours après la chute du ghetto de Varsovie…

— Peut-être bien… Je perds la mémoire des dates, mais celle-là, je ne l'ai pas oubliée. Les boches venaient de Pamiers, paraît-il.

— Une tragique méprise ? On m'a dit qu'ils auraient confondu avec une autre ferme, celle de Peyreblanque, fit Roger.

— Oui, c'est ce qu'on a raconté dans le pays…

— Ce n'était pas vrai ?

— Si, mais en partie seulement.

— Que voulez-vous insinuer ?

— Les Allemands ne sont pas venus là par hasard…

— Que s'est-il passé alors ?

— Pour se ravitailler, les gars du maquis allaient dans les fermes, mais ils avaient un peu tendance à abuser des ordres de réquisition et à faire du profit, si vous voyez ce que je veux dire.

— Ils revendaient au marché noir ?

— Le groupe essayait de survivre tant bien que mal, fit Mendez en haussant les épaules, avec un sourire plein de fatalité.

— Et ça ne plaisait pas à tout le monde ?

— Tout à fait ! Personne dans le pays n'ignore que les petits jeunes qui tentaient d'organiser un maquis à Peyreblanque ont été dénoncés.

— Sait-on par qui ?

— La rumeur a parlé de ceux du château…

— Les Ducos ?

— Oui, à deux reprises, les jeunes avaient fait une razzia dans leurs métairies pour rafler des volailles, de la farine et du vin.

— Ils n'ont pas été inquiétés à la Libération ?

— La justice, c'est bon pour les pauvres ! Les riches, eux, ils y échappent la plupart du temps, répliqua Rafael Mendez d'une voix qui trahissait l'écœurement de l'ancien anarchiste de la FAI, aujourd'hui revenu de tout.

Le sourcil levé, Roger Darmon scruta le visage de Mendez. Les rides burinaient les joues de l'ouvrier espagnol. Elles y traçaient des sillons profonds, témoins des rares joies et des nombreuses peines qui avaient ponctué une vie de labeur. Les yeux du vieil homme étaient remplis de la désolation des causes perdues. Jamais il n'avait digéré la défaite de la république du *Frente popular*. Cinquante ans après, il vomissait toujours les nationalistes qui avaient condamné les vaincus de 1939 au mieux à l'exil, la plupart du temps à d'infectes geôles et bien trop souvent au peloton d'exécution. Roger Darmon sentit une grande lassitude accabler le vieil homme. Sans doute prenait-elle naissance dans le fait que les espérances de sa jeunesse s'étaient brisées sur les tragédies de l'histoire. Rafael Mendez se gratta ce qui lui restait de cheveux qui poussaient en une couronne poivre et sel autour d'un crâne blanchâtre.

— Comment avez-vous réussi à vous échapper ?

— Dans la souillarde, il y avait deux *fenestrons* dont un donnait sur la *porcatièra*.

— La quoi ? demanda Roger.

— La *porcatièra*, c'est là où l'on met le cochon. Je n'ai pas hésité longtemps. J'ai attrapé Francou par le col de son sarrau. Fallait pas traîner ! Les boches allaient encercler la borde[20]… On a traversé le petit *couderc*, sauté le mur de

20. Exploitation agricole de taille modeste, souvent synonyme de métairie.

pierres sèches et on a foncé droit devant, vers un petit bois, à une centaine de mètres de là. À l'orée du taillis, on s'est tapis dans l'herbe tiède, la tête dans les fougères, pour voir comment ça tournait.

— Et qu'est-ce que vous avez vu ?

— De là où l'on était, pas grand-chose. Dépités de ne rien trouver dans la ferme, les boches ont mis le feu à la grange. Et très vite, c'est toute la borde qui s'est enflammée, d'un coup, en un crépitement d'allumettes. La nuit était tombée et les flammes montaient haut dans le ciel comme un feu de la Saint-Jean.

— Les Allemands ne vous ont pas repérés ?

— Non. La nuit nous protégeait. On a entendu les boches faire monter tout le monde dans les camions à grands coups de crosse.

— Ils les ont amenés où ?

— Vers la prison Saint-Michel, à Toulouse, je crois. On m'a dit que votre oncle avait été envoyé à Drancy quelques semaines plus tard.

— L'antichambre des camps de la mort !

— Oui, là d'où l'on ne revient pas...

— Et les Sicre ?

— Disparus... Sans doute sont-ils morts sous la torture ou victimes de mauvais traitements, comme tant d'autres.

— Comme les évadés de France sur les chemins de la liberté, dans la prison de Miranda, soupira Roger.

En bon connaisseur des geôles franquistes, Rafael Mendez acquiesça, sachant bien que nombre de ses compatriotes avaient péri dans ces cachots infects où, privés de la lumière du soleil, les malheureux en venaient à perdre la notion des jours. Les caves et les murs des cellules de la prison Saint-Michel devaient suppurer la souffrance et conserver le secret de bien des destins tragiques. Roger Darmon n'était pas sans savoir que l'appareil d'état du régime de Vichy avait complaisamment servi l'occupant. N'était-il pas allé jusqu'à devancer les désirs des Allemands ? N'avait-il pas pris l'initiative de la déportation des enfants juifs, livrés par Jean Leguay, chef de la police française en zone occupée, sur ordre de pierre Laval, dès le mois de juillet 1942, alors que les nazis eux-mêmes ne le réclamaient pas ?

— Quand les camions sont enfin partis, on a attendu un peu, de crainte qu'ils ne reviennent. Puis, Francou et moi, on est sortis de notre cachette. La ferme était la proie des flammes. Impossible de s'approcher du brasier pour récupérer quoi que ce soit ! Il faisait un noir d'encre et je ne savais pas trop quoi faire, ni où aller, surtout avec un gamin de cet âge-là sur les bras !

— Vous ne pouviez pas rester dehors ?

— Les nuits sont encore fraîches dans les Pyrénées à la mi-mai… Il me fallait trouver une maison amie, au moins pour un soir. Alors je me suis souvenu de monsieur Amiel…

— Amiel ?

— L'un des instituteurs du village. Il avait acheté deux cannes de bois pour sa cuisinière au père Sicre, le mois précédent. C'est moi qui les lui avais livrées avec le charreton. Je l'avais aidé à le ranger et, pour la peine, il m'avait payé un coup à boire. On avait causé. Il avait la nostalgie du Front populaire…

— Et vous celle du *Frente popular* ?

— *¡Si!* J'étais sûr que lui, au moins, il ne nous dénoncerait pas ! Alors, à travers champs, en évitant les routes, on a gagné le village. On a rasé les murs comme des chats en maraude !

— Amiel vous a ouvert sa porte ?

— Oui, et j'ai poussé un soupir de soulagement. Ce soir-là, le gosse a dormi au chaud et moi dans la cabane au fond du jardin.

— Et les jours suivants ?

— Monsieur Amiel, qui avait une fille presque du même âge, a accepté de prendre Francou chez lui.

— Et vous ?

— Pas question de m'attarder ! Le lendemain, à la première heure, après avoir avalé un grand bol d'ersatz de café, j'ai pris la poudre d'escampette.

— Pour aller où ?

— Monsieur Amiel m'a donné l'adresse d'un de ses condisciples de l'école normale. Un instituteur en poste à Varilhes qui s'occupait du syndicat et dont il était sûr. Il s'appelait Marcel Caralp et il avait quelques contacts avec la résistance. C'est comme ça que j'ai rejoint les guérilleros qui grenouillaient dans le secteur du col de Py.

— Et de là, vous avez participé à la libération de Foix ?

— Oui, le 19 août 1944, j'ai fait partie du groupe de ceux qui, sous les ordres du commandant Robert, ont attaqué la préfecture. Plus tard, j'ai fait le coup de feu contre les boches qui s'étaient retranchés au lycée. J'étais même juste derrière Bigeard quand les Allemands ont signé leur reddition !

Et Rafael Mendez ajouta avec un léger sourire :

— Je vois que vous êtes bien renseigné, monsieur Darmon...

— Et après ? fit Roger.

— J'ai rejoint le 1er bataillon d'Ariège, une unité commandée par Amilcar Calvetti. Avec eux, j'ai combattu en Alsace et en Allemagne dans l'armée de De Lattre jusqu'en mai 1945.

— C'est alors que vous êtes revenu à Sainte-Colombe ?

— Non, beaucoup plus tard... J'ai travaillé comme carrier pendant plus de trente ans pour la société Titanite, une boîte qui fabrique des explosifs à Pontaillier, près de Dijon. La dynamite, vous savez, je connaissais bien. J'avais appris à m'en servir pendant la guerre d'Espagne ! J'effectuais des tirs de mines pour les clients. Mais l'air froid du Haut-Doubs n'était pas très bon pour mes bronches. Le tabac aidant, je toussais beaucoup et ça me fatiguait le cœur. Alors, à l'âge de la retraite, toujours proscrit en Espagne, j'ai décidé de revenir m'installer ici où le climat me convenait mieux. Mais je ne voudrais pas crever sans savoir qui est le salaud qui nous a dénoncés en 1943 !

— Depuis le temps, il est sans doute mort aujourd'hui, non ?

— Probablement, mais ça ne fait rien. J'aimerais aller cracher sur la tombe de ce fumier ! jeta Rafael d'une voix tranchante que vint interrompre une longue quinte de toux.

— Tousser vous fatigue le cœur ?

— Oui. Le docteur me dit qu'il faut que je fasse attention à ma tachycardie… Heureusement, il y a des cachets pour ça ! Té, regardez… fit Mendez en désignant une boîte de quarante comprimés de digitaline Nativelle dosés à 0,1 milligramme.

— Mais votre boîte est vide…

— Yé le sais bien, maugréa l'Espagnol. D'ailleurs, j'ai téléphoné et on ne va pas tarder à m'en apporter d'autres.

— Savez-vous ce qu'est devenu le petit François ?

— Quand je suis revenu ici en 1978, il avait disparu depuis plus de quinze ans, répondit

Rafael. Mais Yvette Amiel, la fille de l'instituteur, pourra vous en apprendre plus…

Mendez jeta un coup d'œil au cadran de la comtoise. Tic-tac, tic-tac… Il était presque six heures du soir. Le balancier de cuivre jaune poursuivait inlassablement son va-et-vient dans la caisse en bois fruitier. Le vieil Espagnol poussa un long soupir. Les paupières mi-closes, il replongea dans le silence de ses pensées, plein de la fureur de ses combats d'hier. Les images du passé s'y entrechoquaient en un kaléidoscope baroque pour donner à ses souvenirs la dimension de la mémoire du siècle, celle du sang, de la haine, mais aussi de l'espoir retrouvé. Le soir tombait et la luminosité commençait à baisser dans la pièce. Bientôt, il faudrait allumer la lampe, prélude au *Bigdil*, l'émission de jeux animée par Vincent Lagaf que Mendez suivait avec l'assiduité des vieux célibataires.

Roger Darmon comprit qu'il était temps de prendre congé. Sans doute le vieil homme était-il fatigué. Sa visite n'avait pas été inutile. Il avait tout lieu d'être satisfait de la moisson de renseignements qu'il lui avait fournie. Il en avait plus appris sur son père en une après-midi que dans toute sa jeunesse. En remontant dans sa Clio, une foule de questions l'assaillait : pourquoi lui avait-on caché les origines de sa famille ? Rafael Mendez ne lui avait rien dit qui justifiât l'omerta qui entourait le destin du petit Francou… Quel lourd secret avait-on voulu lui taire ? Pourquoi des ombres faisaient-elles obstacle à la vérité ? *D'ordinaire*, songea-t-il en tournant la clé pour démarrer sa voiture, *seules les histoires de naissances illégitimes ou d'honneur suscitent de tels silences…*

4
Un gentil petit garçon !

En quittant Rafael Mendez, Roger Darmon ne pouvait s'empêcher de songer au petit Francou, ce père qu'il ne connaîtrait jamais. Il avait la tête ailleurs. Ainsi, au moment de déboîter pour reprendre la route, oubliant de jeter un coup d'œil dans le rétroviseur de la Clio, manqua-t-il de se faire accrocher par un vieux tracteur qui, conduit par un agriculteur pressé de rentrer soigner ses bêtes, avait déboulé toutes lumières éteintes sur la petite départementale. Roger s'en tira avec un brusque coup de frein. Il laissa échapper un juron. L'engin agricole disparut aussi vite qu'il avait surgi, tandis qu'un frisson de peur rétrospective étreignit Roger d'une contraction glacée. Maugréant contre son inattention, à défaut d'un de ces giratoires appelés familièrement *ronds-points européens* qui fleurissaient pour le grand bonheur des élus avides d'inaugurations officielles, il se mit à la recherche d'un chemin de traverse pour faire demi-tour.

Quelques minutes plus tard, en repassant en sens inverse devant le modeste logis de Mendez, il distingua dans le soir qui tombait la massive silhouette d'un 4×4 de couleur sombre. L'étroitesse de la chaussée et l'imposant véhicule l'obligèrent à ralentir. Parvenu à sa hauteur, Roger Darmon reconnut un Range Rover 4.6 V8, une bête de luxe d'une puissance de 225 CV. L'an passé, l'American Bureau of shipping lui en avait fourni un en location pour une mission en Norvège. Un engin d'un confort remarquable dont les deux défauts étaient une gloutonnerie dépassant allègrement les seize litres d'essence au cent et, accessoirement, de n'être pas à la portée de toutes les bourses. Ils ne devaient pas être nombreux dans le pays à pouvoir rouler dans un tel carrosse, songea-t-il en regardant la voiture s'éloigner dans le rétroviseur. Qui pouvait bien rendre visite au vieil Espagnol à cette heure ?

Perdu dans ses réflexions, Roger aborda bientôt le cœur du village. Hormis une petite voiture sans permis qui circulait à la vitesse d'un escargot, les principales artères du bourg de Sainte-Colombe étaient désertes. À cette heure, seuls quelques matous en quête d'aventures se hasardaient dans les ruelles. Leurs silhouettes fugitives se glissaient entre les pâtés de maisons, sautant un mur pour mieux s'engouffrer par un soupirail dans les profondeurs d'une cave à la recherche d'une hypothétique souris. Nombre d'habitants avaient déjà fermé leurs volets et seuls quelques rais de lumière entrecoupés du scintillement d'un poste de télévision filtraient à travers les lames des persiennes. À la lueur du pinceau jaune des phares de la Clio qui perçaient l'obscurité croissante, Roger Darmon prit le chemin de la ferme de la Garosse.

Il contourna l'entrée principale pour atteindre l'arrière du bâtiment. Dissimulé au ras du toit, un projecteur à détecteur de présence illumina la cour, dissipant les ténèbres d'une lumière crue. Les bras chargés d'impedimenta, Roger Darmon ouvrit le large vantail clouté du gîte. Il déposa ses emplettes avant d'aller refermer la porte. La nuit tombée, la fraîcheur des soirs d'octobre se faisait bien sentir, même si les vieux murs de la ferme, par leur caractère isotherme, maintenaient un reste de douceur estivale. Habitué à travailler sur des plateformes pétrolières souvent implantées dans des pays chauds, Roger Darmon était quelque peu frileux. Aussi, faute de bois pour faire un bon feu de cheminée, il tourna le bouton du convecteur électrique de la salle de séjour, laissant l'appareil diffuser une chaleur sèche et impersonnelle qui contrastait avec le décor chaleureux du logis.

En rangeant méthodiquement ses provisions dans le frigo, Darmon songeait à tout ce qu'il avait appris cette après-midi. La visite au vieil homme avait été riche en enseignements. Si l'histoire des siens s'éclairait d'un jour nouveau, Roger demeurait néanmoins dubitatif. Pourquoi lui avait-on caché ce passé ? Être le fils d'un tailleur parisien de confession juive qui avait échappé par deux fois au tragique destin dont avaient été victimes des millions de ses coreligionnaires n'avait rien de honteux. Cette découverte ne dissipait pas l'énigme entourant la disparition de son père. Sans doute n'avait-il soulevé qu'un coin du voile… Loin de se victimiser, une puissante volonté de vérité et de justice l'habitait. Demain, il irait à la rencontre de cette Yvette Amiel.

En finissant de mettre son couvert, Roger Darmon se rendit compte qu'il avait omis d'acheter du pain. Hélas, à cette heure tardive, la boulangerie du village avait toutes les chances d'être fermée. Seule solution : frapper à la porte de son avenante propriétaire et jouer les mendiants ! Sans éteindre la lumière, il sortit du gîte. Un petit vent frais descendait des cimes. Il pressa le pas et releva le col de son blouson. Dans l'obscurité gluante, Darmon contourna le bâtiment principal pour aller sonner chez Brigitte Espinasse. Il n'eut pas longtemps à attendre. Un pas résonna et le sympathique visage de son hôtesse s'encadra dans la lumière.

— Ah, monsieur Darmon…

— Désolé de vous déranger à l'heure du repas…

— Que puis-je pour vous ?

— Sans vous obliger… me dépanner ! Figurez-vous que j'ai oublié le pain.

— Bien sûr… Entrez donc, fit-elle avec un sourire accueillant. Mon fils vient juste de revenir du lycée.

Brigitte Espinasse s'effaça pour le laisser entrer. Une agréable odeur de soupe flottait dans l'air. Dans la grande cuisine de campagne, un jeune homme aux cheveux châtains mi-longs était installé à la table de ferme. Le nez plongé dans une assiette à calotte, il avalait méthodiquement une garbure assez épaisse pour faire tenir une cuillère toute droite. Alexandre Espinasse arborait un t-shirt noir sous une chemise de sport à grands carreaux jaunes, son blouson en jean délavé, façon mauvais garçon, suspendu au dos de sa chaise. De prime abord, Darmon lui trouva un air de ressemblance avec le chanteur Julien Clerc. Sans doute un effet de la coiffure, cette chevelure bouclée et portée dans un négligé savant que les doigts suffisaient à peigner dans les premières lueurs de l'aube.

En le voyant paraître, le fils de Brigitte Espinasse leva la tête. Sur son visage, Darmon ne distingua d'abord qu'une profonde lassitude. Sans doute le jeune homme était-il fatigué par sa journée au lycée et ses heures de travail à la ferme, histoire de soulager sa mère. Darmon s'avança pour lui serrer la main. Dans les grands yeux noirs où les traces de l'adolescence s'enfuyaient, Roger lut une langueur mélancolique que les esprits romantiques du XIXe siècle n'eussent pas désavouée. Bien au-delà d'une tristesse passagère, fruit des soucis des jours ordinaires, ce qui le frappa c'était l'absence de flamme de la jeunesse, celle qui brûle les jours et consume les nuits du désir de vivre à cent à l'heure pour donner à chaque instant l'illusion de l'éternité.

— Comme ça ? lui demanda Brigitte Espinasse en se saisissant d'un couteau-scie à fines dents pour trancher un épais *tarnas* de pain frais dans la croûte dorée d'une tourte parsemée de scarifications farinées.

— Merci ! Ça me suffira bien…

— Vous avez fait une belle promenade cette après-midi ? demanda-t-elle en achevant de couper le pain.

— Oui… J'ai découvert le lac. Le paysage est magnifique. Un retour aux sources, en quelque sorte…

— Vous y avez retrouvé des racines ?

— On peut le voir comme ça, en effet ! *L'incompréhension du présent naît fatalement de l'ignorance du passé*, laissa tomber Roger en souriant.

— Belle formule… C'est souvent vrai, en effet. C'est de vous ?

— Non, de Marc Bloch.

— Marc Bloch ? Qui est-ce ?

— L'un des plus grands historiens français. Les nazis l'ont fusillé en juin 1944…

— Pourquoi ?

— Parce qu'il était d'origine juive.

— Comme vous.

— On n'échappe jamais totalement à ses origines, soupira Darmon en faisant mine de se retirer.

— Je vous raccompagne, répondit Brigitte Espinasse en enveloppant la large tranche de pain dans un morceau de papier d'aluminium.

Alexandre Espinasse avait continué de manger sa soupe comme si de rien n'était. De temps à autre, il soufflait sur la cuillère pour atténuer la chaleur de l'épais breuvage qui mêlait en une alchimie mystérieuse le parfum puissant des choux pommés, la saveur sucrée des carottes nantaises, les flagrances délicates du navet tardif d'Auvergne et le goût de terroir authentique du confit qu'une noisette de graisse de canard venait relever. Il n'y avait nulle hostilité dans son comportement. Le jeune homme semblait juste quelque peu absent. Toutefois, derrière son assourdissant silence, la tristesse de son regard de chien battu laissait supposer bien des tourments.

— Votre fils m'a l'air soucieux, ne put s'empêcher de remarquer Roger quand Brigitte lui ouvrit la lourde porte d'entrée.

— Depuis le décès de Claude, mon mari, il est un peu ailleurs... Faut pas lui en vouloir.

— La mort de son père l'a beaucoup marqué ?

— Oui... Il n'est plus tout à fait le même.

— Une maladie ?

— Un accident de la route, un soir de fin octobre, pendant les vacances de la Toussaint, il y a deux ans...

— Votre mari était en voiture ?

— Non... Claude avait labouré avec une grosse charrue quadrisoc qu'il venait d'acquérir. La nuit était tombée depuis un bon moment et il rentrait à la maison. D'après les constatations des gendarmes, il a mordu le bord de l'accotement dans le virage du chêne vert, presque à la sortie du bois de la Fajane.

— Tout seul ?

— Les gendarmes ont émis l'hypothèse qu'il avait voulu éviter un véhicule venant en sens inverse, il y avait une légère trace de pneu dans l'herbe, à la même hauteur, de l'autre côté de la route. Claude, semble-t-il, a bien tenté de donner un coup de volant, mais la charrue l'a entraîné dans le talus. Tout l'attelage s'est retourné... La cabine du Massey Ferguson n'a pas résisté à la culbute et il a été écrasé par son tracteur.

— Il a été tué sur le coup ?

— Oui. Enfin, c'est ce qu'on nous a dit. Et c'est ce que j'ai préféré laisser croire à Alexandre…

— Vous en doutez ?

— Les secours ont mis presque trois heures pour dégager Claude, soupira Brigitte d'une voix blanche.

— Tout ce temps…

— Oui, il a fallu aller chercher une grue à Quillan pour soulever le Massey Ferguson et son attelage…

— Une grosse machine sans doute ?

— Un 9240, un modèle quatre roues motrices de 245 CV, que mon mari avait acheté l'année précédente, au salon de l'agriculture à Paris. Un engin qui pesait à vide plus de neuf tonnes ! C'était le plus puissant de tout le pays et Claude en était très fier.

La jeune femme baissa la tête. Roger vit qu'elle était au bord des larmes. Il esquissa un sourire de compassion gêné. Il s'en voulait un peu de sa curiosité. Qu'avait-il eu besoin de lui poser ces questions ? Remuer ces souvenirs ne pouvait que raviver sa peine. La main sur la poignée de la porte, il hésitait à lui témoigner sa sympathie d'un geste amical. Aussi se contenta-t-il de hocher la tête en silence avant de s'éclipser en murmurant dans un souffle : « Et merci pour le pain… » La fraîcheur de la nuit automnale le fit frissonner une fraction de seconde. Un léger vent descendait des crêtes, renforçant l'humidité de l'air ambiant. Au loin, dans l'épaisseur de la nuit d'octobre, une cloche sonna un angélus tardif et Darmon se hâta de regagner ses pénates pour fermer les volets.

L'estomac dans les talons, Roger, en célibataire endurci, eut vite fait de se préparer une omelette au jambon, rendue plus savoureuse par l'ajout d'une généreuse dose de fromage râpé. Se souvenant de ce que lui répétait sa grand-mère, *deux œufs bien battus, c'est un œuf de gagné*, il s'activa d'une main énergique à la fourchette pour rendre le mélange bien mousseux. Une pincée de sel et de poivre, et le tour était joué. Tandis que l'omelette cuisait à feu doux dans la poêle, Darmon alluma la télé. L'arrestation à Londres d'Augusto Pinochet, l'ancien commandant en chef de l'armée chilienne devenu président par le putsch militaire du 11 septembre 1973 qui avait renversé le socialiste Salvador Allende, alimentait toujours l'actualité. Darmon écouta d'une oreille distraite le journaliste de la première chaîne expliquer que cette arrestation faisait suite au mandat d'arrêt international délivré par le juge espagnol Baltasar Garzón qui enquêtait sur l'opération Condor, une campagne d'assassinats politiques menée par les services secrets de plusieurs dictatures sud-américaines avec le soutien tacite des États-Unis.

Sans être blasé, Roger avait appris à garder à

distance les feux de l'information. Il ne nourrissait bien sûr aucune compassion pour ce général chilien, responsable de multiples violations des droits de l'homme et de la torture de plus de trente-huit mille personnes, de la mort ou de la disparition de milliers d'autres. Sans doute fallait-il voir dans cette attitude le reflet d'une certaine déformation professionnelle. Son métier, sur les plateformes pétrolières, en l'obligeant à se déplacer aux quatre coins de la planète, l'avait habitué à fréquenter des régimes peu démocratiques. Ce qui entourait l'or noir n'était-il pas bien souvent enveloppé d'un parfum de dollars et de coups tordus ? Si Roger Darmon continuait de porter un regard indulgent sur l'humanité, l'égoïsme des uns et la cupidité des autres lui avaient ôté toute illusion sur nombre de ses semblables.

L'omelette avalée, Darmon déposa son assiette dans l'évier, repoussant la corvée de la vaisselle au lendemain. Tandis que le présentateur annonçait la météo, il exhuma de son sac de voyage un petit carnet à l'épaisse couverture cartonnée ceinte d'un élastique noir. Sans être un journal à proprement parler, il s'en servait comme d'un pense-bête, y notant les détails du quotidien. D'une fine écriture, il fit le point, consignant ce qu'il avait appris sur l'histoire de ce père dont on avait toujours cherché à lui cacher l'existence. Sa journée avait été riche et Roger se sentait las.

Sa page achevée, il s'installa dans son duvet en plumes d'oie. Demain, il irait à la rencontre de cette Yvette dont Rafael Mendez lui avait parlé. Sans doute obtiendrait-il de sa bouche de précieux détails. Il avait oublié de demander son adresse au vieil Espagnol mais Ginette, l'épicière à la langue bien pendue, saurait bien lui indiquer où la trouver.

Roger s'endormit en feuilletant un ancien numéro de la belle revue bimestrielle *Pyrénées Magazine* qu'il avait dégotée dans le bric-à-brac du tiroir du buffet, au milieu de quelques dépliants touristiques, de la liste détaillée de la vaisselle disponible dans le gîte et de menus objets qui, tels un jeu de cartes, une multiprise ou un décapsuleur publicitaire, peuplaient le vide-poche de circonstance. Son esprit divaguait au fil des pages de papier glacé, emporté ici, au détour d'une estive abandonnée, par le chant d'un coq de bruyère, là par le brame d'un cerf, au tréfonds d'un bois de hêtres dorés. En regardant les photos d'une magnifique randonnée qui conduisait le lecteur au pied des pentes enneigées du mont Valier, il plongea dans les bras de Morphée.

Par habitude, Darmon se réveilla tôt. Il ouvrit les volets du gîte. Le jour peinait à se lever. Le soleil pointait le bout de son nez, irisant les crêtes du Plantaurel pour laisser des bancs de brume matinale s'attarder en écharpes laiteuses au creux des vallons. Il respira une grande goulée d'air pur et laissa la fenêtre ouverte pour chasser les miasmes de la nuit. Sa toilette expédiée, ragaillardi par un bon café, l'estomac calé de deux tartines, il consulta sa montre. Il était à peine huit heures et demie. Roger jugea qu'il était trop tôt pour aller chez Yvette Amiel. Peu adepte de ces footings matinaux qui, trop souvent, font respirer les pots d'échappement à nombre de citadins avides d'exercice pour brûler des calories superflues, il préféra prendre la voiture pour se rendre au lac. Ce plan d'eau l'attirait de toute sa puissance magnétique. Une partie de l'histoire des siens s'était jouée là. Là se perdait la trace de son père… La rencontre avec cette Yvette Amiel parviendrait-elle à soulever un coin du voile sur sa disparition ?

Roger Darmon retrouva sans peine le chemin de la veille. Les branches des arbres y étaient un peu plus lourdes de rosée. Laissant sa voiture au plus près de la rive, en prenant garde de ne pas se mouiller les pieds dans quelque flaque, il s'aventura jusqu'au bord, provoquant la fuite d'une craintive poule d'eau à bec rouge et la disparition subite d'un couple de canards plongeurs. Dans le petit matin blême, Roger resta un bon moment à regarder le soleil se refléter dans l'immensité de l'eau noire qui ressemblait à un miroir maléfique, empreint d'une beauté tout aussi mystérieuse que sauvage. À côté d'un roncier, immobile, il écouta longuement les mille bruits d'une nature que son arrivée avait dérangée. L'apparition d'une foulque au plumage ardoisé qui glissait en silence sur l'eau sombre le tira de ses rêveries. Reprenant le volant de la Clio, il fit demi-tour et s'engagea sur l'étroite départementale qui conduisait au bourg de Sainte-Colombe.

— Ah, monsieur Lanzac ! Vous êtes bien matinal aujourd'hui, fit l'épicière en le gratifiant d'un large sourire commercial quand il poussa la porte de la boutique.

— Comme toujours et tout autant que vous…

— Vous plaisantez ! J'ouvre à sept heures trente tous les jours de la semaine, sauf le dimanche, c'est à neuf heures !

— Et moi qui craignais que le magasin ne soit pas ouvert…

— En campagne, on ne fait pas la grasse matinée. Les gens font leurs courses de bonne heure ! Qu'est-ce que je peux vous servir ?

— Ce matin, j'ai surtout besoin d'un renseignement.

Connaissez-vous une certaine Yvette Amiel ?

— Des Amiel, il y en a plusieurs ici…

— Celle que je cherche doit avoir une bonne soixantaine d'années…

— Alors vous voulez sûrement parler de la fille de l'ancien instituteur ?

— Oui, c'est celle-là, répondit Roger.

— Je la connais ! Elle habite sur le haut du village, juste après le cimetière, au lieu-dit Camp Saurine, à droite en montant vers Rivals. Vous ne pouvez pas vous tromper. C'est une villa toute blanche, style années cinquante, avec des volets en bois naturel et un petit jardin devant. Les Amiel, ses parents, l'avaient fait bâtir pour y passer leur retraite mais, les pauvres, ils n'en ont guère profité.

— Ils sont morts jeunes ?

— Oui, il y a un peu plus de quarante ans… D'après ce que je sais, ils partaient passer quelques jours de vacances dans une cabane de pêcheur qu'ils avaient construite à l'orée d'une vigne, sur un bout de terrain hérité d'un oncle, près de l'étang de Thau.

— Que s'est-il passé ?

— Leur voiture, une petite 4 CV décapotable, a été écrasée par un camion-citerne sur la nationale, un peu avant Narbonne…

— Un banal accident de la route…

— Certains ont prétendu que le chauffeur avait picolé, d'autres que les freins avaient lâché… Bref, ils ont été tués sur le coup. C'étaient de braves gens, paraît-il, et tout le village a été touché par leur disparition. Après huit ans passés aux chèques postaux à Paris, Yvette a eu sa mutation pour le bureau de poste de la Bastide-sur-l'Hers. De retour au pays, elle s'est installée dans la maison de ses parents.

— C'est loin d'ici ?

— Non, à peine un petit quart d'heure en marchant d'un bon pas. Mais faites attention aux chiens…

— Ils sont méchants ?

— Ce sont des dogues allemands. Ils montrent facilement les crocs à ceux qui passent le portillon sans y avoir été invités. Votre pantalon risque d'en souffrir, si vous voyez ce que je veux dire !

— Je saurai m'en souvenir, répondit Roger en esquissant un sourire.

— Yvette Amiel vit seule et sort peu, expliqua Ginette. Elle est restée vieille fille. Sans doute ne s'est-elle jamais remise de ce drame.

— Merci de tous ces détails, fit Darmon.

— C'est Rafael Mendez qui vous a parlé d'elle ?

— Oui, j'ai été chez lui hier après-midi.

— Vous avez bien fait d'y aller, fit Ginette avant d'ajouter, l'air songeur : aujourd'hui, vous n'auriez pas pu lui parler.

— Pourquoi ?

— Paraît qu'il a fait un malaise dans la soirée.

— Comment le savez-vous ?

— Une cliente… la mère Marrot. En venant chercher son lait, elle m'a raconté qu'on l'avait amené en urgence à la clinique de La Soulano, à Lavelanet.

— Comment l'a-t-elle appris ?

— Le bouche-à-oreille. Dans le pays, tout se sait vite… Sauf les secrets de famille !

— J'espère que ce n'est pas trop grave, murmura Roger l'air sincèrement ennuyé par cette nouvelle. Il m'a dit qu'il faisait de la tachycardie, poursuivit-il, mais hier soir, il me semblait bien.

— Le cœur, vous savez, mon pauvre monsieur Lanzac, ça prévient rarement !

Roger Darmon opina d'un hochement de tête. Il remercia l'épicière et se hâta de regagner sa voiture. Il n'eut guère de difficulté à trouver le chemin du Camp Saurine. La maison correspondait bien à la description de Ginette Laborde, qui ne lui avait pas menti : à peine avait-il mis un pied en dehors de sa voiture qu'il fut accueilli par un concert d'aboiements. Le poil du dos hérissé, les deux molosses auraient dissuadé quiconque de pénétrer dans le jardin. Leurs babines retroussées découvraient des crocs si acérés que Roger hésitait à mettre la main sur la poignée de la porte. Faire un pas vers la clôture décuplerait leur rage. Assurément, Yvette Amiel était bien gardée et les démarcheurs pratiquant le porte-à-porte devaient y réfléchir à deux fois avant de venir l'importuner. Soudain, une fenêtre s'ouvrit et une tête couronnée de cheveux blancs apparut.

— Monsieur ?

— Madame Amiel ? Yvette Amiel ?

— Oui, c'est moi, répondit la vieille dame prudemment.

— Je suis Roger Darmon…

— Darmon ?

— Le fils de Francou, jugea-t-il bon de préciser, conscient que ce nom pouvait représenter un sésame pour vaincre ses réticences à ouvrir la porte et l'inciter à rappeler ses chiens.

Yvette Amiel marqua une longue hésitation. Si Roger avait été plus près de la fenêtre, il aurait pu distinguer la double ride interrogative qui avait fleuri sur son front. Francou, Francou… Mon Dieu, Francou ! Ce diminutif réveillait les souvenirs d'un passé lointain.

— Attendez-moi là ! lui cria-t-elle, la voix cassée par l'émotion, avant de refermer précipitamment la croisée.

Les mains dans les poches, Roger Darmon jeta un regard circulaire sur la petite dizaine de maisons aux toits de tuiles qui constituaient le hameau du Camp Saurine. Ici, loin du tumulte des grandes villes, l'ordonnancement tranquille des jours avait la dimension de l'éternité. Ici, la vie s'écoulait au rythme immuable des feux de bois qu'on allume à la tombée de la nuit et qui s'achèvent en un ultime panache d'étincelles, dernière respiration de braises mourantes. Ici, on pouvait naître, vivre et mourir l'esprit paisible, rempli de la sérénité de ceux qui ont foi en l'humanité.

La vieille dame apparut dans le jardin. Vêtue d'un tablier de nylon à grosses fleurs bleues et d'une robe grise, chaussée d'espadrilles en toile beige, elle affichait une imprécise soixantaine. Comme par un coup de baguette magique, les chiens se précipitèrent vers leur maîtresse en remuant la queue. Yvette Amiel leur flatta l'encolure de la main et l'un d'eux, d'une langue humide et puissante, la remercia de ses caresses. Elle ouvrit le portillon et, sans manifester aucune animosité, les deux chiens s'approchèrent alors de Roger pour le renifler sous toutes les coutures. Darmon demeura immobile, sur une prudente réserve. Leur puissante musculature avait de quoi inspirer le respect aux plus intrépides des visiteurs.

— Tout doux, Jason… Tout doux, Irma… Ne craignez rien, monsieur, dit-elle en s'effaçant pour le laisser entrer dans le jardin. Ils sont moins méchants qu'ils en ont l'air ! ajouta la vieille dame, écartant les chiens d'un revers de la main.

— Vous êtes bien gardée à ce que je vois, observa Roger Darmon, sans oser bouger pour autant.

— Qui vous a parlé de moi ?

— Rafael Mendez… Vous voyez ?

— Qui ne connaît pas ce vieux républicain espagnol ici ? Il passe des heures assis sur son banc, au soleil, à rêver de cette Espagne où, même après la mort de Franco, il n'a jamais remis les pieds !

— Mendez m'a expliqué que vos parents avaient recueilli Francou après le passage des Allemands à Borde Blanche, en mai 1943. Je n'ai jamais connu mon père et j'aurais aimé en savoir plus…

— Vous n'êtes pas d'ici ?

— Mon grand-père habitait le Limousin. C'est là que j'ai grandi…

— Suivez-moi, fit-elle en empruntant l'allée cimentée qui conduisait, à travers un petit jardin, à un perron de quelques marches, lui-même permettant d'accéder à une terrasse dallée en ardoises des Pyrénées qui courait en « L » sur deux côtés de la maison.

En traversant le jardinet, Roger constata qu'il était méticuleusement entretenu. À en juger par les bégonias bulbeux qui s'épanouissaient dans de luxuriantes jardinières, Yvette Amiel devait avoir la main verte. Les feuilles des arbrisseaux d'ornement et des fruitiers, soigneusement ramassées pour ne pas se décomposer sur les plates-bandes gazonnées, s'entassaient en deux amas pointus à l'extrémité des massifs. Il leva la tête. Sur la façade de la maison, deux rosiers grimpants s'entremêlaient pour offrir un panache de fleurs couleur sang et or que Gaston Fébus, le mythique comte de Foix, n'aurait pas renié. La terrasse, ceinte d'une balustrade construite en tubes et piliers de béton, offrait une belle vue sur les montagnes proches. Dans un angle, sur une table de fer peinte en blanc, où trônait un pot de géranium, traînait une paire de sécateurs, vestige de l'activité de la veille, dévolue à la pré-taille des rosiers avant l'hiver.

Yvette Amiel, sans se retourner pour voir s'il la suivait, poussa une porte vitrée sur le côté de la maison qui donnait dans la cuisine. Enduite d'une peinture claire, meublée d'une table en Formica vert pâle aux pieds chromés, d'un buffet assorti et d'un meuble haut à trois portes, la pièce, spacieuse et claire, sentait bon le confort à la mode dans les années soixante. Une cuisinière à gaz trois feux estampillée Arthur Martin, un monumental frigo de marque Frigeavia et une cafetière Melitta posée sur une desserte carrelée de style basque, parachevaient l'équipement. Un calendrier des PTT, deux chromos et un caleil en cuivre jaune complétaient la décoration. Dans un angle de la pièce, un grand fauteuil en châtaignier tressé servait de coin repos. Sans doute Yvette Amiel y faisait-elle la sieste comme en témoignait, juste à portée de main, la présence de l'exemplaire du jour de *La Dépêche du Midi* et d'une paire de lunettes double foyer. Elle le pria de s'asseoir et lui demanda :

— Eh bien, monsieur… que voulez-vous savoir sur Francou ?

— Tout !

— Que ça !

— C'est que je ne sais rien ou presque.

— C'était un charmant garçon, soupira la vieille dame en esquissant un sourire aussi fané que le bleu de ses yeux.

— Pourquoi votre père l'a-t-il recueilli en mai 1943 ?

— Francou fréquentait l'école communale du village depuis presque deux ans. Quand Rafael est arrivé cette nuit-là, il était désemparé. Les Allemands avaient incendié la ferme. Mendez, qui voulait rejoindre le maquis, ne pouvait s'occuper d'un gamin. Francou n'avait nulle part où aller…

— Mais vous saviez que Francou était juif ?

— Comment l'ignorer ! Depuis l'ordonnance de Vichy du 7 juin 1942, pour se plier aux désirs des autorités allemandes, tous les israélites de plus de six ans en France devaient porter une étoile jaune.

— Et Francou la portait ?

— Bien sûr, comme tous les autres… Même s'il la camouflait bien souvent sous le revers de son veston comme beaucoup !

— Ils étaient nombreux ici dans son cas ?

— Deux ou trois. Ça nous avait fait drôle, à nous, les gosses, de voir l'étoile de David fleurir sur les sarraus de nos camarades dans la cour de récréation !

— Francou en souffrait ?

— Il était comme les autres.

— C'est-à-dire ?

— Certains cherchaient à la dissimuler derrière leur cache-nez, d'autres faisaient semblant de ne pas y prêter attention. Quand on croisait leur regard, ils baissaient les yeux, lâcha-t-elle dans un souffle avant d'ajouter : on les sentait gênés mais, pour nous, ça ne changeait pas grand-chose. On continuait à jouer aux billes ou au carré magique avec eux. C'étaient toujours nos copains.

Roger Darmon acquiesça avec un sourire de connivence. Même si le temps de la communale était loin, il ne se souvenait que trop bien de ses années en pantalon court. Sans père ni mère, élevé par des grands-parents âgés, il avait dû lui aussi affronter les remarques désobligeantes, parfois habillées de méchanceté, de certains de ses condisciples. Le port de l'étoile jaune, mesure discriminante par excellence, n'avait-il pas été suivi de l'obligation pour les Juifs de prendre uniquement la dernière voiture de deuxième classe du métro parisien, de l'interdiction de fréquenter les salles de spectacle, de posséder un poste téléphonique, préludes à une exclusion totale de la vie de la cité.

— L'arrivée de ce gamin dans la famille, ça a dû vous changer la vie ?

— Pour moi, fille unique, Francou était le petit

frère que je n'avais pas eu, soupira Yvette Amiel, la voix teintée d'une émotion non feinte.

— Un compagnon de jeu ?

— Plutôt un complice… Francou me considérait comme sa grande sœur. Il me confiait ses secrets et je pouvais compter sur son silence.

— Qu'aviez-vous à cacher ?

— Je commençais à devenir jeune fille. J'avais mes premiers béguins et Francou me servait parfois de messager, expliqua Yvette avec un sourire amusé.

— Recueillir cet enfant pendant l'Occupation n'a pas dû être facile pour vos parents. En ces temps de pénurie et de rationnement, Francou était aussi une bouche de plus à nourrir, non ?

— Certes ! Mais la campagne n'est pas bien loin. Et puis le logement de fonction de mes parents comportait un petit jardin que mon père cultivait avec un soin extrême. On a moins souffert que dans les grandes villes comme Toulouse ou Carcassonne.

— Qu'est-ce qui vous faisait le plus défaut ?

— Tout ! Francou était J2[21], comme moi. À cet âge, ce qui manquait aux gamins, c'était le chocolat, le sucre… La saccharine n'avait pas le même goût !

---

21. Surnom catégoriel donné aux enfants de moins de treize ans en 1943, en France, durant la Seconde Guerre mondiale.

— Comment vous êtes-vous débrouillés ?

— À la maison, le partage était de règle. On a fait les tranches de pain plus fines, voilà tout. Et puis mon père s'est arrangé avec le secrétaire de mairie pour récupérer sa carte d'alimentation et ses tickets.

L'évocation de ces années de guerre faisait resurgir dans l'esprit de la vieille dame des bouffées de souvenirs. Associés les uns aux autres, ils remontaient à la surface par grappes, telles des bulles de gaz carbonique dans un verre de cette blanquette de Limoux qui, ici, entre Ariège et Aude, se déguste en lieu et place du champagne, les jours de fête. Ses yeux se plissèrent un peu plus. Des images lui revenaient en tête. Yvette Amiel revoyait l'arrivée de Francou, son Francou… Elle l'avait découvert au petit matin, à l'heure où elle descendait, un peignoir passé sur sa chemise de nuit, prendre le petit-déjeuner dans la cuisine familiale. Attablé devant un bol de lait tiède, malgré les épreuves qu'il avait traversées durant cette soirée d'apocalypse, il gardait l'œil espiègle du gamin rieur dont elle avait déjà fait la connaissance dans la cour de récréation. En la voyant paraître, Francou avait simplement esquissé un petit sourire pour désarmer la surprise qui était la sienne.

En trois mots, sous le regard bienveillant de son instituteur de mari, Émilienne Amiel avait expliqué à sa fille la situation : le gosse était désormais seul au monde. Francou avait baissé la tête, se murant dans un silence pesant, à l'évocation du sort funeste de son oncle. Sans doute avait-il appris à se taire… On ne pouvait le laisser ainsi, sans toit, livré à lui-même, à errer dans les rues ! Formés à l'école normale, pétris des valeurs d'une république laïque, nourris de *Liberté, égalité, Fraternité* que l'État français avait remplacées par *Travail, Famille, Patrie*, ses parents, militants avant-guerre au syndicat national des instituteurs que le régime de Vichy avait dissous, n'étaient-ils pas de fervents lecteurs de l'hebdomadaire *L'*École libératrice où le philosophe Alain publiait des tribunes ? Proches des idées de la SFIO, sincères admirateurs du député du Tarn Augustin Malroux, lui aussi instituteur de formation, ils trouvaient naturel de mettre en pratique leur idéal humaniste.

Francou avait levé vers elle ses grands yeux noirs et Yvette n'avait rien trouvé à redire à son accueil, fruit des malheurs du temps de guerre. Rentré dans la famille par la petite porte, le gamin y avait bien vite pris toute sa place. Serviable et courageux, toujours de bonne humeur, il ne rechignait pas à effectuer les menus travaux domestiques qu'Émilienne lui confiait. Un torchon à la main, tous les soirs Francou s'attelait à la traditionnelle corvée de vaisselle. De même, il ne protestait jamais quand Henri Amiel lui enjoignait, après l'école, de remplir un grand sac de toile de coutennes, ces pissenlits sauvages dont la quinzaine de lapins enfermés dans des clapiers au fond du jardin raffolaient ou, en vertu du vieux droit de glanage, d'aller ramasser un bon fagot de bois mort dans les taillis qui couraient sur les pentes du Plantaurel, histoire d'économiser les cannes de bois de chauffage achetées à Borde Blanche. À la mauvaise saison, dans la lumière pâle du jour naissant, il aidait Henri à allumer l'énorme poêle en fonte, un Godin ventru, qui trônait en sentinelle au milieu de la salle de classe et autour duquel les gamins des proches bordes se serraient pour réchauffer leurs doigts gourds.

— Francou n'a jamais cherché à revenir à Borde Blanche ? avait demandé Roger Darmon, profitant d'un silence de la vieille dame.

— Bien sûr ! Nous y sommes retournés, tous ensemble, quelques jours après le drame.

— Sans doute espérait-il y récupérer quelques affaires ?

— Ce fut peine perdue…

Yvette Amiel se souvenait bien du jeudi après-midi où ils avaient effectué ce sinistre pèlerinage. Le ciel de mai charriait de gros nuages gris annonciateurs d'un orage printanier. Francou, entouré d'Henri et d'Émilienne Amiel, avait longuement contemplé ce qu'il restait de Borde Blanche. Rien ou presque… Les Allemands partis, en l'absence de pompe à eau on n'avait pu limiter l'ampleur des dégâts. Le feu s'était arrêté de lui-même parce qu'il n'y avait plus rien à brûler. Les flammes avaient tout dévoré et il ne restait que des pans de murs noircis d'où dépassaient des moignons de lambourdes et de chevrons. S'éloignant à tire-d'aile, un corbeau solitaire avait traversé le ciel, comme s'il répugnait à survoler cette terre de malheur.

— Le feu avait tout détruit ?

— Oui. Un vrai désastre… Nous avons fouillé les décombres, en vain ! Les quelques vêtements de rechange dont il aurait pu avoir l'usage étaient réduits en une charpie noirâtre. La seule chose que Francou a retrouvée, dans une anfractuosité du mur de la grange, c'est la petite boîte en fer-blanc où il cachait ses billes.

— C'était son trésor ? fit Roger en songeant aux interminables parties qu'il avait lui-même disputées avec ses camarades dans la cour de la communale.

— Oui, mais hélas la chaleur avait été si intense que seules celles en verre avaient résisté ! Les billes de terre, les plus nombreuses, les moins chères, peintes en rouge ou bleu, s'étaient fissurées.

— Ainsi, le brasier avait emporté les souvenirs que Francou avait pu se faire là depuis deux ans.

— Les siens comme ceux des Sicre, lui répondit Yvette Amiel.

— Francou est resté parmi vous durant toute la guerre ?

— Où pouvait-il aller ? C'était nous ou l'orphelinat ! Mon père a fait les démarches auprès de l'Assistance publique pour qu'il soit officiellement placé à la maison.

— Vous êtes donc devenus sa famille d'accueil…

— Sa famille tout court ! Francou était désormais seul au monde. Il n'avait plus personne.

— Il a donc vécu toute sa jeunesse ici, à Sainte-Colombe ?

— Oui, répondit Yvette Amiel, la voix chargée d'une émotion qui prenait racine dans les souvenirs du temps passé.

— Comment se comportait-il avec vous ? demanda Roger, avide d'en savoir plus. Vous n'étiez pas ses parents…

— Ce n'était pas un gamin difficile. Sans doute les épreuves qu'il avait traversées l'avaient-elles habitué à se contenter de ce qu'il avait. Il ne se plaignait jamais et manifestait en toutes circonstances une bonne humeur contagieuse.

— Et à l'école, il réussissait bien ?

— Francou était un excellent élève. En septième, mon père l'a eu dans sa classe. Ce fut pour lui, je me souviens, une année de grand bonheur pédagogique. Il apprenait vite. Plus que studieux, il avait l'esprit vif et agile. Il témoignait d'une grande curiosité, notamment pour les sciences naturelles. Bien au-delà des heures de cours, mon père se plaisait à lui enseigner les choses de la nature, les arbres, les plantes… Il nourrissait de grandes espérances pour lui.

— Il caressait le rêve de le voir devenir instituteur, comme lui ?

— Peut-être même professeur… C'est tout naturellement qu'à onze ans et demi, à la fin du printemps 1946, à l'issue du cours moyen deuxième année, Francou a passé le redoutable examen d'entrée en sixième qui lui ouvrait les portes de l'excellence, celle d'une scolarité bourgeoise, encore réservée aux élites de la nation.

— Et il a été reçu, bien sûr ?

— Brillamment ! Il est rentré au lycée de Foix au mois d'octobre suivant.

Yvette Amiel se souvenait parfaitement de ce jour-là. C'était le mardi 1er octobre 1946. Dans l'aube d'un pâle soleil d'automne, une page de sa vie se tournait. Henri et Émilienne, retenus par les obligations de leur propre rentrée scolaire à l'école du village, lui avaient confié la délicate mission d'accompagner Francou. N'était-elle pas, à l'orée de ses quatorze ans, déjà une jeune fille et plutôt grande pour son âge ? Francou avait été récuré dès potron-minet par la main de fer d'Émilienne, histoire d'extirper, malgré ses protestations, les ultimes onces de crasse qui eussent résisté au tub de la veille au soir. Pain, beurre, confiture maison, tous deux avaient avalé un copieux petit-déjeuner qui faisait fi des restrictions alimentaires encore de mise en ces années de reconstruction. L'estomac bien lesté, les cheveux coupés aussi ras que les ongles étaient taillés au carré, le béret sur la tête, il était monté avec Yvette dans la voiture d'André Carrière. Ce voisin, agent d'assurances et heureux possesseur d'une traction avant qui, cachée sous les bottes de paille au fond d'une grange, avait échappé aux réquisitions de l'occupant, les avait amenés à Lavelanet.

Là, investie de la lourde responsabilité de la rentrée scolaire de celui qu'elle considérait désormais comme son demi-frère, elle avait pris place, flanquée de Francou, la gibecière à l'épaule et la valise à la main, dans l'air frais du petit matin qui nimbait le Kercorb[22] d'une ambiance déjà automnale, dans le car pour Foix. Le véhicule, un vénérable Laffy LCsB de 1930 aux banquettes de moleskine fatiguées, peinait comme un beau diable en montant la côte de Nalzen. L'autocar asthmatique les avait déposés au Champ-de-Mars à l'heure où, ponctuels et d'un pas faussement pressé, les fonctionnaires de la petite préfecture gagnaient leurs bureaux.

22. Nom ancien du territoire qui constitue l'essentiel de l'actuel canton de Chalabre dans l'Aude.

Un peu ahuris, Yvette et Francou avaient débarqué dans la fraîcheur encore matinale, remplis tout à la fois de candeur et de méfiance.

Yvette Amiel confessa à Roger Darmon qu'à l'époque elle connaissait assez mal cette ville de Foix, n'ayant que rarement eu l'occasion d'y accompagner ses parents. Blottie au pied des trois tours de son château féodal, baignée par un torrent qui coulait sur un lit de galets, la vieille ville était faite de rues étroites et tortueuses jonchées de déjections canines. Seule l'esplanade de Villote, construite au début du XIXe siècle à l'emplacement des anciens remparts, ombragée de beaux platanes centenaires sous lesquels se tenaient les marchés, offrait les perspectives d'une petite capitale. Au-delà s'étendait le Champ-de-Mars, jadis dévolu à l'entraînement des soldats du 59e régiment. Cette belle place servait ponctuellement de marché à bestiaux et devenait, les jours de foire, le royaume des maquignons en blouses noires. Nombre d'habitants de la petite préfecture étaient des citadins de fraîche date. Fils de paysans des villages alentour devenus, à la faveur d'un concours administratif, fonctionnaires ou employés, ils se montraient soucieux de respectabilité et d'ascension sociale, désireux de tourner la page après les affres de l'Occupation.

Sur les allées de Villote, ce matin d'octobre, les feuilles des platanes prenaient une jolie couleur mordorée, annonciatrice des premiers passages de palombes qui allaient connaître leur apogée à la Saint-Luc. L'air était diaphane et l'automne sentait bon. Yvette était pleinement consciente de l'importance de la mission dont ses parents l'avaient chargée malgré sa jeunesse. Nantie du plan de Foix découpé dans le calendrier des PTT, elle avait fait preuve d'autorité et n'avait pas hésité à demander sa route à une dame vêtue de noir qui cheminait vers le cimetière, un cabas à la main. Forts des renseignements obtenus, remontant Villote, les Champs-Élysées ariégeois, ils passèrent successivement devant le collège de jeunes filles, la halle à l'architecture Baltard puis l'hôtel de ville.

Dans la partie haute des allées, Yvette et Francou longèrent le baraquement en bois d'une véritable institution, bien connue de tous les gamins de la cité comtale sortant de l'école Lakanal, du collège de jeunes filles ou du lycée. Débitant au détail un vaste assortiment de bonbons et de sucreries – tiges de réglisse à l'aspect de racines de bois, caramels mous, petites boîtes rondes et jaunes contenant des cachous Lajaunie, sucettes acidulées, chewing-gums à la menthe et chocolats de plus ou moins bonne qualité –, la bonbonnerie fuxéenne pouvait passer pour l'alliée objective de tous les arracheurs de dents de la préfecture de l'Ariège. À côté, un bureau de tabac faisant aussi office de marchand de journaux satisfaisait les envies des plus grands. Résistant à la concupiscence qu'elle voyait naître dans le regard de Francou, Yvette Amiel avait délibérément accéléré le pas. Pas question de s'arrêter pour musarder ! Encore moins de céder à la tentation d'une friandise. Tout juste si elle jeta un coup d'œil aux gros titres des journaux. *Le Parisien libéré*, *Paris-Soir* ou *La Dépêche du Midi* étaient dans l'attente du verdict du procès de Nuremberg. Quel sort allait-on réserver à ces dirigeants nazis coupables de l'un des plus grands génocides de l'histoire ? La mort par pendaison ne semblait faire aucun doute tant l'horreur de leurs crimes était grande.

Un peu après la chapelle de l'hôpital, Yvette et Francou avaient tourné à gauche pour emprunter la rue du Lieutenant-Paul-Delpech et, au-delà de la Banque de France, atteindre enfin le lycée de Foix. Les abords immédiats de l'établissement, construit à l'initiative du conseil général de l'Ariège entre 1884 et 1887, étaient ceints d'une grille en fer forgé où courait une glycine odorante. La façade, en brique rose du Midi toulousain et pierre de taille, offrait sur plusieurs niveaux des ouvertures en plein cintre, des frontons brisés et des colonnes en candélabres. L'édifice, qui ne prendrait le nom de Gabriel Fauré qu'en 1962, était majestueux et imposant, sans commune mesure avec le cours complémentaire de Lavelanet où Yvette Amiel poursuivait sa scolarité après avoir passé avec succès les épreuves du certificat d'études primaires.

Un peu impressionnée, elle avait gravi les marches pour pénétrer, Francou sur ses talons, dans le hall d'honneur. Là, sous un décor de feuilles de chêne, de lauriers et de palmes, surmonté d'un casque Adrian, de cartouchières, d'une douille d'obus et d'un clairon, s'égrenait, gravée dans le marbre blanc en lettres d'or, depuis l'inauguration en juin 1921, la longue litanie de cent quatorze noms, témoignage du sacrifice des anciens élèves, fonctionnaires ou agents de l'établissement durant la Première Guerre mondiale. Une deuxième plaque, juste dessous, en avait ajouté vingt-six, héros du second conflit mondial fraîchement terminé. Ils erraient, le nez en l'air, quand le concierge, un type enveloppé, vêtu d'une blouse grise serrée à la taille, les avait interceptés d'une voix bourrue.

— Qu'est-ce que vous cherchez ?

— Nous venons… Enfin, c'est pour lui… François rentre en sixième, avait expliqué Yvette en bafouillant, les joues empourprées.

— La rentrée a lieu à quatorze heures pour les externes !

— Mais, monsieur, c'est qu'il est pensionnaire.

— Ah… Dans ce cas, vous êtes en retard. Pour les internes, c'était à neuf heures précises ! Attendez là, je préviens monsieur le censeur…

Et le factotum revêche disparut dans les profondeurs de sa loge. Face au monument aux morts, écrasés par la hauteur des plafonds qui donnait au hall des allures de cathédrale, Yvette et Francou macérèrent dans l'angoisse quelques minutes. Bientôt arriva un homme d'une vingtaine d'années, aux airs d'étudiant. Il se présenta à eux comme étant maître d'internat. Grand, mince, les yeux noirs, le regard sombre mais le teint pâle, il entretenait soigneusement sa fine moustache pour masculiniser ses traits encore juvéniles. La voix était chaude et onctueuse, faussement traînante. Dans la demi-pénombre du hall d'entrée, le surveillant enveloppa Yvette Amiel d'un regard charmeur. Les yeux baissés, la toute jeune fille rougit jusqu'à la pointe des oreilles, balbutiant des excuses pour leur retard. Alors que le surveillant entraînait Francou vers une coursive qui courait en galerie, Yvette avait relevé la tête pour lâcher, comme sa mère Émilienne le lui avait demandé :

— Et tâche de te tenir à carreau si tu veux sortir dans quinze jours !

— N'ayez crainte, mademoiselle. Ici, même les plus terribles des chenapans filent doux, avait rétorqué le maître d'internat avec un sourire crispé qui en disait long sur la rigueur supposée de la discipline. Allez, prends ta valise et suis-moi, petit, avait-il ajouté en lui mettant d'autorité la main sur l'épaule.

5
Un charmant jeune homme

Yvette Amiel confessa à Roger Darmon avoir vu ce matin-là avec un secret pincement au cœur le petit Francou s'éloigner dans la coursive du lycée. Depuis trois ans, le gamin vivait avec eux et elle avait fini par s'y attacher. Il lui rendait bien l'amour tout fraternel qu'elle lui témoignait, capable de mentir effrontément de son air le plus naïf pour taire ses petits secrets de jeune fille. Pour elle qui, au sortir du cours complémentaire, rentrait tous les soirs en autocar à Sainte-Colombe-sur-l'Hers, la maison allait sembler bien vide. Les espiègleries et les pitreries dont Francou était coutumier ne la distrairaient plus des tâches domestiques que sa mère émilienne lui confiait pour mieux la former à son futur rôle de femme. Si Yvette trouvait tout naturel d'aider ses parents à faire la vaisselle ou de ranger sa chambre, elle ne prenait qu'un plaisir très modéré à s'échiner pour cirer le parquet de cette salle à manger où, du reste, l'on n'allait que pour les grandes occasions, c'est-à-dire pratiquement jamais, histoire de ne pas salir. Et que dire de l'eau froide du lavoir municipal où il fallait plonger ses mains pour rincer le linge de maison ou du raccommodage, à la lumière blafarde d'une ampoule, des torchons usés jusqu'à la corde par des années de service ? Tout cela n'avait rien de bien palpitant pour une jeune fille en herbe ! Voir Francou faire ses devoirs sur la toile cirée de la table de la cuisine, sécher, le porte-plume en l'air, sur un problème de trains qui se croisent ou de bassins qui, par vice, se vident à des débits différents, brisait la monotonie du fil de coton que l'on passe et repasse, une maille à l'endroit, une maille à l'envers, pour repriser et réparer l'outrage du temps.

— Sans en parler, nous avons tous souffert de son absence.

— Le petit réfugié juif s'était bien intégré !

— Ici, la plupart des gens l'ont toujours considéré avec bienveillance, jamais comme un *faidit*.

— *Faidit* ?

— C'est un mot qui remonte au Moyen Âge, à l'époque de la croisade des Albigeois. En occitan, expliqua Yvette, ça veut dire proscrit, exilé, quelqu'un à qui il ne faut pas parler, une personne qui ne mérite pas d'être aidée.

— Et pourquoi donc ?

— C'est le nom qu'on donnait au XIIIe siècle à ceux qui étaient bannis et dépossédés de leurs terres, soit parce qu'ils étaient coupables d'hérésie, soit parce qu'ils refusaient de prêter allégeance aux barons du Nord qui conduisaient la croisade. Un *faidit*, c'est une sorte de pestiféré dont l'âme serait empoisonnée. Ici, c'est une terre de résistance. Souvenez-vous que nous ne sommes pas très loin du château de Montségur. En 1244, au pied du Pog, plus de deux cents Cathares ont été brûlés vifs sur le *Prats dels Cremats*[23] parce qu'ils refusaient de renier leur foi.

— Francou était-il bon élève au lycée ? lui demanda Roger.

— Oh que oui ! soupira la vieille dame avec un sourire encore chargé d'admiration. Les succès du *gafet*[24] faisaient le bonheur de mes parents !

À l'abri des façades de brique rose du lycée de Foix, dans la profondeur des salles de classe un peu vieillottes où le plâtre des murs boursouflait en cloques lépreuses qu'un doigt enfantin venait parfois crever pour se venger d'une mauvaise note ou par ennui, Francou avait travaillé studieusement. À l'heure où la discipline la plus stricte restait de mise dans les établissements scolaires,

---

23. Champ des brûlés. (Occitan.)

24. Apprenti, gamin. (Occitan.)

il n'était guère coutumier de la grande salle de permanence qui, le jeudi, au rez-de-chaussée, accueillait pour deux, quatre, six ou huit heures, sous l'œil sévère d'un maître d'externat, les mauvais garnements en retenue. Tout au long de sa scolarité, les rares heures de colle dont il avait écopé furent pour avoir refusé de dénoncer les forfaits de ses camarades. Sans doute les tribulations du petit réfugié qu'il avait été lui avaient-elles tôt fait comprendre la vertu du savoir et les profits de l'étude.

Le samedi après-midi, une fois par mois, après un ultime cours de mathématiques avec monsieur Sableyrolles, au terme d'un interminable voyage qui lui faisait emprunter l'autobus jusqu'à Lavelanet, où Henri Amiel venait le chercher avec la Peugeot 202 qu'il avait achetée d'occasion au lendemain de la victoire, Francou rentrait à la maison. Devant le bol fumant de chocolat chaud qu'Émilienne lui avait préparé pour lui faire oublier la monotonie de la cantine, il leur racontait son quotidien de pensionnaire, de petit bagnard du porte-plume Sergent-Major que la sonnerie de la cloche avait affranchi de la discipline de fer que faisait régner le surveillant général. Tout à sa joie, en hurlant comme l'ensemble du troupeau de potaches, il avait dévalé les marches de l'escalier de pierre qui ouvrait les portes de la liberté retrouvée. Et l'essaim de frimousses enfantines, mêlées à celles d'adolescents aux visages rongés d'acné que dissimulaient mal les barbes naissantes, s'était éparpillé dans les rues de la cité comtale en poussant des cris d'Indiens qui avaient suscité l'indignation exaspérée des passants, maugréant : *décidément, cette jeunesse ne respecte plus rien*... oublieux qu'ils étaient de leur comportement passé de chenapans.

Pour Yvette Amiel, ces années avaient le goût du bonheur. Elle ne tarissait pas d'éloges sur les succès scolaires de Francou. Sans doute revoyait-elle à travers lui le film de sa propre jeunesse, celui du temps de ses espérances, celui d'une jeune fille, les bras sagement croisés sur le couvre-pied, rêvant le soir à un grand amour. Chaque trimestre, le petit se couvrait de gloire pour la plus grande joie de ceux qui étaient devenus sa famille d'adoption. Francou était doué pour tout, exception faite peut-être de la musique pour laquelle il n'avait guère d'oreille. Avec une régularité de métronome, il collectionnait les félicitations de ses professeurs. Le français, les mathématiques, le latin, l'anglais, l'histoire, les sciences naturelles… Il réussissait partout, confia-t-elle d'une voix encore tout attendrie à Roger Darmon.

Aussi, à la fin de cette première année en classe de sixième, début juillet, sonna l'heure de son triomphe : la distribution des prix. Pour les

Amiel, cette cérémonie, honorée de la présence de monsieur le préfet et de l'inspecteur d'académie, était tout aussi empreinte du sceau de la consécration. C'était celle des lauriers laïques, dûment mérités par l'effort, celle qui ancrerait durablement dans l'esprit des têtes blondes les valeurs d'un régime qui, après les années noires de l'Occupation, pensait avoir enfin retrouvé le chemin des certitudes et de cet humanisme victorieux, héritier de la Révolution française, que la devise de la république, au frontispice de leur école, proclamait haut et fort.

Les souvenirs d'Yvette avaient gardé de ces moments la fraîcheur d'hier. À ce jour mémorable, Émilienne s'était préparée de longue date, mettant un soin tout particulier à choisir dans sa modeste garde-robe ce qu'elle allait porter. Les regards condescendants des notables n'allaient-ils pas se poser naturellement sur les géniteurs des lauréats qui ne seraient pas de leur classe ? Arborant la robe bleu pétrole qu'elle réservait aux grandes occasions, coiffée d'un élégant petit chapeau ombragé d'une voilette noire qui adoucissait les traits de son visage, chaussée d'une paire d'escarpins noirs à talons Louis XIII qui allégeait les lourdeurs de sa silhouette, elle avait passé de longs moments devant l'armoire à glace pour se convaincre qu'ainsi vêtue elle paraissait cinq ans de moins.

Yvette Amiel se souvenait d'avoir vaillamment résisté à la robe d'organdi vieux rose qu'Émilienne aurait voulu lui voir mettre ce jour-là. Certes, la qualité du tissu, tout droit sorti de chez Conchon-Quinette, était exceptionnelle. Cette toilette n'était ni fanée ni ternie par les années, non… Ce vêtement était juste totalement démodé ! Pas question d'enfiler ce modèle d'avant-guerre, acheté à Foix, rue Labistour, au rayon enfant de la succursale de la grande fabrique de vêtements auvergnate, au printemps 1940, pour le mariage de la cousine Louise à Toulouse ! Même si Émilienne l'avait fait rallonger par Raymonde Pibouleau, une couturière de Laroque-d'Olmes, de trois étages de volants pour compenser les centimètres qu'elle avait gagnés depuis. N'était-il pas d'un burlesque consommé qui la condamnerait à rougir comme une pivoine au moindre regard ?

— Non, maman ! Cette robe, je ne la mettrai pas !

— Et pourquoi, petite effrontée ?

— Parce que je ne veux pas être la risée de l'assistance !

— Elle est pourtant très seyante…

— Je serais d'un ridicule achevé.

— Tu es têtue comme une mule !

— Inutile d'insister, maman… je ne la mettrai pas !

Et contre vents et marées, Yvette avait tenu bon. Elle n'était plus une enfant désormais et cette robe, elle l'avait prise en grippe au premier essayage, se murant dans un silence réprobateur que tous les efforts de Raymonde Pibouleau n'avaient pu briser. L'hypothèse, un temps envisagée, d'une ganse, l'évocation toute passagère d'une dentelle, n'y avait rien fait. Forte du soutien paternel qui, lassé par cette querelle, avait déclaré que ça lui allait comme un sac à brosse, elle avait obtenu, au terme d'un combat de haute lutte, qu'on lui achète une jupe fleurie légèrement cintrée, assortie d'un caraco noir du plus bel effet. Ainsi parée, en se regardant de longues minutes dans la glace de sa chambre, rassurée sur sa capacité de séduction, elle s'était persuadée qu'elle faisait, à sa grande satisfaction, plus vieille que son âge.

Toute la famille était sur son trente-et-un. Dehors, dans le jardin potager où les tomates affichaient leurs premières rougeurs, les grillons chantaient à tue-tête à l'ombre de leur trou. Les pauvres bêtes ignoraient qu'avec les vacances les gamins, à l'heure de la sieste, allaient passer de longues heures d'été à les *tuter*[25] pour leur confisquer leur liberté, justifiant l'adage populaire *pour vivre heureux, vivons cachés*. En cette fin de mati-

25. Faire sortir le grillon de son trou à l'aide d'un brin herbe.

née où un cumulus de beau temps s'attardait sur les crêtes du Plantaurel, un franc soleil illuminait déjà le Kercorb. Endimanchés comme pour une première communion, les Amiel s'étaient tassés sur les banquettes de la Peugeot 202, vitres entrebâillées pour atténuer la chaleur de ce mois de juillet.

Les festivités avaient commencé à quatorze heures trente, comme indiqué sur le carton d'invitation que chacun avait reçu quelques jours auparavant. En ces moments bénis des forts en thème et redoutés des cancres patentés, à l'heure où les garçons de café en gilet noir, la manche de chemise retroussée sur l'avant-bras, débitaient bières pression sans faux col et demi-panachés sous les arbres de la promenade de Villote, le lycée de Foix avait déjà des airs de grandes vacances. Les fenêtres plein cintre de toutes les salles de classe étaient fermées par de grands volets de bois peints en rouge. Les larges coursives circulaires qui couraient sous les arcades ne bruissaient plus de la foule habituelle des potaches rieurs guettant l'instant d'inattention du pion pour commettre quelque excentricité répréhensible. En ce jour de gloire où les professeurs étaient tous en toge, arborant la cravate d'hermine sur fond jaune ou rouge selon qu'ils étaient littéraires ou scientifiques, l'heure était à la célébration des mérites et du savoir.

— Vous deviez être impressionnée par un tel décorum, murmura Roger qui, dans son lycée limousin, n'avait jamais connu un tel faste, événements de 68 obligent.

— Mon Dieu, oui ! Tout ce que l'Ariège comptait de notables était présent : le député, le maire, le conseiller général du canton, le colonel de gendarmerie… Même l'évêque de Pamiers avait fait le déplacement !

— Et votre petit réfugié était l'un des héros du jour.

— Francou était plus que ça ! Il était le fils que mes parents n'avaient pas eu.

On ignorait encore les résultats du troisième trimestre, ce qui entretenait un suspense digne d'un film d'Hitchcock. Yvette Amiel lui raconta la montée des marches du lycée qui, à ses yeux, évoquait un peu celles du Festival de Cannes. Elle lui parla du concierge légèrement moins grincheux que les jours ordinaires, du jet d'eau qui *pissotait* dans le bassin de la cour d'honneur, symbole de ce savoir limpide à même d'éclairer le dernier des cancres, des notables, le gilet tendu sur leurs ventres bedonnants, bavardant en petits groupes pour se féliciter de l'avancement des travaux de la Constituante en chantier. Tous affichaient des mines réjouies. Le proviseur, vêtu d'un strict costume gris anthracite, la rosette des palmes académiques à la boutonnière, le cheveu rare et le visage glabre, jouait les maîtres de maison et accueillait ses hôtes d'un mot de bienvenue plus ou moins circonstancié selon leur qualité. Son discours était rodé par des années de pratique administrative. Louant avec autant d'emphase les mérites des professeurs qui avaient su conduire ces chères têtes blondes sur le chemin de la réussite que les lauréats d'un succès bâti à force de labeur, il avait des accents lyriques qui auraient ému le cancre le plus endurci.

Fort heureusement, selon l'usage établi, l'interminable palmarès avait commencé par les sixièmes, les grands étant censés montrer moins d'impatience. Le tour de François Darmon était donc arrivé assez vite. Une bonne douzaine de fois, Francou avait dû se lever, gravir devant tous les marches pour aller recueillir la digne récompense de son travail. Les bras chargés de livres plus ou moins volumineux, sous les ovations nourries d'une salle pleine à craquer d'un public enthousiaste, il avait quitté l'estrade après une sobre poignée de main ou une amicale tape sur l'épaule de l'autorité qui l'avait adoubé au Valhalla des heureux élus du mérite républicain. Sixième A2… Prix d'excellence : Darmon François ! Premier prix de mathématiques : Darmon François… Premier prix de latin : Darmon François… Deuxième prix de sciences naturelles : Darmon François… Deuxième prix d'anglais :

Darmon François… Les annonces répétitives de ses succès résonnaient encore en une litanie victorieuse dans la tête d'Yvette Amiel.

— Vos parents devaient être aux anges… Et les vacances qui s'annonçaient ont dû être belles pour vous tous, fit Roger.

— Oh, oui ! Comment vous expliquer ? Pour mon père, Henri, fils de paysans, fils des gueux de la terre, comme Francou était, lui, fils d'une race persécutée, la réussite de ce gamin réveillait les espoirs qu'il avait nourris au temps de sa jeunesse à l'école normale. Cette consécration, que le nombre de livres mesurait, c'était celle de cette république à laquelle il croyait assez passionnément pour avoir passé sa vie à en enseigner les valeurs.

Au terme de cette journée de gloire, repus d'honneurs, tous avaient le cœur en fête en franchissant la grande porte de chêne du lycée. La Peugeot 202 les attendait au pied des marches de l'escalier monumental. Que la rentrée d'octobre leur paraissait lointaine ! Henri Amiel, d'ordinaire peu coutumier de la fréquentation des bistrots, avait invité toute la famille à boire un verre à la terrasse d'un café sur la promenade. Confortablement installée à l'ombre des platanes centenaires de Villote où déambulait une foule bon enfant, Yvette avait dégusté un citron pressé, tandis que Francou, aussi rouge qu'un coquelicot, plongeait goulûment ses lèvres dans un verre de limonade de Fontestorbes.

— Et la suite de ses études n'a pas déçu les espoirs que vos parents fondaient sur lui ?

— Certes pas ! Francou a eu un parcours scolaire sans faute.

Année après année, dans cette France des trente Glorieuses qui avait définitivement tourné la page noire des règlements de compte d'une Libération où l'on avait vu les femmes tondues, promenées à demi nues sous l'œil narquois et revanchard de ceux qui, à défaut d'avoir eu du courage, savaient se montrer forts en gueule, François Darmon avait construit sa réussite, patiemment, de Noëls neigeux en printemps rieurs chargés des promesses d'un été torride. Et de la vaillance, il en avait fallu à Francou ! Rentrer au lycée certains dimanches soir d'automne, quand le vent froid balayait les rues de Foix d'une pluie glacée qui faisait tourbillonner les feuilles mortes sur les allées de Villote, n'avait rien de bien drôle.

Dans cette nation qui, au nom d'un supposé résistancialisme, avait voulu tirer un trait définitif sur la parenthèse de l'État français, dans ce pays perdu dans les affres des guerres de décolonisation, dans cette France plongeant dans l'instabilité ministérielle comme de Charybde en Scylla au fil des gouvernements éphémères d'une Quatrième république de plus en plus honnie par une majorité de Français, Francou avait grandi pour devenir un beau jeune homme. Et quand Yvette Amiel l'accompagnait pour faire une course, que ce soit ici, à Sainte-Colombe-sur-l'Hers, ou dans le pays d'Olmes tout proche, elle n'était pas peu fière d'être à son bras. Comment ne pas voir les têtes des jeunes filles et même des femmes plus mûres qui se tournaient sur son passage ?

Roger buvait les paroles d'Yvette Amiel comme on se désaltère à une source fraîche. À chaque mot qu'elle prononçait, à chacun des silences qui ponctuaient les souvenirs qu'elle égrenait, comme les petites vieilles les perles de leur chapelet dans la pénombre des églises, la personnalité de son père resurgissait du néant, d'un oubli savamment entretenu. Les réminiscences de la vieille dame avaient l'éclat des choses de la vie que l'on a simplement rangées dans un coin de sa mémoire en se promettant de prendre le temps de les examiner plus tard. Par bribes, tel un peintre impressionniste, elles lui dévoilaient ce qu'on lui avait toujours caché : l'histoire de ce père qu'il ne connaîtrait jamais.

Roger n'osait pas interroger Yvette Amiel. Sans doute craignait-il de briser le fil fragile de ce passé fantomatique, lui permettant de retrouver ses racines pour mieux construire son avenir. Tout juste se risquait-il à l'inciter à poursuivre d'un regard quand il la sentait un peu hésitante. Pourtant, une foule de questions lui brûlait les lèvres : le divorce de ses parents était-il la seule cause de la chape de plomb que son grand-père Guy avait toujours entretenue ? Quel mystère régnait autour de la disparition de Francou ? Pourquoi ne lui avait-on jamais rien dit ? Son père avait tout de quelqu'un de parfaitement honorable ! Il n'y avait là nulle trace d'une quelconque infamie.

À travers l'évocation des souvenirs d'Yvette, Roger Darmon découvrait aussi la vie de la vieille dame. Sans doute son existence n'avait-elle été qu'un lent et inexorable emprisonnement. Cet effacement progressif des fonctions sociales s'était aggravé à l'âge de la retraite. Comment aurait-il pu en être autrement au vu de sa condition sociale ? Fille d'instituteur dans un monde où aller aux champs ou à l'usine était le lot commun des femmes du peuple, elle ne pouvait s'enorgueillir que d'un laborieux et répétitif travail de bureau aux PTT. En ces années d'après-guerre où l'on souffrait de la pénurie de logements décents, son modeste traitement ne lui autorisait que la location d'une chambre de bonne sans confort au sixième étage d'un immeuble du 14e arrondissement de la capitale. À l'heure où l'abbé Pierre lançait son cri déchirant pour les plus démunis, cet emploi de fonctionnaire, en l'absence d'une rencontre amoureuse sérieuse, ne lui avait pas permis d'assumer le rôle culturel et social auquel sa naissance l'avait prédestinée : mère de famille.

Demeurée célibataire et donc sans maître de maison, Yvette Amiel avait ainsi échappé au sort de beaucoup de femmes auquel, bon gré mal gré, nombre de filles de sa génération étaient encore condamnées. L'infériorité sociale qui en avait découlé ne lui avait laissé pour seul champ d'action que le bonheur de se dévouer aux pauvres de la commune et aux bonnes œuvres de la paroisse. Yvette Amiel s'était laissé enfermer année après année dans cette variante à la socialisation classique du tricot et de la couture chez les filles des classes laborieuses, occupation ordinaire pour meubler les soirées devant le feu de bois ou égrener les heures des après-midi, entre voisines, avant que les écrans de télévision n'envahissent les foyers, coupant court aux conversations.

Yvette Amiel avait tout misé sur Francou. Sans doute avait-elle vu dans sa gloire une revanche sur la médiocrité de son propre destin. La vieille dame lui expliqua qu'après un baccalauréat math élém obtenu en juillet 1953 avec mention très bien, le jeune homme avait vu les chemins de la réussite sociale s'ouvrir à lui. Fidèle à son goût pour les sciences et les choses de la vie, à l'automne il s'était inscrit en première année de pharmacie à la faculté de Toulouse. Son installation dans la cité des capitouls avait demandé des sacrifices financiers à Henri et Émilienne. Assurer le gîte, le couvert et pallier les frais scolaires d'un étudiant représentaient une charge importante pour un instituteur. Cet effort, consenti de bon cœur, avait été rendu possible par la réussite d'Yvette au concours des postes, ce qui avait allégé d'une bouche à nourrir le budget familial.

L'aube pleurait de la rosée d'un matin d'octobre quand, sous les platanes des allées Jules-Guesde, Francou avait franchi d'un pas décidé le porche en brique rose de l'université de Toulouse. Vêtu d'un modeste pantalon de coton qui, en tire-bouchonnant sur ses mollets, eut arraché une moue dubitative à son tailleur de père – Moïse Darmon, ce héros de Verdun dont il avait appris à taire le nom durant les années sombres –, François avait conscience de laisser définitivement son passé de petit Juif réfugié derrière lui. Son cartable de cuir râpé par l'usure des années lycée sous le bras, le cœur gonflé d'espérances, son cher Francou avait fait son entrée dans le monde universitaire avec l'aplomb d'un Rastignac se lançant à l'assaut de la capitale. Comment aurait-il pu en être autrement pour celui dont les études secondaires s'auréolaient de brillants succès ?

Dans cette France où le glas sonnait encore souvent au clocher des églises de campagne, dans ce pays que l'exode rural commençait à désertifier, dans cette Quatrième république où les ultimes plaies de la guerre achevaient de cicatriser avec la promulgation des dernières lois d'amnistie pour les coupables de collaboration avec l'ennemi, François Darmon avait de vraies revanches à prendre. De son père Moïse, de son oncle Samuel, de sa petite sœur Rachel, tous trois disparus dans les tourments barbares d'une guerre que l'intransigeance des vainqueurs de 14 avait contribué à faire éclater, Francou ne parlait jamais. Sans doute ces blessures profondes qui avaient marqué ses jeunes années ne s'étaient-elles jamais totalement refermées.

Encombrée de bicyclettes et de piétons qui pressaient le pas, de trams qui suivaient scrupuleusement les rails où les femmes à la mode coinçaient régulièrement les talons aiguilles de leurs chaussures, Toulouse avait presque des airs de capitale pour celui qui ne conservait que des images floues de son enfance parisienne, de la rue de Charonne et de l'immeuble de La Séquanaise. Comme après chaque guerre, ici et dans beaucoup d'autres villes, des mercantis de tout poil, enrichis des affaires faciles, paradaient ostensiblement. On les voyait rouler sur les boulevards dans de belles voitures américaines, tous chromes dehors, ou déguster des américano à la terrasse du Capoul ou du Lafayette. Empêtré dans le bourbier indochinois, déjà le régime glissait de compromission en abandon et d'abandon en trahison, mais Francou n'en avait cure, tout à ses études.

Il ne lui avait fallu que quelques mois pour s'imposer comme l'un des plus brillants étudiants de sa promotion. Tout autour de lui, en cette première année, de jeunes et jolies jeunes femmes, blondes aux cheveux dans le vent, rousses incendiaires ou brunes capiteuses, toutes de bonnes familles, filles de médecins ou de chirurgiens, commençaient à le regarder d'un œil intéressé. Au bal des prétendants, sa cote d'amour montait au même rythme que ses résultats aux examens. Avec amusement, Francou racontait à Yvette, lors des retrouvailles familiales à Sainte-Colombe-sur-l'Hers, le charme de leur conversation de salon, leurs efforts de séduction déployés en un battement de paupières, l'art de tout abandonner sans jamais rien donner. Elles s'appelaient Sylvie, Monique ou Brigitte… Certes, il n'était pas d'un noble lignage, mais n'était-il pas plein de cette intelligence qui fait les grandes fortunes pharmaceutiques ? L'un de ceux qui ne sauraient se contenter d'une officine pour construire au-delà de la simple bourgeoisie provinciale un véritable empire financier, source de pouvoir et de notoriété afin d'assurer la pérennité d'une dynastie familiale.

— Et mon père n'a pas succombé à cette tentation ?

— Sans doute était-il empreint de valeurs plus nobles que ces considérations matérialistes sur la reproduction sociale, contrairement à nombre de ses condisciples, persifla Yvette, laissant transparaître des opinions politiques progressistes.

— L'influence de vos parents ?

— Peut-être…

— Francou brûlait d'une autre flamme ?

— Assurément !

— Savez-vous dans quelles circonstances il a fait la connaissance de ma mère ?

— Une surprise-partie, au printemps 1956…

— Mon père ne vous a jamais donné de détails sur leur rencontre ?

— Francou m'a raconté l'essentiel, mais il n'était pas du genre à se vanter de ses conquêtes, et puis ce ne sont pas des choses dont un homme sérieux parle facilement !

— Vous étiez très proches pourtant…

— Oui, mais voyez-vous, à cette époque, expliqua Yvette, je travaillais déjà à Paris, aux chèques postaux, depuis presque quatre ans.

— Loin de son quotidien d'étudiant toulousain…

— Hélas, oui ! À mon grand regret, on se voyait moins. On ne s'était pas éloignés, mais on vivait loin l'un de l'autre. À cette époque, Francou était en troisième année de pharmacie et une certaine Isabelle, une copine d'amphi qui passait pour une fille riche et branchée, l'avait invité à fêter ses vingt et un ans et son accession à la majorité, lui confia Yvette Amiel. Je sais que, ce soir-là, la joyeuse bande s'est retrouvée à la sortie des cours au premier étage d'un bel immeuble en pierre de taille dont les immenses baies vitrées donnaient sur ce Grand Rond que les Toulousains appelaient encore Boulingrin.

— Et ces jeunes gens étaient livrés à eux-mêmes ?

— Pratiquement, oui... L'appartement, outre sa proximité avec la fac de sciences, offrait l'avantage d'avoir été fort à propos déserté par les parents de la demoiselle, un couple de riches commerçants qui possédait un important magasin de meubles dans la Ville rose. En dehors de la bonne et de la cuisinière, ils étaient seuls en effet. Francou a gardé deux souvenirs de cette soirée : d'abord une valise grise aux angles arrondis qui laissait apercevoir son intérieur de plastique jaune, le premier électrophone Teppaz qu'il voyait. *Un modèle nommé présence, avec un amplificateur à trois lampes, un haut-parleur niché dans le couvercle bombé et un plateau en caoutchouc rouge pour poser les disques. Une petite merveille qui n'a rien à voir avec l'antique phono de famille qui crachote un son infecté de parasites !* m'a-t-il dit, les yeux brillants.

— Et l'autre ?

— Le second, c'était la rencontre d'Émilie, votre mère...

— Les quelques photos de ma mère que j'ai

eues entre les mains m'ont laissé penser qu'elle était plutôt jolie…

— Ce n'était pas une beauté fatale, mais Émilie était sans apprêt. Elle avait le charme des fleurs naturelles et sa peau avait une pureté diaphane extraordinaire.

— Il en est tombé amoureux le soir même ?

— Disons plutôt qu'il était subjugué.

— Avec Émilie, ils ne se connaissaient pas ?

— Ils avaient dû se croiser, tout au plus… Elle était en deuxième année de pharmacie. Ils ne suivaient pas les mêmes cours et ils ne faisaient pas partie des mêmes groupes de TD, là où la proximité du travail favorise le rapprochement garçons – filles.

— Elle appartenait aussi à un milieu social plus huppé que le vôtre, n'est-ce pas ?

— Je n'ai jamais eu à rougir des miens, mais comment le nier ? Toutefois, elle n'avait pas les mêmes inclinaisons que cette jeunesse toulousaine dorée et snob qui roulait en décapotables américaines, en claquant ostensiblement l'argent de papa. Émilie, c'était une jeune femme authentique, si vous voyez ce que je veux dire…

— Vous vous entendiez bien avec elle ?

— On n'était pas tout à fait du même monde, mais on pouvait se comprendre et s'estimer. Elle n'était pas méprisante. Je crois sincèrement, encore aujourd'hui, que c'était une fille bien.

Émilie, Sarah, Denise Lanzac, pour l'état civil, avait autant de grâce que les Déborah ou les Roselyne qu'il avait pu lutiner jusque-là avant de les reconduire à la porte de l'appartement familial… Fille d'une famille limousine à l'honorabilité affichée, elle ne faisait pas partie de celles qui savaient avec ostentation tout faire entrevoir et promettre sans rien concéder avant la conclusion devant le tabellion. Sérieuse et un brin naïve, Émilie avait l'honnêteté simple des filles de la petite bourgeoisie de province. Portant un deuxième prénom juif qui résonnait d'un écho particulier dans l'inconscient de François Darmon, les Anglaises de ses cheveux châtain clair, ses yeux verts de biche aux abois, la rondeur de sa poitrine mal contenue associée à la douceur enfantine de ses traits, avaient fini par séduire celui qui butinait comme une abeille, de fleur en fleur, le nectar de ses vingt ans.

— Un soir de l'été 1956 où Francou était en veine de confidences, à l'occasion d'une promenade sur les bords de l'Hers, il m'a dit avoir séduit Émilie sur une chanson très à la mode, sortie l'année précédente et qui a occupé pendant des semaines la première place des hit-parades, l'immense succès des Platters, *Only you…*

— Ah, qui ne connaît pas cet air qui a fait danser la jeunesse du monde entier en boîte de nuit pendant des années ! Mon prof d'anglais au lycée, pour nous motiver à étudier la langue de Shakespeare, nous l'avait fait traduire, se souvint Roger en fredonnant :

Only you can do make all the world seem right,
Only you can do make the darkness bright...

La vieille dame esquissa un sourire de connivence. Même si, à son âge, vêtue de son tablier de nylon à grosses fleurs bleues et d'une robe de jersey grise, le visage ridé par les ans et la peau ternie par la succession des jours, on l'imaginait mal en train de se laisser courtiser, Roger Darmon supposait qu'Yvette Amiel avait dû éprouver en son temps les émois de la passion. Sans doute avait-elle connu le grand frisson, un soir, dans les bras d'un bellâtre qui avait plongé son regard de braise au fond de ses yeux, en espérant la faire craquer sur ce tube romantique. Coincée à Paris par un emploi aux PTT qui ne lui laissait guère de loisirs, elle n'avait pas eu de chance dans ses rencontres. Comment trouver l'âme sœur quand on court dès les premières heures, le samedi matin, au marché de Cambronne pour acheter des légumes plus frais et surtout moins chers que ceux de son épicerie de quartier, quand on passe l'essentiel de ses après-midi à faire la lessive ou le ménage ? Une promenade au Jardin des plantes ou au parc Monceau, plus rarement une escapade au bois de Boulogne, une séance de cinéma au Mistral, quelques heures de lecture demeuraient les seuls divertissements d'une vie monotone et terne qui l'avait conduite à demeurer vieille fille.

— Votre père nous a présenté Émilie aux vacances d'été qui ont suivi, lors d'un déjeuner à la maison. Tout le monde s'était mis sur son trente-et-un. Engoncée dans ma robe du dimanche, je n'étais pas la plus à l'aise de tous, plaisanta Yvette.

— Je suppose que ma mère devait être aussi dans ses petits souliers !

— Elle était un peu intimidée, certes, mais elle conservait un étonnant self-control. Sans doute une question d'éducation… Ma mère, Émilienne, avait mis tout son savoir-faire de cuisinière à contribution pour concocter un repas digne de ce nom. Hélène Rouch, notre voisine, lui avait même donné la main, autant par amicale sollicitude que pour satisfaire son insatiable curiosité de bonne commère qui habillait généreusement pour l'hiver ceux qui n'avaient pas la chance de lui plaire.

— Francou et Émilie se sont fréquentés longtemps ?

— Deux ans, environ, comme il convenait à l'époque. Leurs fiançailles ont eu lieu ici même, l'année suivante, en avril 1957, l'année de son stage en officine. C'est à cette occasion que j'ai rencontré votre grand-père, Guy Lanzac. C'était un bel homme. Il en imposait…

— Vous avez pu y assister malgré votre travail aux chèques postaux à Paris ?

— Bien sûr ! Avec la bienveillance de mon chef de centre, j'avais réussi à combiner un arriéré d'heures supplémentaires avec les trois jours du week-end de Pâques. Je n'ai même pas eu besoin de prendre sur mes congés payés.

— D'autant qu'à l'époque, vous étiez loin d'avoir les cinq semaines d'aujourd'hui et les RTT !

— Certes, mais heureusement, la loi du 27 mars 1956, votée à l'initiative du gouvernement de Guy Mollet, nous avait accordé trois semaines de vacances.

— D'après la date qui figure sur mon acte de naissance, mes parents se sont mariés à la cathédrale Saint-Étienne de Limoges en 1958. Vous étiez de la noce, je suppose ?

— Naturellement ! J'étais descendue la veille par le train de nuit.

— Une belle cérémonie ? demanda Roger.

— Magnifique ! Émilie était fille unique. Les Lanzac avaient à cœur de bien faire les choses, expliqua Yvette.

— Ils avaient mis les petits plats dans les grands, comme on dit ?

— Oui et mes parents, tout autant que moi, étaient un peu intimidés. Les Lanzac n'étaient pas de notre milieu et il y avait là un aréopage de gens du monde, des relations d'affaires de votre grand-père, des personnes très chics. Fallait voir les chapeaux de ces dames ! Sur le parking de la mairie, la 4 CV de mes parents semblait minuscule à côté des Frégates, des Beaulieu, des tractions avant, des Mercedes ou des Cadillac qui resplendissaient au soleil de tous leurs chromes…

— Les Lanzac ne devaient pas déroger à leur statut social ! Question de considération…

— Sans doute… Par chance, le cavalier que l'on m'avait attribué, un cousin d'Émilie, était beau garçon. Très sympathique, originaire de Bretagne, je crois… Nous avons dansé jusqu'à l'aube ! Hélas, je ne l'ai jamais revu, fit Yvette avec une moue désappointée.

— Un beau souvenir !

— Assurément ! Leur union a eu lieu le 17 mai 1958, l'année du diplôme de Francou, quatre jours après les événements d'Alger et la prise du Gouvernement général qui avaient abouti à la formation d'un comité de salut public, sous la présidence du général Massu… Je me le rappelle parfaitement parce que ça a été l'un des grands sujets de discussion au banquet qui a suivi la cérémonie religieuse. Des hors-d'œuvre à l'omelette norvégienne en passant par le feuilleté de champignons à la crème, le turbot rôti au vin rouge et la pintade sauce stanley, il n'était question que de ça à table ! Tous avaient un fils, un frère ou un parent qui servait là-bas.

— La politique, les femmes et la chasse sont d'éternels sujets de conversation !

— De discussion et de dispute ! La succession des vins capiteux n'a pas fait baisser le ton entre partisans de l'ordre et tenants d'une solution d'indépendance négociée ! Loin s'en fallait… À un moment, j'ai même cru que mes voisins allaient en venir aux mains ! Il faut dire que la situation politique en France était alors très confuse et les gouvernements complètement dépassés par les événements qui se déroulaient là-bas, de l'autre côté de la Méditerranée.

— C'était juste trois mois avant l'accident de voiture de vos parents…

À cette évocation, Yvette Amiel détourna le regard, les yeux remplis d'une profonde tristesse que le temps n'avait pas altérée. Roger Darmon regretta aussitôt sa remarque. Il en éprouva un malaise coupable. Il n'avait pas voulu la blesser, juste faire un parallèle entre des événements presque concomitants. Le temps suspendit son vol. Le concert d'aboiements des deux dogues allemands, à l'affût de tout mouvement suspect dans le jardin donnant sur la rue, vint briser le lourd silence. Yvette Amiel leva les yeux vers Roger. Lui aussi avait perdu son père dans des circonstances tragiques. Et que dire de la disparition de son grand-père, Moïse, de sa tante, la petite Rachel, la sœur de Francou, et de son oncle

Samuel ? Tous engloutis comme des millions d'autres victimes de la barbarie nazie dans la nuit et le brouillard des camps de la mort.

— Quelques semaines après leur mariage, dans la première quinzaine de juin 1958, reprit Yvette, Francou et Émilie se sont installés dans la Ville rose, dans un petit appartement du quartier Saint-Cyprien.

— Et de quoi vivaient-ils ? La famille Lanzac les aidait-elle ?

— Un peu, mais Francou enchaînait tous les remplacements de courte durée qu'on lui proposait.

— Vous avez été les voir à Toulouse ?

— Oui, j'ai passé quelques jours chez eux, à la fin août de cette année-là, juste après l'horrible accident de mes parents. Francou et Émilie habitaient dans un immeuble neuf et moderne, à l'intersection de l'avenue de Lombez et du boulevard Kœnigs exactement, non loin de la clinique Pasteur. Un immeuble de bon standing construit avec cette brique rouge qui fait le charme de Toulouse. Rien à voir avec les appartements dévolus aux classes populaires de la barre HLM de la cité Cristal. Un vrai nid d'amour, à proximité des commerces, et avec un grand balcon donnant sur le carrefour.

— Mes parents avaient donc tout pour être heureux, soupira Roger Darmon.

— D'autant que Francou, qui était sursitaire du fait de ses longues études, avait échappé, en octobre 1959, à son incorporation dans les services de santé de la 15e division.

— Mon père a été réformé pour raisons médicales ? demanda Roger.

— Non, tout simplement exempté… Il a réussi à éviter le départ pour la guerre d'Algérie, juste au moment où ça tournait mal !

— Un vrai coup de chance à cette époque !

— Plutôt un bon coup de piston. Son beau-père connaissait un médecin complaisant au centre de sélection nº 4 du *petit quartier du séminaire*…

— Qui s'en serait plaint !

— Surtout en cette année 1960 ! Vous n'étiez pas encore né mais, dans cette Algérie largement pacifiée où le plan Challe avait détruit de nombreuses unités de l'ALN, les actions terroristes visant des civils restaient hélas quotidiennes, lui expliqua Yvette. Pas un jour sans que les journaux signalent un attentat ! En France, la guerre divisait profondément l'opinion publique. Les appelés du contingent traînaient de plus en plus les pieds, quitte à courir le risque d'être catalogués *insoumis*.

— Les succès militaires ne sont pas toujours synonymes de victoire politique, laissa tomber Roger, instruit par l'expérience de ses missions à l'étranger où, à maintes reprises, il avait dû intervenir sur des installations pétrolières dans des contextes politiques instables et difficiles.

— La pacification n'était qu'un mirage. Le feu couvait sous la cendre, comme on dit ! Et ce n'est pas l'évocation, en septembre 1959, d'un éventuel référendum d'autodétermination par le général de Gaulle qui allait éteindre l'incendie ! Tout le monde savait bien que cette démarche ouvrirait la voie à l'indépendance. En métropole, on était lassé de cette sale guerre. Mais en Algérie, c'était une solution que les pieds-noirs ne pouvaient accepter ! D'où la fameuse semaine des barricades qui, à la fin janvier 1960, plongea un peu plus ce pays dans le chaos…

— Drôle d'époque !

— Comprenez que, dans ce contexte, Francou, tout jeune marié, n'avait pas envie d'aller se faire trouer la peau alors qu'il avait décroché quelques mois plus tôt, au printemps 1959, un remplacement de longue durée dans une officine de la patte d'Oie, à deux pas de leur appartement.

Roger acquiesça d'un sourire compréhensif. Quitte à passer pour un planqué, sans être pour autant étiqueté lâche, pleutre ou couard, le fait d'avoir échappé à deux reprises au noir destin promis par la déportation incitait davantage Francou à la prudence. Il n'avait guère envie de se lancer sur les chemins de l'aventure militaire, fût-elle source d'héroïsme et de gloire. Même si la prise de risque d'un pharmacien des armées, travaillant en établissement de ravitaillement sanitaire ou au cœur d'un régiment, n'avait rien de comparable avec celle d'un officier parachutiste à la tête d'un commando de chasse ou de ces tringlots qui, par tradition, ne sont pas réputés pour être *les amants de la gloire*, partir en Algérie en ces années-là suscitait des craintes légitimes. Yvette Amiel marqua un temps d'arrêt avant de poursuivre :

— En juin 1960, Émilie a passé ses oraux et réussi les épreuves pratiques de son diplôme de pharmacie.

— L'avenir s'annonçait limpide pour eux !

— Oui, d'autant qu'elle est tombée enceinte. J'étais très heureuse pour eux deux et cette nouvelle aurait rempli mes parents de joie, s'ils avaient été là…

— Francou travaillait alors toujours dans la même officine ?

— Oui, mais la fin de son remplacement à la pharmacie des Arènes ne l'angoissait pas pour autant.

— Il est vrai que trouver du travail n'était guère difficile durant les trente Glorieuses. C'était l'âge du plein emploi, fit Roger Darmon qui connaissait, par les retours d'expérience tout autour de lui, la dure réalité d'un chômage de masse qui frappait même les travailleurs qualifiés ayant vingt ans et plus de maison.

— Fort de cette solide référence, Francou était sûr d'en retrouver facilement. Et puis il faut dire que le nombre des officines, limité par l'ordonnance de 1945 en fonction du nombre d'habitants, rendait l'installation des jeunes diplômés difficile, tandis que les offres d'emploi étaient nombreuses.

— Ma mère avait donc tout loisir de se consacrer à sa maternité !

— C'est bien ce qu'elle a fait ! Un peu trop peut-être…

— Que voulez-vous dire ?

— Sans doute Émilie a-t-elle été plus mère que femme en ces mois-là, marmonna Yvette Amiel, visiblement peu à l'aise sur ce terrain qu'elle connaissait mal, n'ayant jamais enfanté. Et puis, ajouta la vieille dame en détachant chaque mot pour mieux donner à chacun le poids qu'il méritait, le hasard nous réserve parfois des rencontres qui font de la vie le carrefour des fatalités…

Darmon ne répondit pas tout de suite à la sentence énigmatique qu'elle venait d'énoncer. Il se contenta de hocher la tête, laissant aux mots le temps de faire leur chemin. Il ne fallait pas briser le fil de ces confidences qui remontaient du tréfonds de la mémoire d'Yvette Amiel pour éclairer le destin de ce père qu'il découvrait par petites touches, comme esquissé par un peintre impressionniste. La vieille dame avait encore tant de secrets à lui révéler…

— Continuez, s'il vous plaît, murmura Roger d'une voix douce.

— C'était… c'était à la fin août 1961…

6
Une rencontre inoubliable

Casimir Loubet, le facteur, avait déposé dans sa boîte aux lettres une carte postale aux bords dentelés, en couleurs, représentant la plage du Grau d'Agde, écrasée de soleil et de ciel bleu. Timbrée d'une Marianne grise sur fond rouge au tarif ordinaire de vingt-cinq centimes, Yvette avait reconnu au premier coup d'œil l'écriture de Francou. Au dos, griffonnés nerveusement au stylo Bic sur une table de bistrot, quelques mots en style télégraphique annonçaient le passage prochain du jeune couple à Sainte-Colombe-sur-l'Hers. Après quelques jours de vacances au camping de la Tamarissière, à l'embouchure de l'Hérault, François et Émilie comptaient remonter en voiture sur Toulouse, le temps de refaire les paquets avant de gagner le Limousin pour finir leurs vacances chez les Lanzac. Quelques jours plus tard, en cette dernière semaine du mois d'août 1961, en fin d'après-midi, à l'heure où, la chaleur étant enfin tombée, les gens sortent pour vaquer à leurs occupations, Yvette Amiel avait vu arriver la 403 grise d'occasion que Francou avait achetée au début de l'été. Fruit de ses économies pendant son remplacement à la pharmacie des Arènes, c'était sa première voiture et il n'en était pas peu fier, veillant jalousement à l'éclat de ses chromes, notamment à celui de la tête de lion qui, la gueule rouge grande ouverte, ornait le milieu du capot.

La 403 s'était garée en face du portillon blanc qui donnait accès au jardinet de la villa. Le conducteur arrêta le moteur. Un chat de gouttière au pelage tigré traversa la route avec la roublardise des vieux matous qui sont la terreur des chiens du quartier. Son pelage graisseux lui aurait interdit de participer aux épreuves de sélection de tout concours de beauté des races félines. Cet estaffier rompu à toutes les bagarres avançait d'un pas mesuré et finit par disparaître sous la porte branlante d'un appentis en planches qui servait de cabane à outils. Francou et Émilie descendirent de la voiture. Ils s'étirèrent, courbaturés par les trois heures de trajet passées dans les embouteillages depuis la Méditerranée.

Par les fenêtres aux volets entrebâillés de la maison écrasée d'un soleil généreux, des notes de musique s'échappaient en un panache furtif dans la tiédeur de la fin d'après-midi, telle une volée de sauterelles grises sous les pas bucoliques d'un promeneur. Francou leva la tête. Il reconnut l'air de la chanson *Les Enfants du Pirée*, interprétée par Melina Mercouri, bande originale du chef-d'œuvre du réalisateur Jules Dassin *Jamais le dimanche*. Il avait vu le film sur les boulevards, au cinéma Les Nouveautés, deux mois plus tôt à Toulouse, quelques semaines après sa sortie officielle à Paris. L'espace d'un instant, l'image en noir et blanc de la comédienne grecque, la cigarette au bec, allongée sur son lit, dans sa chambre de modeste péripatéticienne, lui revint en mémoire. Instinctivement, Francou jeta un bref coup d'œil à Émilie, qui lui répondit d'un regard complice. N'était-ce pas ce soir-là que les deux jeunes mariés avaient décidé de donner une nouvelle dimension à leur couple, celle d'une famille ?

En entendant le moteur de la 403, Yvette était sortie sur la terrasse qui dominait la rue pour voir qui venait troubler la sérénité du quartier. Les voitures y étaient si rares d'ordinaire ! Le soleil était encore haut sur les Pyrénées. En apercevant les silhouettes de Francou et de sa jeune femme, son visage s'éclaira d'un sourire, rassurée de savoir qu'ils avaient fait bon voyage, anxieuse qu'elle était depuis l'accident de ses parents, eux aussi sur la route des vacances. Elle agita la main. Émilie lui répondit joyeusement. Francou contourna la Peugeot pour aller ouvrir le coffre de la 403. Il saisit la poignée d'une valise ventrue en cuir marron. Déjà Yvette, toute à sa joie de les retrouver, se précipitait à leur rencontre dans l'escalier recouvert de dalles d'ardoise.

— Mes pauvres enfants, quelle idée de rouler avec ce soleil ! Venez donc vous reposer, leur lança-t-elle, passée l'effusion des embrassades, en les entraînant à l'intérieur de la maison.

— Si tu savais comme je rêve d'une bière bien fraîche, fit Francou en la saisissant fraternellement par les épaules.

— Et moi d'un verre de cette délicieuse limonade de Fontestorbes, ajouta Émilie.

— Entrez ! Vous avez dû mourir de chaleur…

La cuisine baignait dans une agréable pénombre, entretenue par l'entrebâillement des persiennes. Francou, Émilie et Yvette s'étaient assis autour de la table en Formica dont le modernisme des pieds chromés avait fait l'orgueil d'Émilienne Amiel. Que de bonheur n'avait eu cette dernière de voir sa cuisine équipée de ces meubles à la pointe du progrès ! Ce plastique stratifié, issu d'un assemblage de feuilles de papier kraft imprégné de résine de synthèse que l'on polymérisait, alliait la robustesse d'un matériau résistant aux chocs et le brillant d'une surface facile à nettoyer. *Le Formica, c'est formidable*… comme le proclamait à longueur de journée le slogan publicitaire sur les ondes d'Andorradio[26]. Forts de l'idée que le bonheur était dans la consommation, ils laissaient entendre au quidam qu'il aurait presque fallu les payer pour évacuer de telles antiquités, désormais sans valeur. Ainsi équipés, ces symboles des trente Glorieuses participaient aux nouvelles normes de confort aux côtés de l'électroménager, censé libérer la femme moderne des tâches domestiques.

Fabriqués dans la petite ville de Quillan, dans une usine qui avait pris la place d'une chapellerie traditionnelle en déconfiture, ces meubles fonctionnels avaient remplacé, dans nombre de foyers, les vieilleries style Louis XIII, empire ou Henri II. Antiquaires et brocanteurs s'étaient fait un plaisir de les débarrasser pour trois francs six sous, réalisant au passage de juteuses affaires.

— Avez-vous passé de bonnes vacances à la mer ? s'enquit Yvette en ouvrant la porte du buffet en Formica pour prendre trois verres sur l'étagère intermédiaire.

— Merveilleuses ! Nous étions à la plage tous les jours… D'ailleurs, regarde comme Émilie est bronzée !

— Le soleil peut être dangereux pour la santé.

26. *Andorradio*, créée en 1958 et ancêtre de la station périphérique (devenue uniquement parisienne en 2017) *Sud radio*.

Dans ton état, ma petite Émilie, tu dois faire attention, répondit Yvette qui se sentait investie d'une responsabilité matriarcale depuis le décès de ses parents.

— Rassure-toi ! Aux heures chaudes de l'après-midi, on faisait la sieste.

— Et ta grossesse, ça se passe comment ?

— Pour le mieux, ma chère Yvette !

— Tu es barbouillée ?

— Jamais !

— Tu n'as pas de nausées ?

— Aucune !

— Ah bon… fit Yvette, presque déçue.

— Pourquoi voudrais-tu que j'en aie ? Tout le monde n'est pas malade, tu sais.

— Il faut te reposer et éviter les excentricités.

— Cette année, je ne compte pas travailler pour me consacrer à mon bébé. Francou va se mettre à la recherche d'un remplacement plus stable et surtout plus long que ceux de l'an passé.

— Et financièrement, vous allez y arriver ? demanda Yvette.

— Oui, et puis, s'il le faut, mon père donnera bien un petit coup de pouce à sa fille unique !

— Nous n'en aurons pas besoin, répondit Francou, qui tenait à faire vivre son ménage sans l'aide d'autrui. Ce ne sont pas les opportunités qui manquent à Toulouse.

— Tu pourrais profiter de ton passage à Sainte-

Colombe pour aller voir les Ducos, suggéra Yvette.

— Au château de Montplaisir ?

— Oui, pourquoi pas ? Hippolyte, le fils de Léon, doit y être pour les vacances. Je crois bien que j'ai croisé sa voiture avant-hier, à la hauteur de la fontaine Wallace. Ils ont une très grosse affaire et peut-être pourrait-il avoir quelque chose d'intéressant à te proposer, à la pharmacie ou au laboratoire d'analyses.

— Yvette a raison. On est sur place, mon chéri, ça ne coûte rien de le rencontrer, ajouta Émilie.

Dans la pénombre de la cuisine, Francou esquissa une moue dubitative. Les Ducos ne lui rappelaient que trop les souvenirs douloureux de ses jeunes années. Ces notables n'étaient-ils pas les propriétaires de Borde Blanche, cette ferme d'où il avait réussi à fuir en mai 1943 grâce au courage de Rafael Mendez, un républicain espagnol qui avait vite compris ce qui les attendait ? Cet épisode tragique avait vu disparaître Samuel Darmon, qu'il considérait comme son deuxième père depuis la rafle de 1941 qui l'avait privé de Moïse, déjà veuf, et de sa sœur, la petite Rachel. Revoir ces gens-là ne l'enchantait guère. La rumeur, insidieuse, rampante mais tenace, n'avait-elle pas couru dans ce pays du Kercorb que Léon Ducos était à l'origine de l'attaque des Allemands ?

Malgré ses réticences, et parce qu'il ne voulait pas qu'on puisse lui reprocher d'avoir laissé échapper une opportunité, Francou se résolut à suivre les conseils de sa femme et d'Yvette Amiel. Le lendemain matin, après un solide petit-déjeuner pris sur la terrasse, il monta vers les onze heures dans sa voiture, direction le château de Montplaisir. Sans être familier des lieux depuis son départ pour la faculté de pharmacie de Toulouse, il en retrouva vite le chemin. Toujours à l'ombre, ô combien rafraîchissante en ces jours d'intense chaleur, des platanes centenaires, la petite départementale conduisait au monumental portail en fer forgé marquant l'entrée du domaine. Le double et majestueux battant peint en vert sombre, solidement fixé à d'imposants piliers en pierre de taille, ouvrait sur une allée cavalière qui traversait un parc empreint d'une douce quiétude.

Depuis son enfance, Francou n'en avait pas franchi le seuil. Il hésita quelques secondes, se remémorant l'accueil qu'on leur avait réservé en octobre 1941. Les images se bousculaient dans sa tête. Il se revoyait serrant très fort la main de Samuel, priant le ciel pour que ce village, si différent de son 11e arrondissement, soit un havre de paix. Les Ducos, *ceux du château* comme les gens d'ici disaient, n'avaient jamais eu la réputation d'être bien affables. Puis, parce qu'il n'avait rien à perdre, n'étant ni voleur de poules ni manant, Francou s'engagea dans l'allée. Au pas, la voiture glissa sous les frondaisons pour arriver au terme d'une courbe devant une imposante bâtisse.

Francou coupa le moteur de la 403. Par la vitre de la portière entrouverte, il entendit un concert d'aboiements à l'arrière du bâtiment, mais nul chien agressif ne vint à sa rencontre. D'un pas alerte, il grimpa les quelques marches du perron pour accéder à la terrasse ceinte d'une balustrade. La dernière fois qu'il avait mis les pieds ici, il n'était qu'un gamin et elle lui parut bien plus petite que dans son souvenir. Dans un léger renfoncement du montant en meulière de la belle porte en chêne cloutée, il avisa une poignée en cuivre. Il tira vigoureusement dessus et perçut aussitôt un bruit de cloche à l'intérieur des murs épais.

En attendant que l'on vienne lui ouvrir, Francou se retourna pour contempler le parc. La demeure était plaisante, nimbée d'air tiède en cette fin de matinée. Il se serait presque laissé aller à la rêverie si le lourd vantail ne s'était soudain discrètement entrebâillé, lui donnant à apercevoir le visage maigre d'un homme âgé qu'il reconnut pour être celui du cerbère faisant autrefois office de jardinier. Le temps, presque vingt ans, avait fait son œuvre, sculptant des rides profondes dans les chairs flasques, creusant des poches bleuâtres sous les orbites. Mais le regard, sans aménité, n'avait guère changé. Les yeux de Joseph Bonnafous étaient toujours durs, inquisiteurs. Il le dévisagea une fraction de seconde, histoire d'identifier à qui il avait affaire.

— Monsieur ?

— Je voudrais voir monsieur Ducos…

— Monsieur Ducos ? Monsieur Léon ne reçoit personne !

— Ah, fit Francou quelque peu dépité.

— À son âge, avec ces chaleurs, monsieur garde la chambre. Vous n'aviez pas rendez-vous que je sache ?

— Non… Mais j'ai habité non loin d'ici de 1941 à 1943, à la métairie de Borde Blanche…

— Dans la ferme brûlée ? fit le factotum en plissant ses yeux porcins, l'air mauvais.

— Oui, juste au bord du lac… Vous ne me reconnaissez pas ? C'est vrai que j'étais tout gamin…

— Et qu'est-ce que vous lui voulez à monsieur Ducos ? lâcha-t-il d'une voix rogue, un peu traînante, mais qui conservait le même timbre que jadis.

— Yvette Amiel l'a aperçu dans sa voiture. Elle m'a assuré qu'il était là…

— Impossible, monsieur ne conduit plus depuis longtemps.

— Ça concerne un emploi à la pharmacie à Toulouse…

— À Toulouse ? Un emploi ? Dans ce cas, il ne peut s'agir que de son fils, monsieur Hippolyte.

— Oui, ça doit être ça…

— Votre nom, monsieur ?

— Darmon, François Darmon…

— Un moment… Je vais voir si monsieur peut vous recevoir.

— Faites ! répondit Francou.

Le cerbère ferma le lourd battant de chêne, le laissant poireauter sur le perron. *L'accueil n'était pas la qualité première des maîtres du château de Montplaisir*, songea-t-il. Les mains dans les poches de son pantalon de coton beige, François prit son mal en patience. Le domestique ne s'éclipsa pas longtemps. La porte se rouvrit bientôt et, le visage tout aussi impassible, il le pria avec une courtoisie glacée d'entrer dans le hall. Darmon n'eut guère le loisir de s'appesantir sur la magnificence vieillotte du décor. En quelques pas, il l'introduisit dans une vaste pièce, toute tapissée de livres anciens aux belles reliures de cuir fauve. François Darmon reconnut le lieu pour être celui-là même où ils avaient été reçus avec son oncle Samuel pendant la guerre. En l'espace de presque vingt ans, le bureau n'avait pas beaucoup changé. Les tentures qui encadraient les immenses baies vitrées avaient simplement jauni, de saisons en années, donnant un caractère quelque peu désuet à l'antre des châtelains de Montplaisir.

Avec ce soleil qui trouait de ses rayons, au gré des sautes du zéphyr, le feuillage des arbres du parc pour pénétrer par intermittence par les fenêtres, un clair-obscur propice à la méditation régnait dans la tiédeur de la pièce. Debout, négligemment accoudé à une étagère de la bibliothèque, un homme de haute taille lisait avec intérêt un article dans un magazine. Au premier coup d'œil, François Darmon reconnut la publication, un numéro de la vénérable *Revue d'histoire de la pharmacie*. Quel étudiant n'avait pas un jour ou l'autre potassé ce périodique scientifique de la France savante ? Fondée en 1913 à l'initiative du médecin Dorveaux, du jeune chartiste Eugène-Humbert Guitard et du pharmacien industriel Charles Buchet, elle constituait depuis plus de quarante ans une institution, la plus ancienne revue consacrée à l'histoire de cette profession et de cet art.

En le voyant entrer, l'homme leva machinalement la tête. La quarantaine largement entamée, mince, il le dévisagea par-dessus ses lunettes d'un regard sans aménité. Le visage était glabre, le nez aquilin et la narine étroite. Le front était large, passablement dégarni. Sur son crâne, le cheveu se faisait filasse pour se raréfier en mèches grisonnantes. Les rides qui marquaient les yeux de poches naissantes creusaient des sillons profonds dans un faciès à la carnation jaunâtre irisé de couperose. En bon praticien, une question vint à l'esprit de Francou : fallait-il voir là un effet trompeur de la lumière tamisée du bureau, de la consommation abusive d'apéritif anisé, de l'excès de bonne chère ou un symptôme d'une insuffisance hépatique ? Il esquissa un vague « Monsieur… » qui sembla se heurter à un mur en béton. Sans doute le dérangeait-il dans sa lecture.

François Darmon, prenant son courage à deux mains, se présenta. D'une voix calme et posée, il retraça son parcours universitaire à Toulouse, évoqua les stages et les remplacements qu'il avait effectués, et exposa sobrement le but de sa visite. Adossé à sa bibliothèque, Hippolyte Ducos l'écouta, impassible, sans l'interrompre. Son hôte ne laissait rien paraître sur son visage. Il le fixait d'un œil glacial, sans qu'il puisse distinguer dans son regard une quelconque trace d'amabilité ou de courtoisie. Un bref instant, François Darmon regretta sa démarche. Pourquoi avait-il cédé à l'amicale pression de sa femme et d'Yvette ? Ce type n'inspirait pas une sympathie spontanée ! Quand Francou se tut, un silence pesant s'installa quelques instants entre les deux hommes. D'un naturel avare de paroles, Ducos semblait réfléchir. Darmon comprit vite qu'il était inutile de chercher à l'amadouer d'un léger sourire. Ce type n'était pas de ceux qui ont un penchant pour la compassion. Il était aussi froid que les reptiles du vivarium de sciences naturelles de la faculté.

— Ainsi, vous étiez à Borde Blanche quand les Allemands ont attaqué la ferme ? laissa finalement tomber Hippolyte Ducos.

— Oui, monsieur, c'est exact…

— Mon père m'a relaté ces tragiques événements… Mais je n'ai pas souvenir de vous.

— Je n'étais qu'un gamin à l'époque et je ne suis venu au château qu'une seule fois, avec mon oncle.

— Bien sûr, bien sûr…

— Sans doute, monsieur, devez-vous trouver ma visite quelque peu cavalière ? ajouta François Darmon.

— Elle me surprend, en effet, mais votre démarche est la bienvenue : j'ai appris pas plus tard qu'hier, par courrier, qu'un de mes *potards*[27] doit subir une lourde opération chirurgicale dans les premiers jours de septembre. Sans doute, à l'issue de cette délicate intervention, sera-t-il arrêté pendant quelques mois. Je comptais me mettre en quête d'un remplaçant en rentrant à Toulouse. Si vos références sont exactes, votre candidature tombe à point nommé.

— J'en suis très heureux, murmura gauchement François, quelque peu intimidé.

27. Nom anciennement donné aux apothicaires et aux préparateurs en pharmacie à cause du grand nombre de pots qu'ils conservaient dans leur officine pour confectionner breuvages, tisanes, pommades et onguents.

— Présentez-vous dès lundi matin à mon secrétariat.

— À la pharmacie ? demanda Francou.

— Oui, mes bureaux sont au premier étage, juste au-dessus de l'officine. Si le poste et la rémunération vous conviennent, nous réglerons les détails pratiques de votre prise de service, monsieur… Monsieur Darmon, c'est ça ?

— Oui, Darmon, François Darmon.

— À lundi.

Hippolyte Ducos lui tendit la main, signe que l'entretien était terminé. Sa poigne était molle, fuyante, presque gluante. En effleurant ses doigts, François eut l'impression d'étreindre le corps fusiforme des truites de l'Hers-Vif recouvert de mucus gluant. Dominant la sensation désagréable qui l'avait saisi à ce contact, il s'efforça de grimacer un sourire tandis que Ducos hochait la tête. Francou prit congé et sortit. Dans le hall monumental, ponctué d'immenses toiles de maître enchâssées dans de lourds cadres dorés, le factotum l'attendait, un chiffon à la main. Il faisait mine d'épousseter une paire de candélabres en bronze qui, sur une enfilade empire, servait de faire-valoir à une pendule Napoléon III, sagement à l'abri de sa cloche de verre. *À croire qu'il était à l'affût*, ne put s'empêcher de penser Francou. Sans un mot, le domestique le reconduisit à la porte d'entrée. Non sans un certain soulagement,

François Darmon retrouva alors la tiédeur câline qui baignait le parc en cette fin de matinée.

Même si cet Hippolyte Ducos n'avait rien d'un patron avenant, François Darmon n'était pas mécontent de sa visite au château de Montplaisir. Un remplacement de plusieurs mois dans une pharmacie qui avait pignon sur rue constituait une intéressante expérience professionnelle pour qui caressait l'espoir de s'établir à son compte. Cette perspective demeurait pourtant bien chimérique. Dépourvu de fortune personnelle, se refusant à quémander l'aide financière de la famille de sa femme pour ne pas avoir à passer sous les fourches caudines de son beau-père, il ne pourrait acheter seul une officine, même dans un petit village. Sans doute lui faudrait-il, dans un premier temps, s'associer avec un autre potard, tant la valorisation de ce commerce était difficile pour les jeunes diplômés, fussent-ils les premiers de leur promotion. Mais qu'importe… François Darmon était de ceux qui n'abandonnent jamais. Aussi devait-il reconnaître, malgré ses réticences initiales, qu'Yvette et Émilie n'avaient pas eu tort d'insister.

Francou avait profité de son bref passage à Sainte-Colombe-sur-l'Hers pour renouer avec les plaisirs innocents de sa jeunesse. Ainsi, le lendemain, par une chaude fin d'après-midi, entraîna-t-il Émilie sur les bords du Riveillou, un minuscule ruisseau qui se jetait dans l'Hers-Vif à la hauteur du moulin de l'évêque. À l'ombre d'un frêne dont la ramure frémissait sous la tiédeur de l'autan, contemplant les crêtes des Pyrénées qui se détachaient dans l'azur du ciel d'août, Francou lui avait raconté sa jeunesse ici. Enfant de la liberté, à l'image de ce Kercorb qui, sous l'Ancien Régime, était une *terre privilégiée* par ses exemptions fiscales, il avait grandi en cultivant son goût naturel pour les sciences et l'observation d'une nature simple et généreuse. Émilie, à l'éducation plus citadine, l'écoutait en silence. Ses escapades campagnardes, moins aventurières, s'étaient limitées à des parties de cache-cache derrière les massifs de buis du jardin de sa grand-mère.

Adolescent, il avait passé des heures à essayer de capturer des écrevisses dans les gours profonds et noirs. Accompagné de deux autres garnements, tout aussi polissons que lui aux dires de ses parents adoptifs, nantis de vieilles balances aux filets de pêche patiemment raccommodés de *fil au chinois*, que n'avait-il écumé ce modeste ru ! Un bout de panse de mouton solidement arrimé au fond de la balance par un morceau de ficelle, arrosé de quelques précieuses gouttes de pastis pour le rendre plus attrayant, et le tour était joué. Une fourche de coudrier, taillée et ébranchée sur place, servait à lever l'engin. Pour le reste, la patience suffisait à nourrir l'espérance...

Tapi à l'ombre d'un buisson, il attendait que la silhouette noire de ce crustacé d'eau douce, tout droit sorti de la préhistoire, se glisse lentement dans la balance pour un ultime festin.

De même, sur les grandes râpes de galets où coulaient les eaux argentées de l'Hers-Vif, une casquette sur la tête, les pieds nus dans l'eau froide du torrent, que n'avait-il braconné les belles mouchetées qui faisaient le bonheur des pêcheurs ! Mais les noires farios ne se laissaient pas surprendre facilement. Un infime clapotis, une pierre qui roule, un geste intempestif, l'ombre d'un bras provoquaient leur fuite immédiate… Écartant doucement les cailloux, Francou avait appris à caresser leur ventre fusiforme, puis, en remontant progressivement vers la tête, à les saisir prestement par les ouïes pour les arracher à la paisible rivière qui les avait vues naître. Elles se débattaient à grands coups de caudales pour tenter de retrouver désespérément la profondeur sombre d'un gour ou l'abri d'une anfractuosité secrète…

Trois jours plus tard, François et Émilie étaient de retour à Toulouse. Un soleil de plomb écrasait les toits de la Ville rose. Dans les appartements surchauffés, le thermomètre battait des records. Pour rendre les nuits moins pénibles, Émilie n'avait d'autre solution que de tremper des draps dans l'eau froide et de les suspendre aux fenêtres.

Le lundi matin, François, chemise blanche et costume-cravate bleu pétrole, s'était présenté à neuf heures trente au rendez-vous fixé par Hippolyte Ducos. Malgré l'heure matinale, la pharmacie bruissait déjà comme une ruche bourdonnante. En ces jours de canicule, les clients faisaient leurs courses de bonne heure. C'était un défilé permanent et les employés en blouses blanches ne chômaient pas.

Conduit à l'étage par un potard au visage aussi blanc qu'un cachet d'aspirine UPSA, François Darmon avait été introduit dans l'antre du patron. Assis à un immense bureau de verre, dans la demi-pénombre des stores vénitiens baissés, Hippolyte Ducos ne s'était pas montré plus chaleureux qu'à leur première rencontre au château de Montplaisir. L'entretien avait été bref. Ducos n'avait guère de temps à perdre et la rémunération n'était pas à discuter. Le contrat de travail dûment signé, François était ressorti de la pharmacie avec une curieuse impression sur cette officine qui ne ressemblait pas à celles où il avait déjà travaillé. Mais faisant preuve de l'insouciance de la jeunesse, il avait vite grimpé dans l'autobus de couleur verte, un Chausson Apu 53 de la société de transports en commun de la région toulousaine, pour rejoindre Émilie.

— Alors, ce remplacement ? lui avait-elle lancé en le voyant paraître.

— C'est fait. J'ai signé le contrat avec Ducos, mais…

— Mais quoi ?

— Eh bien, le travail dans l'officine… Les collègues sont à l'image du patron et l'ambiance n'a pas l'air très folichonne !

— Bah, tu t'y feras… Question d'habitude ! Tu commences quand ?

— J'embauche lundi, comme convenu…

— Lundi ? Alors inutile de perdre du temps. Aide-moi plutôt à boucler la valise !

Leur séjour dans le Limousin serait plus court que prévu. Quoique ne nourrissant nulle aversion pour les Lanzac, François Darmon ne s'en plaignait pas. Il n'était guère adepte de ces interminables repas de famille qui vous laissent l'estomac repu et exsangue. À ces agapes pantagruéliques qui faisaient se succéder en un ordre immuable potage, hors-d'œuvre, entrées froides et chaudes, viandes rôties ou en sauce, salade, fromages, dessert et café, il préférait de loin les promenades dans le silence des forêts de châtaigniers et de hêtres. Avec un peu de chance, si une ondée venait à la bonne lune rafraîchir la terre tiédie d'un soleil généreux, ce serait l'occasion de trouver, près d'une touffe de fougères, quelques cèpes à tête noire ou, sur un lit de mousse, une poignée d'odorantes girolles qui, en fricassées ou en omelettes, sont un délice pour les papilles.

Finalement, entre une soirée passée pour Francou à jouer aux échecs avec son beau-père, une matinée consacrée au marché des Carmes, une longue balade dans les bois du côté de Couzeix, leur escapade limousine avait été brève. Le temps d'une dernière flânerie au parc de l'Aurence, d'un arrêt dans un bureau de tabac pour acheter une carte postale représentant les rives verdoyantes de la Vienne, de griffonner un *Meilleurs souvenirs du Limousin* pour Yvette, et ils avaient embarqué dans la 403, nantis d'un carton rempli de bocaux de châtaignes et de confitures maison. Au milieu des embouteillages, du flot des dauphines, des 2 CV, des Simca, des modernes DS et ID, ils avaient regagné Toulouse le dimanche soir. Après une nuit étouffante, François Darmon, douché et rasé de près, avait remis son costume bleu pour son premier jour à la pharmacie de monsieur Ducos.

— Hum ! Tu sens bien bon ce matin, fit Émilie en l'embrassant furtivement au moment de partir.

— C'est un échantillon d'Old Spice, un after-shave anglais que m'a donné Irène, juste avant de quitter la pharmacie des Arènes.

— Où vas-tu aller déjeuner, mon Francou ?

— Je n'en sais rien, ma chérie… Ne t'en fais pas ! Dans le quartier, je trouverai bien un snack, histoire d'avaler un steak-frites…

— Sois prudent !

— À ce soir…

Francou lui colla une bise affectueuse sur le front et descendit l'escalier en sifflotant, une blouse blanche toute propre pliée dans sa sacoche en cuir, aussi gai qu'un pinson à l'approche du printemps. Dehors, l'air était tiède et les embouteillages légendaires, faute d'une rocade pour désencombrer la cité des capitouls. Aussi, architectes et aménageurs, farouches partisans des *expressways*, hommes souvent proches du pouvoir, caressaient-ils le projet secret de bétonner le canal du Midi pour le transformer en une autoroute urbaine afin de décongestionner le centre. *Cette artère*, disaient-ils, *empeste et ne sert plus à rien. C'est un vrai tout-à-l'égout, plein de péniches où vivent des marginaux et des gens du voyage*. La croissance de la ville servait leur projet. Plus de deux mille véhicules y circulaient chaque mois. Et les autobus qui se suivaient à la queue leu leu illustraient ô combien les bouchons paralysant toute la circulation urbaine. En effet, en ce début septembre, même si pour les scolaires les grandes vacances n'étaient pas encore terminées, la plupart des Toulousains avaient déjà repris le chemin du bureau ou de l'usine.

François était descendu de l'autobus à Jeanne d'Arc, terminus de la ligne 45. Délaissant la rue d'Alsace-Lorraine, artère principale du commerce toulousain, il avait continué à pied, à l'ombre bienveillante des platanes qui couvraient d'une voûte de fraîcheur les grands boulevards. En cette heure matinale où il faisait bon flâner dans les rues, une cohorte de ménagères, le cabas à la main, se pressait vers le tout nouveau marché Victor Hugo, inauguré le 17 octobre 1959, en lieu et place des anciennes halles métalliques de type Baltard qui dataient de 1 892. Cet aménagement, conçu pour faire face à l'essor démographique et automobile sous la mandature de Louis Bazerque par les architectes pierre Lafitte, Joachim et pierre Guénard, ne soulevait pas l'enthousiasme des Toulousains. De 323 commerces, le marché était réduit à 100 exposants et pis, les 670 places de stationnement offertes étaient toutes payantes, donc boudées des automobilistes.

Suivant le flux des mères de famille qui trottinaient sur le trottoir, François parvint à la pharmacie. Avec sa grande façade en brique, ornée d'une immense croix verte, percée de généreuses arcades par lesquelles la lumière entrait à flots, l'officine offrait le visage de la respectabilité et du sérieux que l'on peut attendre de ce genre d'établissement. Sur l'épaisse porte en verre, au-dessous d'un gros bouton de laiton jaune, un carton indiquait les heures d'ouverture. François Darmon poussa la porte et entra. Quelques clients se pressaient au comptoir, la main tendant une ordonnance. Une dame âgée, qui hésitait sur le choix d'une tisane dépurative, monopolisait l'attention d'un employé au rayon herboristerie. Il lui expliquait les vertus comparées du pissenlit, de la germandrée, du marrube blanc et de la scabieuse, sans réussir à la convaincre. François Darmon attendit patiemment son tour et se présenta à un préparateur qui venait d'en terminer avec un client. Le potard, un quinquagénaire à la bouille rougeaude, hocha la tête et lui dit :

— Madame Gardel, la secrétaire de monsieur Ducos, est partie faire une course au laboratoire. Elle va revenir en fin de matinée.

— Monsieur Ducos n'est pas à son bureau ? demanda Darmon.

— Non, il est absent pour quelques jours.

— Mais il rentre tout juste de vacances, non ?

— Un rendez-vous commercial à Paris, je crois…

— Ah, dommage ! Je comptais sur lui pour me briefer…

— Monsieur ne s'occupe pas de ça. Mais rassurez-vous, il a laissé des consignes très précises vous concernant. Labadie va vous recevoir.

— Labadie ? Qui est-ce ?

— L'un des pharmaciens salariés qui secondent monsieur Ducos.

— Un autre remplaçant ?

— Remplaçant ? Mon Dieu, je crois bien qu'il y a plus de quinze ans qu'il est là ! Je vais vous conduire. Suivez-moi, fit l'employé en écartant le rideau pour l'entraîner dans une vaste arrière-boutique d'où un escalier en colimaçon conduisait à l'étage.

L'employé l'introduisit dans un réduit encombré qui servait de pièce de travail à Antoine Labadie. L'exiguïté du local contrastait avec les beaux volumes du bureau d'Hippolyte Ducos. Labadie lui serra la main du bout des doigts, sans conviction. Avec son visage long et gris, ses cheveux filasse, ses yeux de chien battu et sa silhouette voûtée d'une incommensurable tristesse, le bonhomme respirait la dépression nerveuse à plein nez, comme un mareyeur le poisson à la criée. Ce vieux célibataire d'une bonne quarantaine d'années était le périodique réceptacle des colères homériques de son patron. Résigné à subir son sort comme un martyr sa passion sur la croix, Labadie avait abandonné toute ambition professionnelle. D'une voix traînante, il lui expliqua succinctement comment l'officine fonctionnait. Puis, sur le palier, Antoine Labadie lui désigna un vestiaire où Darmon put suspendre la veste de son costume. François enfila rapidement la blouse blanche qu'Émilie avait soigneusement repassée la veille au soir. Au revers, il agrafa le petit caducée en laiton brillant qui indiquait sa qualité de pharmacien.

Dès que Darmon fut prêt, Antoine Labadie le conduisit dans le magasin. Il lui fit faire le tour du propriétaire. L'agencement intérieur de l'officine était pensé avec intelligence. Il mariait avec goût modernisme scientifique et héritage des apothicaires, afin de rassurer et d'inspirer le respect des clients. Ainsi, à côté de tiroirs en Formica blanc coulissant sur des glissières silencieuses, une balance trébuchet en laiton était exposée à l'abri d'un fin grillage d'acier, entourée de toute une collection de pots blancs anciens. Dans la boutique, une mère de famille tentait de faire monter un chérubin récalcitrant sur un pèse-personne médical blanc à la bascule en fonte et au gigantesque cadran chromé, un appareil de précision construit par les établissements Mabille à Paris.

À voix basse, sur le même ton monocorde qu'il avait jadis quand il fréquentait, gamin, le confessionnal humide et froid de l'église de son village du Gers, Labadie lui expliqua que le rangement des rayons s'effectuait d'abord par galénique[28] pour ensuite utiliser l'ordre alphabétique par nom générique. Analgésiques, narcotiques et autres opioïdes, psychotropes et substances sous contrôle, produits présentant un risque de vol ou d'abus qui requièrent une plus grande attention, faisaient l'objet d'un stockage particulier dans

28. Rangement selon la forme du produit : sirops, comprimés, suppositoires, solutions injectables, produits à usage externe tels pommades et crèmes…

un environnement sécurisé. Ces principes différaient peu de ceux des magasins où Darmon avait déjà travaillé. Puis Labadie le confia à la diligence d'un potard à la bouille rougeaude pour le cornaquer dans le service quotidien. Il ne fallut pas longtemps à François pour prendre ses marques. Il avait la chance d'être doté d'une bonne mémoire visuelle et le jeune pharmacien eut tôt fait de repérer l'emplacement de ce qui, en cette saison, était d'usage courant. Le soir, dans le bus qui le ramenait vers Saint-Cyprien, Darmon n'était pas mécontent de sa première journée.

Dans la cuisine au décor désuet, à ce stade de son récit, Yvette Amiel s'était brusquement tue. Elle baissa la tête, la prenant entre ses mains, comme si le poids du passé était soudain trop lourd. Seul le tic-tac de la comtoise meublait l'épaisseur du silence. Roger Darmon demeurait interdit, suspendu à ses lèvres. De réminiscences en souvenirs, son père avait surgi d'un passé que l'on avait volontairement jeté aux oubliettes. Sans oser dire un mot, par crainte de briser le fil ténu de sa confession, il se demandait pourquoi l'on avait ainsi voulu effacer Francou de la mémoire des hommes, le transformer en un fantôme. Avait-il commis un acte impardonnable, quelque action contraire aux bonnes mœurs et à la morale pour mériter ainsi l'opprobre et la chape de plomb qui entouraient son destin ?

Plus il la regardait, plus Roger Darmon était sûr d'une chose : sur l'histoire de son père, Yvette ne lui avait pas tout dit. Il était certain que, malgré son âge, le silence de la vieille dame ne correspondait pas à une faille dans ses souvenirs ! Pourquoi se taisait-elle soudain ? L'évocation de *son* Francou avait-elle ravivé la douleur de l'avoir perdu ? Pourquoi manifestait-elle cette hésitation ? Quelles raisons pouvait-elle avoir de lui cacher une partie de la vérité ? Pas question de la brusquer, de briser le climat de confiance qu'il avait réussi à établir ! La vieille dame gardait encore bien des secrets en réserve. Sûrement les plus pénibles à évoquer… Finalement, pour ne pas laisser ce silence funeste s'éterniser, Roger Darmon se jeta à l'eau.

— Son remplacement avait bien commencé, dites-moi, murmura-t-il d'une voix douce pour tenter de réamorcer ses confidences.

— Il s'est malheureusement mal terminé, articula d'une voix lasse Yvette Amiel en relevant la tête vers lui.

— Que voulez-vous dire ?

— Vous n'avez pas entendu parler d'une certaine Agnès ?

— Non, jamais…

— Votre grand-père ne devait pas la porter dans son cœur…

— Racontez-moi ! fit-il en posant une main sur la sienne.

Hippolyte Ducos était rentré trois jours plus tard de son rendez-vous commercial à Paris. Un cartable en cuir sous le bras, il avait fait irruption vers les neuf heures à la pharmacie. Son séjour dans la capitale avait dû bien se dérouler car tout le monde remarqua que le patron arborait une mine moins rogue que d'habitude. Oh, il n'en était pas pour autant jovial ! Non, simplement moins glacial et grincheux. Il prit même la peine de saluer chacun des employés, sans les abreuver du lot de reproches auxquels, atrabilaire, il les avait habitués. Son comportement était si différent que certains allaient jusqu'à se demander quelle belle vacherie il pouvait préparer dans leur dos.

La fin de matinée connaissait la traditionnelle pointe de fréquentation des retardataires quand une élégante jeune femme aux cheveux blond cendré entra dans l'officine. François, qui venait juste de servir une dame âgée à la recherche d'un onguent pour une douloureuse mycose des pieds, leva la tête et la vit. De taille moyenne, elle arborait un délicieux tailleur bleu pâle rehaussé aux emmanchures, aux poches et au col d'un liseré blanc, dont la jupe s'arrêtait juste en dessous du genou. Il ne fallait pas être grand clerc pour reconnaître un ensemble fait sur mesure, sans doute copié sur un modèle de haute couture parisienne, tant la coupe et l'ajusté étaient parfaits. Juchée sur des escarpins bleu nuit à talons hauts, la jeune femme ondulait avec une grâce presque chorégraphique. François Darmon identifia au premier coup d'œil une bourgeoise toulousaine, de celles qui n'éprouvent aucune difficulté pour boucler les fins de mois.

À une personne aussi distinguée, sûrement une bonne cliente en crèmes de beauté et autres artifices censés retarder l'outrage inéluctable des années, François adressa un large sourire commercial de bienvenue. Manifestant une grande assurance et une parfaite aisance, la jeune femme s'approcha. François Darmon nota qu'elle portait un collier de perles autour du cou et qu'aux lobes de ses oreilles pendaient deux émeraudes de belle taille. L'inconnue releva avec une élégance maîtrisée la demi-voilette de sa petite toque tambourin jaune clair dont le bord supérieur s'ornait d'une grosse marguerite blanche, un modèle créé par le modiste Gilbert Orcel. Elle dévoila un petit nez et des lèvres assez pulpeuses pour donner envie d'y goûter. C'est alors que François remarqua que deux enfants en bas âge, dont le plus vieux ne devait avoir guère plus de cinq ans, l'accompagnaient, le plus jeune tenant fermement la main de sa mère.

— Bonjour, madame. Que puis-je pour vous ?

— Mon mari n'est pas là ?

— Présentement, je ne vois pas de messieurs dans le magasin, lui répondit François en balayant l'intérieur de l'officine d'un geste de la main.

— Il n'est pas venu ce matin ?

— Mais comment le saurais-je, madame ? Je ne connais pas votre mari…

— Ah… Vous êtes sûrement le nouveau potard embauché pour remplacer ce pauvre Ernest Sutra qui doit se faire opérer des vertèbres !

— En effet…

— Je suis madame Ducos ! Agnès Ducos, la femme de votre patron, lui glissa-t-elle avec un regard amusé.

— Je… je n'avais pas eu le plaisir de vous rencontrer… bredouilla François Darmon en rougissant jusqu'à la pointe des oreilles.

Face à ce visage d'ange rayonnant d'une sublime beauté qu'un léger maquillage venait mettre en valeur, François Darmon avait bien du mal à garder une approche strictement professionnelle. Comment rester insensible à l'amande quasi parfaite de ces yeux verts que de longs cils naturels paraient d'un charme mystérieux ? Cette manière d'incliner imperceptiblement la tête sur le côté, cette voix douce, transpirant une tendresse infinie que venait réchauffer un brin d'accent méridional, ce sourire enjôleur empreint de naïveté enfantine, la pureté romantique de ses traits, la carnation diaphane de sa peau de pêche, tout chez elle hypnotisait François Darmon avec autant de force que le lever du soleil les premiers hommes au seuil d'une grotte des Pyrénées à l'aube de l'humanité.

— Un plaisir partagé, soyez-en sûr, monsieur ! Monsieur… Monsieur comment, au fait ? lui répondit Agnès Ducos en le gratifiant d'un sourire ravageur qui révéla l'éclat immaculé de ses dents.

— Darmon, François Darmon…

Habituée à voir dans l'officine un personnel certes compétent et dévoué, mais souvent d'un commerce tristounet, ses yeux brillaient. Pour une fois que son mari avait embauché un remplaçant qui n'était pas vilain garçon, ce n'est pas elle qui allait s'en plaindre ! Le plus âgé des gamins qui l'accompagnaient tira alors sur le bas de sa jupe. Sa petite main lui tendit un paquet de pastilles Valda, ces boules mentholées qui soulageaient la toux et les irritations de la gorge, un vieux médicament à base de gomme arabique et d'eucalyptus, inventé par le pharmacien Henri-Edmond Canonne en 1904, dont il venait de se saisir au dernier étage d'un présentoir, juste à sa hauteur.

— Prends, maman… Prends, fit le gosse d'une voix implorante.

— Non, mon petit, murmura-t-elle.

— Pourquoi, maman ?

— Ça fait mal aux dents, mon chéri…

— Mais, maman, insista le gamin.

— Voyons, Philippe, tu sais bien que papa ne veut pas !

Darmon esquissa un sourire de compréhension. Le gamin, déçu, reposa le paquet de bonbons et baissa la tête, vaincu. À regarder le bambin, François prit soudain conscience qu'une bonne quinzaine d'années devaient séparer la séduisante jeune mère de famille qu'il avait devant lui et son patron. Hippolyte Ducos avait épousé une jeunette ! Mais comment expliquer l'union de ces deux êtres ? Qu'est-ce qui avait bien pu la motiver ? La beauté ? Si celle d'Agnès était rayonnante, Ducos n'avait rien, lui, d'un apollon ! L'amour ? D'un naturel froid et distant, ce crocodile pouvait difficilement passer pour un séducteur capable de déchaîner les passions ! L'argent ? C'était plausible, les Ducos étaient fortunés, issus d'une lignée de notables ayant pignon sur rue. À moins peut-être qu'il ne s'agisse d'un mariage arrangé comme cela se pratiquait encore entre gens du monde ?

— Voulez-vous dire à mon mari, si vous le voyez, que je suis rentrée à la maison ?

— Je n'y manquerai pas, madame.

— Bonne journée…

— À vous aussi, madame…

— À bientôt, monsieur… Darmon, c'est ça ?

— Tout à fait, madame…

Et pour clore l'échange d'amabilités, François contourna le comptoir en bois vernis afin de raccompagner Agnès Ducos à la porte de l'officine.

D’un bref coup d’œil, il admira l’élégance de sa silhouette filiforme. Darmon lui serra longuement la main, la gardant dans la sienne jusqu’à la limite de la bienséance. La jeune femme releva la tête et, entre deux battements de cils des plus distingués, elle plongea délibérément ses grands yeux en amande dans les siens.

Mon Dieu... Quel regard ! Tout aussi velouté que brûlant... Il ferait fondre un iceberg ! songea Darmon en lui tenant la porte vitrée pour la laisser sortir. Conscient d’être l’objet de l’attention de ses collègues, il se retint d’esquisser un geste d’adieu, ce qui n’aurait pas été convenable. Revenant à son poste, François Darmon s’astreignit à vérifier une commande. Mais tout au long de cette journée, il eut bien du mal à se concentrer, ne pouvant chasser l’image de la jeune femme de sa mémoire.

7
Un amour fou

Yvette raconta à Roger que François, son père, lui avait avoué quelques mois plus tard combien cette rencontre l'avait ébranlé. Craignant qu'Émilie ne flaire le soir même, par un mystérieux effet de perspicacité féminine, un quelconque changement dans son comportement, il s'était attaché, tout au long du monotone trajet dans l'autobus bondé d'employés et de mères de famille, à se recomposer un visage ordinaire, histoire de faire bonne figure. Malgré un sentiment de culpabilité et une sincère contrition, François était sur un nuage. Assise à côté de lui sur le siège de moleskine, une brune piquante à l'allure ibérique le dévisageait ouvertement. Mais François Darmon ne semblait pas la voir. Cette allumeuse au maquillage outrancier n'en revenait pas. D'ordinaire, avec son physique avantageux et ses robes chamarrées, elle attirait les regards masculins comme l'aimant la limaille de fer. Mais là, elle laissait de marbre ce beau garçon dont le regard atone, partagé entre béatitude et idiotie, se noyait dans les profondeurs du paysage défilant derrière la vitre sale.

François Darmon caressait l'espoir secret de revoir Agnès Ducos. L'image de la jeune femme l'habitait. Mais pas question pour lui de provoquer une rencontre ! Il ne pouvait que ronger son frein en silence. Que faire sinon compter sur le hasard ? Chaque fois que la porte de l'officine s'ouvrait pour laisser entrer une jeune femme, son cœur se mettait à battre à toute allure. Hélas, ce n'était que des clientes qui, même si elles étaient parfois fort jolies, n'avaient pas le charme ni la grâce de la belle Agnès ! Darmon n'eut pas longtemps à attendre. Trois jours après leur première entrevue, profitant de l'absence de son mari retenu au laboratoire d'analyses installé rue de Metz, Agnès repassa à la pharmacie. La chaleur de l'après-midi était torride et les clients rares. Aussi les employés mettaient-ils à profit ce temps mort pour faire un peu de rangement dans les dernières livraisons. François achevait la préparation d'une commande qu'une cliente avait assuré venir chercher en fin d'après-midi par téléphone. Il crut que son cœur allait s'arrêter quand il la vit pousser la lourde porte de verre.

Vêtue avec une grande élégance d'un chemisier de fil blanc paré d'un court jabot de dentelle et d'une jupe rose tendre, elle arborait un délicieux petit chapeau cloche assorti. Un sac à main beige, orné du monogramme doré de la prestigieuse maison de couture Chanel, était suspendu par une chaînette chromée à la saignée de son bras. La paire d'escarpins à talons aiguilles de couleur crème qui la chaussait donnait à sa démarche le chaloupé qui avait fait vibrer François la première fois qu'il l'avait vue. Agnès était seule. Elle jeta un bref coup d'œil circulaire et, l'apercevant derrière le comptoir, se dirigea directement vers lui. Elle lui tendit une main aux ongles soigneusement manucurés, couverts d'un vernis en harmonie avec les tons du sac et de la jupe. Darmon nota qu'elle portait à l'annulaire droit une bague magnifique. Cette aigue-marine aux couleurs des mers du sud, taillée en rectangle et sertie d'une rangée de diamants, aurait fait saliver plus d'une midinette.

— Que la pharmacie est calme cette après-midi, ne trouvez-vous pas ? soupira-t-elle en guise d'entrée en matière en lui décochant un sourire lumineux qui irradia son visage d'une beauté stellaire.

— Avec la chaleur, c'est un peu normal. Et vos enfants ? s'enquit courtoisement François. Vous ne les avez pas amenés avec vous aujourd'hui ?

— Non, ils passent la journée à la Côte pavée.

— À la Côte pavée ? fit François.

— C'est ma mère qui les garde aujourd'hui. Elle est ravie de jouer les grands-mères avec eux dans le parc !

— Sans doute sont-ils mieux là qu'à arpenter les trottoirs en ville !

— Oui, ça la rajeunit et moi, en toute franchise, je dois vous avouer que ça me donne plus de liberté pour aller faire les magasins, répondit-elle sur un ton enjoué.

Dès les premiers mots, rien qu'au ton sucré de sa voix, François Darmon comprit que sa visite ne répondait qu'à un prétexte futile qui ne pouvait tromper personne. Agnès était manifestement venue parce qu'elle avait envie de le revoir.

Forte de son éducation bourgeoise enrichie de bonnes études secondaires à Sainte-Marie-Deschamps, une institution privée implantée avenue Jean-Rieux depuis 1919, Agnès maîtrisait parfaitement l'art du savoir-être. Briller dans le monde n'avait pas de secret pour elle ! Et la jeune femme affichait en toutes circonstances une aisance éblouissante. D'un battement de paupières, elle arrachait un sourire aux plus bougons des misanthropes. Comment ne pas être séduit par une telle créature qui conjuguait charme, beauté et élégance ? Cette femme était une vraie ensorceleuse !

Agnès était restée un bon quart d'heure à papoter dans la pharmacie. De temps à autre, François se retournait pour jeter un coup d'œil par-dessus son épaule et s'assurer que l'un de ses collègues de travail ne l'espionnait pas. Mais ils étaient trop occupés à vérifier si le contenu des cartons reçus en fin de matinée correspondait bien au bordereau joint à l'envoi et à la commande effectuée. Que s'étaient-ils dit dans le silence feutré de l'officine ? Sans doute des banalités… Plus tard, lorsque François s'était confié à Yvette, il était resté évasif. Avait-il peur que ses propos reviennent aux oreilles d'Émilie ? Ils avaient sans doute convenu d'un rendez-vous secret, puisque le samedi après-midi suivant, Francou avait avoué à Yvette être allé au cinéma avec Agnès Ducos. Quels stratagèmes, quels subterfuges avaient-ils chacun dû déployer pour ne pas éveiller la méfiance de leurs conjoints respectifs ?

Agnès avait fait le choix du film. Depuis le début de la semaine, le plus beau cinéma de Toulouse, le Plaza[29], une salle située à l'angle de la rue saint-Antoine-du-T. Et de la place

29. Ce cinéma, construit en 1928 par la major américaine Paramount, est vendu juste avant-guerre à la Metro-Goldwin-Mayer. À la suite des problèmes financiers rencontrés par la MGM, le Plaza ferma ses portes le 31 décembre 1963 et fut démoli pour laisser la place aux projets des promoteurs immobiliers.

Wilson, projetait le film d'Alfred Hitchcock *La Mort aux trousses*, sorti à Paris quelques mois plus tôt. Avec sa capacité de mille huit cent trente spectateurs, ce temple Art déco avait paru immense à François Darmon, peu habitué à la fréquentation des salles obscures. Comment ne pas être subjugué par l'ambiance hollywoodienne de ce lieu mythique de l'âge d'or du cinéma américain ? Le lourd rideau de velours cramoisi, les bordures mobiles d'étoffe noire de l'écran qui s'adaptaient au format du film, l'épaisse moquette rouge à motifs de couronnes de laurier vert, la scène qui atteignait la largeur de seize mètres, le fumoir peuplé des portraits des stars de la MGM, jusqu'au son délivré par de puissants haut-parleurs, tout concourait à faire de cet endroit un lieu magique.

En marchant vers son rendez-vous, ce samedi de cette mi-septembre, François Darmon sentit l'automne approcher. Oh, les feuilles des platanes ne jaunissaient pas encore sur les grands boulevards, mais si les après-midi étaient torrides, elles s'entrecoupaient souvent, vers les cinq heures, d'orages brutaux que personne ne voyait venir. Le ciel toulousain virait subitement au noir d'encre et de grosses gouttes s'écrasaient sur les trottoirs pour en chasser les badauds qui couraient vers les cafés ou l'abri d'une porte cochère. Fébrilement, alors, les femmes ouvraient leur parapluie ou déployaient la capuche anti-pluie pliée en accordéon au fond de leur sac à main. Dans la campagne toute proche de la Ville rose, les prés et les champs étaient toujours verdoyants de ce regain que les paysans n'avaient pas encore coupé. À de multiples signes pourtant, on voyait bien que septembre avait déjà la langueur de l'été défunt.

François et Agnès s'étaient donné rendez-vous devant le cinéma, comme des gens qui se rencontrent par hasard. Il était un peu en avance et, pour une fois, elle n'était pas en retard. Le temps d'acheter deux places à l'orchestre à l'employée qui, juchée sur un tabouret, trônait dans la cage en verre de la caisse et ils suivaient une ouvreuse vêtue d'une stricte robe noire. Francou lui glissa un bon pourboire, en échange de quoi elle les laissa s'installer où ils voulaient. Le public était assez clairsemé en cette matinée de septembre, les hommes s'adonnant en cette saison aux joies de la chasse ou à la cueillette des champignons, tandis que les femmes mettaient la dernière main à la préparation de la rentrée scolaire de leur progéniture. Dans l'immense salle rouge à la lumière tamisée, les gens s'étaient groupés, par instinct grégaire, en noyaux plus ou moins compacts. Confortablement assis au rang F de l'orchestre dans de profonds fauteuils, François se tourna vers Agnès. La jeune femme lui sourit langoureusement. En cet instant, une envie folle de l'embrasser le saisit. Cette femme lui faisait perdre la raison. Il refréna tant bien que mal sa pulsion, conscient qu'il ne fallait pas précipiter les choses.

Bientôt, les lumières de la salle de cinéma s'estompèrent. Dans le noir, François Darmon jetait de temps à autre de brefs coups d'œil à Agnès. Elle était immobile, sagement silencieuse, les yeux rivés sur l'écran. Francou n'osait tourner ouvertement la tête vers elle. Après la bande-annonce du prochain long-métrage programmé au Plaza, les actualités cinématographiques avaient fait cette semaine la part belle au festival de Venise où le Lion d'or avait été décerné à Alain Resnais pour son film *L'Année dernière à Marienbad*. Un court documentaire sur les Indiens d'Amazonie avait suivi avant que le rideau ne tombe sur la première partie. Les lumières s'étaient rallumées le temps d'un bref entracte et l'ouvreuse en robe noire, une corbeille suspendue à la taille, en avait profité pour circuler entre les rangs, lançant son traditionnel « Esquimaux, caramels, chocolats glacés… ».

Sans doute Agnès avait-elle peur que la dégustation d'une gourmandise ne saccage son rouge à lèvres car elle refusa toute friandise. Après quelques publicités de l'agence Jean Mineur, clôturées par l'affichage du mythique numéro de téléphone *Balzac 00 01*, le grand film avait enfin commencé. Bien vite, l'action haletante les avait captivés. Comment ne pas s'identifier à la séduisante blonde Éva Marie Saint et au beau Cary Grant ? Alors que le personnage de Thornhill était poursuivi dans les plaines agricoles de l'Indiana par un biplan qui le mitraillait dans un champ de maïs, François Darmon sentit une main se poser sur la sienne pour la serrer. Loin de la retirer, il enlaça ses doigts et devina qu'une tête s'inclinait sur son épaule. Il se tourna doucement vers elle et effleura ses lèvres. Un bras passa autour de son cou et une bouche gourmande lui rendit son baiser. À plusieurs reprises, dans le noir, ils échangèrent de tendres étreintes. Au sortir de la salle de cinéma, chacun s'efforçait de reprendre le masque de la respectabilité bourgeoise qu'il convenait d'afficher en public. Pas question de se tenir par la main ou de s'afficher bras dessus, bras dessous dans les rues de Toulouse et de courir le risque d'être reconnus ! Mais l'envie de se blottir l'un contre l'autre était sans doute trop forte pour qu'ils puissent y résister, avait ajouté Yvette Amiel.

Une semaine plus tard, François et Agnès s'étaient retrouvés sur un banc à l'abri des regards indiscrets, dans une allée peu fréquentée du Jardin des plantes dont les massifs de buis offraient une intimité propice aux amours adultérines. François avait prétexté être ce dimanche-là de garde à la pharmacie et elle, souffrir de migraines qui ne lui permettaient pas d'aller passer le week-end au château de Montplaisir où Hippolyte s'adonnait aux plaisirs de la chasse. Leurs étreintes passionnées n'avaient été dérangées que par un gamin à la recherche d'un ballon égaré. Leurs retrouvailles avaient inauguré une succession de rendez-vous galants, transformant vite un simple flirt en une aventure extraconjugale dans laquelle Agnès Ducos trouvait une compensation au calme plat de sa vie maritale.

— À ce jeu, conclut Yvette, votre père et Agnès ne mirent pas longtemps à devenir amants !

— Et Ducos et ma mère ne se sont rendu compte de rien ?

— Agnès et Francou étaient prudents ! Le manège a duré quelques mois avant d'éveiller leurs soupçons.

— Ils étaient aveugles à ce point ?

— Les deux tourtereaux utilisaient des ruses de Sioux ! Votre père m'a ainsi avoué qu'ils ne se retrouvaient jamais deux fois de suite au même endroit. Je sais aussi qu'ils avaient mis au point tout un système de boîtes aux lettres mortes pour correspondre, qu'ils s'écrivaient sur du papier à cigarette pour détruire par le feu leurs messages, qu'avant chaque rendez-vous, Francou lui téléphonait depuis un bistrot en face de la pharmacie pour lui confirmer l'adresse de l'hôtel où le rejoindre.

— Et si Ducos avait décroché ?

— Francou travestissait sa voix. Il se faisait passer pour un fournisseur qui avait fait une erreur de livraison.

— Les mêmes recettes que les résistants utilisaient pour berner les Allemands pendant la guerre !

— Oui, à quelques petites choses près, répondit Yvette Amiel en souriant.

— Fallait-il que mon père soit amoureux pour prendre de tels risques avec la femme de son patron alors que la sienne était enceinte !

— Francou était fou d'elle.

— Comment leur liaison a-t-elle été découverte ?

— Fortuitement et le plus bêtement du monde. Un matin, après le départ de Francou pour aller prendre son service, Émilie a trouvé un petit bout de papier, griffonné au crayon, au fond de la poche de son pantalon…

— Qu'est-ce qu'il y avait écrit ?

— *Clocher de Rodez, vendredi, quinze heures…*

— C'était quoi ?

— Un hôtel bien connu des voyageurs de commerce, dans le secteur de la place Jeanne-d'Arc… Émilie a compris ce jour-là que son mari avait une double vie, pauvre petite ! Elle voyait soudain sa vie de femme s'effondrer. Passé l'abattement et la sidération, le visage encore ravagé de larmes, la rage au ventre, elle a marché jusqu'à la poste de Saint-Cyprien. Elle voulait téléphoner à l'hôtel pour vérifier ce qu'elle n'arrivait pas à croire. Le réceptionniste lui a confirmé la réservation d'une chambre pour deux personnes le vendredi. Émilie n'avait plus de doute. Le ciel lui tombait sur la tête. François, son Francou, l'avait trahie ! De retour à l'appartement, elle a rongé son frein jusqu'au soir, comprenant enfin pourquoi son mari s'arrosait de parfum avant de sortir pour aller voir un match de rugby ou faire une course en ville.

— L'explication a dû être difficile lorsque mon père est rentré ce soir-là, jugea Roger.

— Probablement ! Mais Francou n'a jamais été très disert là-dessus. Il ne tenait pas à s'étendre sur le sujet et je ne lui ai pas posé de questions. C'était sa part d'ombre. Il n'a pas cherché à nier les faits dont Émilie l'accusait. Je crois que, dans un certain sens, il était soulagé que sa femme sache.

— Curieux, non ?

— Pour aussi bizarre que ça paraisse, François était toujours attaché à elle.

— Les hommes se complaisent parfois dans la bigamie.

— Pour lui, le secret de cette liaison était

devenu, au fil des jours, trop lourd à porter…

— Une situation intenable, en effet !

— Quand Francou est passé me voir à Sainte-Colombe, quelques jours après, il était un peu déboussolé. Contraint de quitter le domicile conjugal, il s'était retrouvé à errer dans les rues de Toulouse, une valise à la main. Il m'a avoué avoir passé la nuit dans la salle d'attente de la gare Matabiau. Finalement, il a trouvé provisoirement refuge dans la petite chambre d'un hôtel sans confort du faubourg Bonnefoy.

— C'est là qu'Agnès le retrouvait ?

Yvette hocha la tête. La vieille dame ne cherchait pas à défendre celui qu'elle avait toujours considéré comme son petit frère. Dans cette histoire, Francou n'avait pas le beau rôle. Sauf à passer pour un salaud, on n'abandonne pas sa femme enceinte pour partir avec une autre. Mais l'amour était aveugle et François apportait la preuve que le cœur a des raisons que la raison ne connaît pas. Sans doute était-il facile de lui jeter la pierre ! La passion qu'il vivait l'avait emporté sur toute autre considération. Yvette n'avait probablement pas tort : la blonde Agnès devait être une ensorceleuse que le caractère ombrageux de son mari poussait à chercher réconfort et tendresse dans des bras plus avenants. La différence d'âge et le médiocre empressement conjugal dont Hippolyte Ducos faisait preuve dans sa vie de couple ne devaient rien arranger. Et François avait un jour croisé sa route…

— Quand je pense que c'est moi qui l'ai poussé à aller voir ce Ducos, soupira Yvette Amiel. Mon Dieu, j'aurais mieux fait de me casser une jambe !

— À ce moment-là, mon père travaillait toujours à la pharmacie ?

— Oui. Mais si Ducos n'avait rien eu à lui reprocher jusqu'alors d'un point de vue strictement professionnel, il n'a guère tardé à apprendre son infortune !

— Comme toujours, quelque bonne âme se sera chargée de le prévenir ? glosa Roger Darmon.

— Probablement… Et puis les rumeurs vont si vite que même les innocents sont parfois habillés pour l'hiver ! Quand Ducos a convoqué Francou, votre père ignorait de quoi il voulait lui parler.

— L'idée qu'il puisse être au courant de sa liaison avec sa femme ne l'avait pas effleuré ?

— Non… Francou était du genre confiant. Avec Agnès, ils avaient pris tant de précautions…

— Pourtant, Émilie…

— Un fâcheux concours de circonstances ! En montant les marches de l'escalier, il pensait naïvement que c'était pour le travail à l'officine.

— L'entretien s'est mal passé ?

— Plutôt ! soupira Yvette.

François Darmon avait raconté l'entrevue à Yvette. En entrant dans le bureau au décor futuriste, il avait trouvé Hippolyte Ducos debout en train de ranger un dossier suspendu dans une immense armoire en fer, laquée d'un blanc brillant, qui occupait tout un mur. Ducos ne lui avait même pas dit bonjour. Sans se retourner, d'un geste de la main, il lui avait désigné une chaise. Quand il lui avait fait face, François avait compris que quelque chose n'allait pas. Hippolyte Ducos, qui n'était d'ordinaire pas d'un naturel jovial, le dévisageait en silence de ses yeux durs. On lisait dans son regard une envie de meurtre. Ducos était entré dans une colère noire. Ses mots claquaient comme des balles. Francou avait baissé la tête, sans répliquer. Que répondre ? Ducos l'avait saisi au col et, le secouant comme un prunier, l'avait traité de salopard, de fumier, d'ordure… Dans un accès de rage, il l'avait même qualifié de sale youpin, de youtre[30] puant, de déchet de l'humanité, ajoutant que c'était bien dommage que les boches l'aient raté en 1943. Alerté par ses vociférations, un potard était arrivé juste avant qu'il n'en vienne aux mains.

— Ducos l'a mis à la porte, je suppose ?

— Sur l'heure ! Francou a tout juste eu le temps d'enlever sa blouse qu'il était déjà dehors.

— Et ma mère ?

---

30. Terme raciste et injurieux pour désigner un Juif.

— Continuer de vivre à Toulouse, dans cet appartement, lui était devenu insupportable. Elle a décidé de repartir à Limoges pour finir sa grossesse chez ses parents.

— Voilà pourquoi je suis né à l'hôpital Dupuytren…

— Une semaine plus tard, Francou a reçu un courrier de maître Lassalle, un avocat de Limoges. Émilie demandait le divorce.

Roger Darmon comprenait mieux pourquoi son grand-père avait gardé le silence quand, gamin, il l'assaillait de questions. Guy Lanzac avait de sérieuses raisons de ne pas porter dans son cœur celui qui avait été son gendre ! Comment ne pas maudire ce type qui avait abandonné sa fille unique pour aller courir le guilledou ? À ses yeux, un bonhomme qui faisait si peu de cas de ses responsabilités de futur père ne méritait aucune estime. Le traiter par le mépris aurait été lui donner trop d'importance ! Pas question, même, de prononcer son nom ! Ce François, il avait voulu le bannir à tout jamais de la mémoire familiale, en effacer toute trace, faire comme s'il n'avait jamais existé. Après la brutale disparition d'Émilie, fauchée dans la fleur de l'âge par une rupture d'anévrisme, Lanzac s'était attaché à gommer tout ce qui aurait pu attester l'existence d'un type qu'il abhorrait. Seul le nom de Darmon, patronyme que portait à l'état civil le petit Roger, avait survécu à la chape d'oubli dont il avait volontairement recouvert celui qui, à ses yeux, ne serait plus qu'un géniteur.

— Quelques jours après avoir été chassé comme un manant par Ducos, mon Francou a débarqué à Sainte-Colombe, poursuivit Yvette.

— Que cherchait-il ? Un conseil, un peu de réconfort ?

— Un peu tout ça... Revenir aux sources, faire le point. Francou est resté trois jours. Une après-midi, il est allé voir les ruines de la métairie de Borde Blanche.

— Un pèlerinage ?

— On peut le voir comme ça, oui... Il m'a dit qu'un jour il amènerait Agnès là-bas pour qu'elle comprenne.

— C'est là qu'on a retrouvé ce qu'il restait de sa voiture, n'est-ce pas ?

— En effet. La carcasse incendiée gisait sur le chemin qui mène aujourd'hui au lac de Montbel.

— Parce qu'il n'y avait pas de lac à l'époque ?

— Bien sûr que non ! C'est dans les années soixante-dix qu'on a commencé à en parler. Au début, personne n'y croyait vraiment ici. Les gens du pays demeuraient sceptiques. En haussant les épaules, les vieux disaient : *Aquò es una colhonada de mai*[31]. Mais la grande sécheresse de

31. Ça, c'est une couillonnade de plus (occitan).

l'été 1976 a montré tout l'intérêt du projet pour les agriculteurs. De plus, les décideurs ont compris qu'en y implantant des aménagements – un camping, des aires de pique-nique, des plages, une base nautique –, on pouvait dynamiser l'économie touristique locale. Les pelleteuses ont commencé à creuser en 1982. Pour l'alimenter par les eaux de l'Hers-Vif, il a fallu creuser une dérivation à l'aval du Peyrat.

— Montbel n'existait pas en 1962, quand mon père a disparu…

— Tout à fait. Francou ne l'a jamais connu. À son époque, il n'y avait là qu'un petit ruisseau, la trière. Les travaux n'ont été terminés qu'en 1985, après quinze ans d'études et de laborieuses réflexions. Aujourd'hui, ses 570 hectares servent à irriguer près de 28 000 hectares de terres agricoles en Lauragais et plaine d'Ariège.

— Un beau site pour la pêche et la baignade aussi…

— Oui, Montbel, c'est notre petit Vassivière à nous, gens du pays cathare.

Roger sourit à cette évocation. Vassivière lui rappelait ses souvenirs d'adolescent dans le Limousin. Sur ces sept mille six cents hectares mis en eau à la veille de Noël 1950, il avait effectué un séjour sportif avec un centre de vacances l'année de ses treize ans, en juillet 1975. Trois semaines passées à faire de la voile six heures par jour au cœur d'une nature préservée et vallonnée de landes et de bruyères, entourée de tourbières qui représentent le paysage traditionnel du plateau de Millevaches. Trois semaines passées loin des contraintes de la maison, trois semaines de liberté loin de la tutelle de son grand-père, trois semaines où, pour la première fois de sa vie, un soir de cet été, il avait osé embrasser une fille, une certaine Catherine, une vieille de quatorze ans au visage mangé de taches de rousseur.

— Et Agnès, qu'a-t-elle fait ? demanda Roger.

— Elle a continué à voir François en cachette.

— Il avait vraiment cette fille dans la peau !

— Un amour fou et réciproque…

— Pourquoi Hippolyte Ducos n'a-t-il pas demandé le divorce comme ma mère ?

— L'argent ! Les Ducos sont riches, mais la famille d'Agnès l'est encore plus…

Yvette lui raconta ce qu'elle savait de cette famille. Son grand-père, Edmond, qui était fonctionnaire dans l'administration coloniale en Indochine, avait fait fortune à la fin du siècle dernier en exploitant une plantation d'hévéas sur les terres grises à quatre-vingts kilomètres de Saïgon. L'extrême faiblesse des salaires payés aux coolies[32], combinée à la forte demande de

32. Travailleurs agricoles asiatiques.

caoutchouc naturel dans l'industrie automobile naissante qui faisait flamber le prix de la gomme, toutes les conditions étaient réunies pour que son entreprise prospère. Au tournant des années trente, quand les cours mondiaux du caoutchouc ont baissé, il avait compris que l'âge d'or de la colonisation n'allait pas durer éternellement. Il avait vendu sa plantation, pris sa retraite et était rentré en métropole nanti d'un joli magot. Francou lui avait confié que le père d'Agnès, né juste avant leur départ de Saïgon, détenait une grosse part du capital du laboratoire d'analyses. Pour Ducos, avait-elle conclu, un divorce aurait été catastrophique d'un point de vue financier, sans parler du mauvais effet que cela aurait produit dans son cercle relationnel.

— Ducos avait de bonnes raisons de fermer les yeux.

— Oui, mais en même temps, il était d'un naturel très possessif. Trois jours avant qu'on ne retrouve sa 403 incendiée sur le chemin de Borde Blanche, Francou m'a téléphoné. C'était le soir… Il était inquiet pour Agnès. Hippolyte Ducos avait engagé un détective privé pour la surveiller et il avait appris la veille que leur liaison persistait. Il était devenu, paraît-il, fou furieux, criant si fort que leur femme de chambre avait failli appeler la police.

— Mon père craignait pour elle ?

— Je le pense sincèrement. Il savait Ducos capable de violence. Ce soir-là, au téléphone, Francou m'a parlé de l'Argentine, de la Patagonie… Il rêvait de partir là-bas pour refaire sa vie avec Agnès, s'y faire oublier… *Après tout, je suis un Juif errant*, m'a-t-il dit en plaisantant.

— Une chimère ?

— Juste un projet un peu fou…

— Mais pourquoi donc l'Argentine ?

— D'abord parce que c'était loin d'Hippolyte et puis Agnès avait un cousin de son père là-bas, un certain Antoine Bassompierre.

Yvette Amiel, qui, en bonne postière, était aussi une grande philatéliste, avait demandé à Francou si, à l'occasion, ce cousin pourrait lui faire parvenir quelques timbres-poste de là-bas. Ce type possédait une estancia de plusieurs milliers d'hectares au pied de la cordillère des Andes, en bordure de la grande route qui descend vers la Terre de Feu. Il avait quitté la France à l'aube des années vingt, à l'époque où les Guillaumet, Mermoz et autres intrépides pilotes établissaient, depuis le terrain de Toulouse-Montaudran, les premières lignes aériennes régulières vers l'Amérique latine sous l'impulsion de Pierre-Georges Latécoère et la férule de Didier Daurat. Au pied des Andes enneigées, il élevait quelques milliers de moutons. Agnès était encore élève à Sainte-Marie-des-Champs quand il lui avait montré des photos de son royaume. L'immensité des paysages avait alors fait rêver la jeune fille qu'elle était…

— D'après ce qu'on a dit à l'époque, poursuivit Yvette, le lendemain matin, juste après le départ de son mari pour la pharmacie, Agnès aurait quitté l'appartement comme si de rien n'était. Elle a pris son sac à main, ses gants et aurait dit à sa femme de chambre qu'elle allait faire une course en ville vers le magasin Le Capitole. C'est là que l'on perd sa trace… Elle s'est volatilisée !

— Volatilisée ? Que voulez-vous dire ?

— Agnès Ducos n'est pas rentrée, ni à midi pour déjeuner ni le soir pour souper ! Son mari a déposé une main courante au commissariat de police le lendemain matin. Depuis, nul ne l'a jamais revue. La seule chose confirmée, c'est qu'elle est passée à la banque Courtois, rue de Rémusat. Elle a retiré pas loin de 10 000 francs de son compte.

— Pour faire ses courses ?

— Certes pas. C'était une grosse somme d'argent pour l'époque ! Bien malin qui pourrait dire ce qu'elle a fait avec…

— Elle a rejoint François ?

— C'est bien ce que les gendarmes de la brigade de Chalabre, ceux qui m'ont interrogée à l'époque, ont logiquement supposé. Mais aucune preuve n'est jamais venue attester cette hypothèse.

— Personne ne l'a vue monter dans la voiture de mon père dont on a retrouvé la carcasse calcinée ?

— Non, personne…

— Et aucun objet lui appartenant n'a pu être identifié dans l'épave ?

— Rien de personnel !

— Des gens qui disparaissent, il y en a plusieurs milliers chaque année en France. Bien souvent, ils veulent changer de vie, d'identité, fuir leur famille…

— Un peu comme Agnès et Francou auraient pu vouloir le faire…

— Et la presse ?

— Il y a bien eu quelques articles dans les pages locales de *La Dépêche* mais, faute d'indices, la disparition de Francou et d'Agnès Ducos n'a pas longtemps fait la une de l'actualité. En ce début d'été 1962, avec l'exode brutal des rapatriés d'Algérie, les journalistes avaient bien d'autres sujets à se mettre sous la dent !

— Et au bout de quelques mois, l'affaire a été classée, je suppose ?

— Tout à fait !

— Francou et Agnès n'ont jamais plus donné de leurs nouvelles ?

— Non ! Je n'ai reçu ni lettres ni cartes postales, fit Yvette Amiel. Un tel silence, ce n'était pas le genre de Francou.

Voilà pourquoi j'ai toujours pensé qu'il leur était arrivé malheur…

— C'est hélas fort probable, fit Roger Darmon en hochant la tête, pensif.

À cet instant, un chat au pelage couleur caramel vint se frotter à ses jambes puis, dans une énergique détente pleine de souplesse féline, il sauta sur la table. Profilé comme un athlète, il se pavanait d'une démarche royale, la queue dressée en point d'interrogation, miaulant d'une voix plaintive. Yvette le caressa d'un geste machinal en jetant un coup d'œil à une assiette en plastique jaune posée à même le sol, sur le carrelage, à côté du pied chromé du buffet. La gamelle était vide. Seules quelques gorgées d'eau humectaient le fond d'une petite *grasala*[33] ébréchée qui avait dû servir à la fabrication de pâté. Sans doute l'animal avait-il faim. Il devait apprécier les câlineries car il se mit à ronronner puissamment. La main d'Yvette marqua une pause et elle dit :

— Aujourd'hui, je ne suis plus qu'une vieille femme mais, avant de mourir, voyez-vous, j'aimerais savoir… Quand nous l'avons recueilli, Francou avait déjà traversé tant d'épreuves, affronté tant de périls… Il revenait de si loin !

— Sans vous, mon père n'aurait pas survécu

---

33. Vase en terre cuite de forme évasée, souvent bicolore. (Occitan.)

en mai 1943. Vous comptez parmi ceux qu'on qualifie de Justes.

— Je ne mérite pas ce titre, protesta-t-elle. Tout le mérite revient à Rafael Mendez. Et puis, d'autres que nous en Ariège, comme à Aulus[34] ou au château de la Hille[35], ont fait bien plus au cours de ces années noires pour sauver des Juifs… Mais ce gamin, mes parents et moi, on l'aimait beaucoup… Alors je voudrais bien savoir ce qui s'est passé, savoir ce qu'est devenu mon Francou.

— Moi aussi ! François Darmon était mon père et je suis à un âge où, pour savoir où l'on va, on a besoin de connaître son histoire. Merci pour tout ce que vous m'avez appris, murmura Roger en se levant pour prendre congé.

---

34. La petite station thermale d'Aulus-les-Bains, dans le Haut-Couserans (Ariège), fut, en raison de son parc hôtelier et de son isolement montagnard, l'un des lieux d'assignation à résidence des Juifs étrangers dès 1941. Six cent quatre-vingt-six Juifs de 18 nationalités différentes y furent regroupés. La rafle du 26 août 1942, organisée par le gouvernement de Vichy, à laquelle seuls 73 Juifs polonais échappèrent, les conduisit au camp du Vernet puis à Drancy, antichambre de la déportation vers Auschwitz. Pour avoir fait passer en Espagne de nombreux Juifs persécutés, dont toute une famille, l'Ariégeoise Jeanne Rogalle reçut en octobre 2005 la médaille des Justes.

35. Le château de la Hille, près du village de Montégut-Plantaurel (Ariège), accueillit et protégea du printemps 1941 à novembre 1942, avec la bienveillance de la Croix-Rouge suisse et des paysans des fermes environnantes, plus d'une centaine d'enfants juifs.

— Revenez quand vous voulez, surtout si vous découvrez quelque chose…

— Je n'y manquerai pas, fit-il en lui serrant la main sur le pas de la porte.

Darmon consulta machinalement sa montre. Midi et demi allait sonner et l'estomac du matou comme le sien n'avaient pas besoin d'horloge pour sentir que c'était l'heure de déjeuner. Roger fit quelques pas. Un tiède soleil automnal baignait la terrasse d'une lumière câline. L'été indien n'était pas une légende ici. Il se laissa aller quelques secondes à admirer le paysage. Les arbres se paraient de chatoyantes couleurs qui allaient du jaune d'or au pourpre. Que les Pyrénées étaient belles en cette saison ! Dans le jardin bien propret, les deux dogues allemands montaient toujours la garde, prêts à faire face à toute intrusion. Roger Darmon hésita à s'engager dans l'escalier, peu désireux de voir ses mollets servir de pitance aux cerbères. Il se retourna vers Yvette Amiel qui héla aussitôt les molosses. En bons gardiens obéissants, dès qu'il atteignit les dernières marches, les deux chiens vinrent lui renifler le pantalon. Darmon se hasarda à leur flatter le dessus de la tête, ce qui lui valut un grand coup de langue humide. Il emprunta l'allée en ciment et les chiens, en trottinant, le raccompagnèrent jusqu'au portillon.

Roger regagna sa voiture. En tournant la clé de contact, il se félicita de sa visite à Yvette Amiel. Il quittait le quartier du Camp Saurine riche d'un passé insoupçonné. La voiture se faufila à travers les rues du bourg qui, à cette heure de pause méridienne, étaient quasi désertes, les Sainte-Colombiens étant occupés à se restaurer et à se détendre. Darmon ne s'attarda pas et prit la direction de la ferme de la Garosse. Le crissement des pneus sur le gravier de la cour du gîte déclencha un concert d'aboiements plus impressionnants que féroces. Attablée devant une copieuse assiette de salade composée d'où des lamelles de magrets de canard séchés émergeaient, Brigitte Espinasse releva la tête. Reconnaissant son locataire, elle ouvrit le vantail de la fenêtre et cria :

— Monsieur Darmon ! Monsieur Darmon…

— Oui, madame Espinasse…

— Quand vous aurez déjeuné, passez donc à la maison prendre le café. J'ai quelque chose à vous montrer…

— À me montrer ?

— Oui. Ça concerne Borde Blanche. Je pense que ça vous intéressera !

— Le temps de me restaurer et j'arrive, lui répondit-il.

Roger Darmon regagna son gîte et expédia vite fait bien fait son déjeuner. Il savait se contenter de peu. Autant l'épicurien qu'il était prenait plaisir à faire de bons repas accompagnés de bons vins, autant ses missions professionnelles l'avaient habitué à une frugalité toute spartiate quand les circonstances l'exigeaient. Trois morceaux de corned-beef agrémentés de quelques cornichons entre deux tranches de pain rassis, un morceau de fromage pour finir le quignon de la flûte, un yaourt nature sans sucre et son estomac était provisoirement apaisé des crampes qu'il commençait à ressentir. En l'interpellant, Brigitte Espinasse avait piqué sa curiosité. Roger avait très envie de savoir ce qu'elle avait à lui montrer, sans pour autant lui donner l'impression qu'il se précipitait. Quant à la perspective de passer un moment en tête-à-tête avec cette séduisante et jolie femme, elle n'avait rien de désagréable.

Se saisissant du heurtoir massif qui occupait le centre du vantail de la lourde porte d'entrée, Darmon frappa énergiquement. Le battant ne tarda pas à s'ouvrir, laissant apparaître le visage souriant de Brigitte Espinasse. La jeune femme, qui s'était débarrassée de son tablier des jours ordinaires, arborait un joli chemisier bleu pâle, sagement boutonné mais assorti à son *jean* Rica Lewis un peu délavé qui moulait ses formes féminines. Brigitte Espinasse le gratifia d'un « Entrez ! » chaleureux, s'effaçant pour le laisser pénétrer dans le large hall dallé de tomettes qui conduisait à la salle commune. Au passage,

Roger observa qu'un peu de rimmel et de fard à paupières maquillaient discrètement ses yeux, masquant les petites pattes-d'oie qui, fruit de la quarantaine, en marquaient la commissure. Un léger parfum l'enveloppait, la rendant encore plus charmante qu'à leur première rencontre.

Brigitte Espinasse l'introduisit dans le salon et le pria de s'asseoir sur le canapé en cuir beige qui jouxtait une belle cheminée en pierre dans l'angle de la pièce. Elle s'affaira quelques instants dans la cuisine pour réapparaître l'instant d'après et déposer un plateau chargé de deux tasses au décor champêtre, d'une cafetière et d'un sucrier assortis, sur la table basse. Sagement, la jeune femme prit place en face de lui dans un confortable fauteuil. En parfaite maîtresse de maison, Brigitte Espinasse remplit de café les deux tasses en porcelaine de Limoges et lui tendit le sucrier. Il se servit et agita le breuvage noir de sa petite cuillère. En silence, ils burent quelques gorgées du liquide brûlant et Roger Darmon, en reposant sa tasse, lui demanda :

— Alors, qu'avez-vous à me montrer ?

— Ceci, répondit Brigitte en lui tendant un épais dossier cartonné vert, fané et décoloré à souhait.

— De quoi s'agit-il ?

— C'est mon fils qui m'y a fait penser, hier soir. Les archives de son grand-père…

— Votre beau-père ?

— Oui, il est décédé il y a quatre ans. Albert Espinasse était agriculteur ici, à la Garosse, comme l'avait été son père et comme le fut Claude, mon défunt mari, expliqua Brigitte. Mais si la terre était son métier, sa passion, c'était l'actualité, les nouvelles locales, les potins de la commune. Son rêve de jeunesse, c'était de devenir journaliste à Paris, d'être un nouvel Albert Londres, de courir le monde, mais hélas, fils d'agriculteur, c'est le tracteur qui l'attendait !

— Il n'a pas eu le choix ?

— On ne le lui a pas laissé ! Alors mon beau-père s'est consolé en étant pendant des années correspondant de presse. Il aimait écrire et ici, dans ce pays où il ne se passe jamais grand-chose, il tenait la chronique des chiens écrasés. Albert découpait aussi tous les articles parus dans *La Dépêche* et *L'Indépendant* concernant la vie du canton, de Sainte-Colombe-sur-l'Hers et des communes voisines. Il les classait et constituait des dossiers qu'il stockait dans un cagibi obscur qui lui servait de bureau et où personne n'avait le droit d'entrer. *C'est ma mémoire*... disait-il.

— Et votre beau-père avait des centres d'intérêt particuliers ?

— Le rugby, la pêche, les élections et la vie politique locale, les faits divers…

— Sans doute ambitionnait-il un jour d'écrire l'histoire du pays ?

— Il en caressait le projet, en effet, mais la maladie l'a empêché de le mener à bien. À son décès, quand nous avons voulu faire des travaux de rénovation avec mon mari, nous avons débarrassé le cagibi. C'était un vrai capharnaüm ! Il y avait des dizaines de classeurs, de dossiers empilés partout et dans tous les sens. Cinquante ans d'un fatras de journaux, de bulletins municipaux, de revues, de publicités, de catalogues de vente par correspondance... Une chatte n'y aurait pas retrouvé ses petits ! Albert ne voulait jamais rien jeter. *Ça peut servir*... répétait-il souvent.

— À croire qu'il souffrait du syndrome de Diogène !

— S'il n'avait tenu qu'à Claude et à moi, nous aurions bien porté tout ça à la déchèterie, mais mon fils, aussi têtu qu'une mule, ne voulait pas voir les affaires de son grand-père partir à la poubelle.

— Il était très attaché à votre beau-père ?

— Oui, Alexandre était tout le temps fourré avec lui. Albert lui a appris beaucoup de choses. Pour lui, jeter tous ces papiers, c'était comme une deuxième mort. Impossible de lui faire entendre raison...

— Et au final ?

— Pour avoir la paix, nous avons coupé la

poire en deux ! On a entassé tous les dossiers de mon beau-père dans trois ou quatre gros cartons que mon mari a courageusement montés au grenier et on a jeté le reste.

— Et personne ne s'en est plus occupé ?

— Bien sûr que non ! Les cartons sont restés là-haut. Hier soir, à table, Alexandre m'a suggéré d'aller y jeter un coup d'œil. J'ai bravé les toiles d'araignée pour dégoter ce dossier. J'espère que vous y trouverez quelque chose d'intéressant…

Roger Darmon hocha la tête en signe de remerciement. L'on pouvait lire, sur une étiquette rectangulaire, semblable à celles qui identifiaient les manuels scolaires, deux dates : *1961-1963*. En dessous, à l'encre délavée, la mention *Sport et faits divers*. Avec émotion, Roger desserra la sangle usagée du dossier, les mains rendues fébriles par l'espérance de nouvelles découvertes. Il feuilleta les premières pages avec la méticulosité d'un archéologue. Tout était en désordre. Les recensions des héroïques matchs de rugby de l'US Quillan, une équipe aux performances alors en pleine ascension, à l'image de l'usine de Formica où travaillaient tous les joueurs, côtoyaient celles de la flamboyante parade offerte pour la Sainte-Cécile dans les rues de la capitale du pays d'Olmes par le Coq lavelanétien, fanfare créée en septembre 1931 qui se faisait gloire de porter haut les valeurs musicales du pays.

Le papier journal avait jauni, fruit des trente-six années écoulées depuis la sortie des rotatives. Il conservait encore un parfum d'encre grasse, témoignage d'un temps antérieur à l'impression numérique. Les articles, découpés aux ciseaux avec plus ou moins de minutie, festonnés de petites encoches ou maculés par un irrévérencieux doigt gras, s'empilaient sans autre ordre que celui de leur jour supposé d'archivage, indiqué par une date griffonnée en haut. Quelques fois pliées, quand la longueur de leur colonne excédait les dimensions du dossier, le plus souvent collées sur une feuille de papier blanc, lorsque, simples entrefilets, elles se résumaient à quelques lignes, les coupures de presse étaient parfois accompagnées d'un bref commentaire gribouillé en marge au stylo Bic.

De temps à autre, entre les pages locales, se glissait un article relatant un événement extra-régional qu'Albert Espinasse avait gardé comme témoignage d'un fait historique important ou pittoresque. Ainsi tomba-t-il sur une coupure de journal retraçant l'arrivée à New York du paquebot *France*, le 3 février 1962. Sur la photo en noir et blanc, on distinguait le prestigieux transatlantique, symbole des succès industriels de la France des années gaullistes, entrant dans le port de Manhattan, entouré des bateaux-pompes, toutes sirènes mugissantes, cortège traditionnel des grandes premières. Parfois, un avis de décès ou une courte notice nécrologique venait apporter une dimension moins souriante, donnant à la vie le sens que la mort lui confère.

— Mon beau-père entassait tout ce qu'il trouvait. Il y a sans doute quelques renseignements utiles dans ce fatras, mais c'est un peu chercher une aiguille dans une botte de foin !

— J'en ai pour un bon moment, en effet…

— Prenez-le pour le parcourir ce soir à tête reposée.

— Merci. Je vous promets de vous le rapporter très vite.

— Prenez tout votre temps ! Un peu plus de café, peut-être ? demanda-t-elle en avançant sa main vers la cafetière.

— Volontiers !

Darmon la remercia et lui tendit sa tasse. Brigitte le gratifia d'un sourire lumineux avant de la remplir de nouveau. Roger ne put s'empêcher de songer que les admirateurs ne devaient pas lui manquer, même si, à la limite de l'Aude et de l'Ariège, loin des turbulences des grandes villes, les rencontres se faisaient plus rares. Comment rester insensible au charme d'une femme aussi aimable ? Son veuvage ne constituait pas un frein aux pressants hommages des hommes qui, discrètement, cherchaient ici comme ailleurs à pimenter leur vie par une liaison extraconjugale. Ils restèrent ainsi une vingtaine de minutes à deviser, sagement assis au salon, l'un en face de l'autre.

Brigitte Espinasse manifesta beaucoup d'intérêt pour les souvenirs d'Yvette Amiel qu'il lui rapporta. À de brèves allusions, Roger comprit que la jeune femme n'avait jamais porté les Ducos dans son cœur. L'exploitation agricole des Espinasse et les métairies des pharmaciens étaient mitoyennes. Quelques clôtures laissées ouvertes, plus par négligence que par méchanceté, mais qui avaient permis la divagation des bêtes, la morgue des Ducos qui n'avaient que trop tendance à se prendre pour les seigneurs du pays et à chasser impunément sur les terres d'autrui, des contentieux sur le bornage, autant de raisons qui n'étaient sans doute pas étrangères à des relations de voisinage rafraîchies.

Deux heures et demie venaient de sonner à la pendule quand Roger, à regret, se résolut à prendre congé de son hôtesse. La jeune femme avait sûrement autre chose à faire ! En restant à papoter, ne risquait-il pas de lui donner l'impression de s'incruster au-delà du convenable et de la bienséance ? Le dossier sous le bras, Darmon regagna le gîte. Sous la lumière du soleil qui inondait généreusement la chaîne des Pyrénées, il cilla. Quel dommage d'aller s'enfermer par une journée propice aux escapades champêtres ! Mais, aiguillonné par le désir de lever enfin le voile sur le destin de son père, Roger avait hâte de dépouiller le monceau d'archives qu'on lui avait confié.

L'espoir d'y découvrir quelque indice lui faisait battre le cœur. S'il cernait mieux la personnalité de François Darmon, nombreuses étaient les questions qui restaient en suspens. Avait-il été une victime ou un salaud ? Quel rôle Ducos avait-il joué dans sa mystérieuse et brutale disparition ? Qu'était devenue Agnès Ducos ? Avait-elle partagé l'étrange destinée de Francou ? Plus que jamais, Roger Darmon était décidé à faire la lumière. Toute la lumière… Non par goût de l'intrigue, mais par appétit de vérité. Pour pouvoir se regarder dans la glace avec sérénité en se rasant le matin.

8

L'automne d'un vieux salaud

Confortablement installé dans le canapé qui faisait face à l'imposante cheminée au linteau de chêne massif, Roger Darmon se plongea dans l'étude minutieuse de l'épais dossier. Avec le temps, les feuilles de papier journal étaient collées les unes aux autres et il lui fallait d'infinies précautions pour les séparer sans laisser la moitié du texte décalqué sur la page précédente. Ligne éditoriale de *La Dépêche* et goût d'Albert Espinasse obligent, les articles ayant trait au sport et en particulier au rugby à XV, sport roi de la région, constituaient une bonne partie des documents. Leur titre, qu'il soit triomphaliste ou railleur, condensait en une phrase accrocheuse les exploits d'équipes amateurs. Darmon, qui avait chaussé les crampons et porté le maillot des minimes de l'USAL[36] au temps de sa jeunesse, connaissait

36. Union Sportive Athlétique de Limoges, club de rugby fondé en 1902.

bien le lyrisme des journalistes sportifs.

Mais combien de fois, derrière les mots, la rencontre amicale de deux petits clubs s'était-elle transformée, l'espace d'une après-midi, lors d'un médiocre derby départemental, en un pugilat en règle ? Combien de ces compétitions s'étaient terminées en bagarres généralisées jusque dans les vestiaires, malgré les coups de sifflet de l'arbitre, l'homme en noir servant parfois lui-même de victime expiatoire ? Mélange de violence épique et de camaraderie rugueuse, ces matchs, perdus ou gagnés, héritiers de l'historique soule[37], alimentaient les conversations de la troisième mi-temps. Épuisés mais heureux, les adversaires d'un jour se réconciliaient au bistrot, ils auraient le reste de la semaine pour cultiver leur soif de revanche, annonciatrice de futures peignées. Mais en parcourant les coupures de presse en diagonale pour aller à l'essentiel, Roger Darmon ne pouvait s'empêcher de songer aussi aux lendemains de ces victoires homériques, aux faciès tuméfiés, aux muscles meurtris, aux luxations handicapantes qui faisaient grimacer le visage des héros comme celui des vaincus, rendant le moindre geste douloureux au travail le lundi matin.

---

37. Pratiqué entre villages voisins, ce populaire jeu médiéval, où tous les coups étaient permis, se caractérisait par sa brutalité. Interdit dès 1369, il passe pour être l'ancêtre du football et du rugby.

Parfois, au fil des pages, un article acide ou acrimonieux, un événement cocasse narré sur un ton humoristique ou persifleur, un fait divers peu banal, lui arrachaient un sourire. Si l'on faisait abstraction de la rubrique sportive, cette chronique décousue des jours ordinaires constituait un bon miroir de la nature humaine. Il y avait là le reflet des petits travers de tout un chacun, celui de la capacité à faire preuve tout autant de grandeur d'âme que de fourberie. Plus accumulées que classées, les coupures de presse s'entassaient dans la chemise cartonnée suivant l'ordre chronologique de la main qui les y avait placées. En feuilletant cette tranche de vie des petits riens importants, Darmon découvrait avec amusement les commentaires qu'Albert Espinasse avait griffonnés. C'était un mélange tout autant savoureux qu'acidulé d'appréciations personnelles et de rumeurs de voisinage, fruits de cancans échangés entre deux portes, de secrets de famille chuchotés à voix basse, quand les enfants étaient couchés. Ainsi, en marge de l'avis de décès, au cœur de l'hiver, d'une respectable femme de quatre-vingt-six ans dont l'échotier d'un village voisin faisait en trois lignes l'éloge, l'agriculteur amateur de journalisme avait-il écrit : *Seul le train n'est pas passé dessus !* L'annonce d'un mariage, à l'orée du printemps, quelques semaines plus tard, se concluait par la mention ironique : *A réussi le tour de force de faire épouser son amant à sa fille pour l'avoir sous la main...*

Et soudain, les yeux de Roger tombèrent sur l'article, datant de juin 1962, qu'il avait découvert par hasard en rangeant le grenier de la maison familiale, l'été précédent. En deux courtes colonnes, illustrées d'un mauvais cliché en noir et blanc, la disparition de François Darmon dont on avait retrouvé la voiture calcinée était relatée. Sous l'émotion, sa respiration se bloqua une fraction de seconde. Pas de doute, c'était le même article ! Comment son grand-père à Limoges avait-il pu l'avoir ? Une âme charitable le lui avait-elle fait parvenir ? Ce qui sauta aux yeux de Roger, c'est qu'il n'était nullement question d'Agnès Ducos. Mais quoi de plus logique ? Sans les révélations d'Yvette Amiel, comment aurait-il pu deviner son existence ? La brigade de gendarmerie de Chalabre, laquelle avait immanquablement fait le lien avec la disparition de la belle Agnès signalée par Ducos au commissariat du Rempart-Saint-Étienne à Toulouse, n'avait pas dû partager ses hypothèses avec le pigiste de la rédaction de Carcassonne, auteur de l'article.

En face, la main d'Espinasse avait écrit en assez gros caractères : *suicide, assassinat ou disparition volontaire ? Affaire à suivre...* Les faits divers de cet acabit n'étant pas légion dans le pays, Albert, comme bien d'autres ici, s'était interrogé. Roger allait tourner la feuille quand il se rendit compte que quelques mots ajoutés au crayon papier avaient été effacés à la gomme. Il approcha la page d'une lampe et, en écarquillant les yeux, il lut : *Jean Saurat fils*. Puis, en dessous, encore moins lisible, il devina péniblement la mention : *Proche des SOL*[38]. *D'après Lagarde, a été vu en civil à Foix, le dimanche 30 août 1942, à l'occasion du deuxième anniversaire de la légion des combattants.*

Roger n'avait pas souvenir qu'Yvette Amiel eût jamais prononcé ce nom au cours de leur longue conversation. Qui était ce bonhomme ? Un gars du pays au passé peu recommandable, l'un de ces bons Français qui avaient flirté avec le monde de la collaboration ? Si Albert Espinasse avait mentionné ce personnage, c'est qu'il avait subodoré un lien avec l'étrange disparition de Francou. Quelles informations pouvaient étayer ce soupçon ? Trente-six ans s'étaient écoulés depuis cette ténébreuse affaire et Roger Darmon ne se faisait guère d'illusions sur les possibilités de retrouver ce type pour lui tirer les vers du nez. Était-il encore vivant ? Habitait-il toujours la région ? Peut-être avait-il déménagé pour aller

38. Service d'Ordre Légionnaire. Cette organisation créée à l'été 1941 et confiée au commandement de Joseph Darnand est l'ancêtre de la Milice.

vivre chez ses enfants, à moins qu'il ne fût pensionnaire d'une maison de retraite, retombé en enfance, comme on disait autrefois pour désigner les personnes âgées, victimes de cette maladie d'Alzheimer qui remplissait les chambres des Ehpad… Les interrogations à son sujet fourmillaient dans sa tête. Ginette Laborde, l'épicière du village, pourrait sans doute le renseigner.

Darmon tourna fébrilement les pages. Un second article, tout aussi long que le premier, avait paru deux jours plus tard. Le titre, imprimé en gras, *Qui était le disparu de la Trière ?* avait tout pour exciter la curiosité des lecteurs, un bon moyen de vendre du papier. Rédigé par le même pigiste de Carcassonne, il revenait longuement sur ce que la presse appelait désormais *L'affaire Darmon*. Le journaliste expliquait que, malheureusement, la pluie, tombée en abondance dès le lendemain de la découverte du véhicule, avait lessivé les quelques traces de pas qui conduisaient au petit ruisseau, mettant en échec le flair du chien policier dépêché sur place. Après les premières constatations d'usage effectuées par les gendarmes, la voiture de François Darmon faisait désormais l'objet d'investigations plus approfondies dans un laboratoire de police scientifique.

Albert Espinasse avait archivé, trois jours plus tard, un papier du même journaliste. Intitulé *Le disparu reste introuvable*, l'article, qui confirmait l'absence de corps comme celle de traces de balles, soulignait que l'examen détaillé du véhicule carbonisé s'était révélé décevant. Seuls les restes noircis et fondus de ce qui avait dû être un tube de rouge à lèvres d'une grande marque de cosmétiques avaient été découverts dans la glissière gauche du siège passager, mais l'indice semblait peu exploitable. Une jolie femme l'avait-elle laissé tomber par mégarde après un raccord de maquillage ? Le positionnement de l'objet, coincé dans le rail, ne permettait pas d'échafauder d'hypothèses.

Ainsi, l'enquête diligentée sur l'environnement du pharmacien avait conduit les enquêteurs vers une officine de la banlieue nord de Toulouse où le potard disparu effectuait un remplacement depuis quelques semaines. Mais tout le monde s'accordait pour y louer la gentillesse et le professionnalisme de François, un type sans histoires, banalement en instance de divorce. Son ex-femme, rentrée chez ses parents, habitait Limoges depuis leur séparation, mais une grossesse difficile l'obligeait à rester alitée jusqu'à la délivrance. Le couple ne correspondait que par avocats interposés. Yvette Amiel, la fille de ceux qui avaient recueilli François pendant la guerre, sans lien de parenté réel avec le disparu, n'avait pu déclencher une procédure de *Recherche dans l'intérêt des familles*. Relevant, au vu des circonstances, plus du régime juridique de l'absence que de la disparition, les investigations locales de la maréchaussée étaient restées superficielles, vaines et sans résultats.

Quant à Agnès, faute de rapprochement entre cette affaire et la main courante déposée au commissariat de Toulouse par Hippolyte Ducos, elle n'apparaissait à aucun moment dans les recensions de la presse. Comment s'en étonner ? Ducos s'était refusé à qualifier cette disparition d'inquiétante au prétexte qu'Agnès était majeure et volage et qu'elle finirait bien par rentrer toute seule. Et à l'heure où les attentats terroristes de l'OAS, en Algérie comme en métropole, battaient leur plein, suscitant d'importantes manifestations des partis de gauche, les forces de sécurité intérieures avaient bien d'autres chats à fouetter que les escapades amoureuses d'une bourgeoise des beaux quartiers !

À la fin de sa lecture, Roger resta quelque peu sur sa faim. De toute évidence, le journaliste n'avait rien de bien croustillant à se mettre sous la dent. Les enquêteurs se perdaient en conjectures et l'enquête piétinait. Le mystère demeurait entier… Une dernière coupure de presse, près de dix jours après, n'apportait rien de nouveau et se contentait de faire le point en recyclant les informations que les lecteurs connaissaient déjà. Roger releva qu'elle était nettement plus courte que les deux précédentes, signe que l'affaire Darmon avait déjà perdu beaucoup d'intérêt, faute d'avoir pu déboucher sur l'un de ces feuilletons à rebondissements multiples qui font les gros titres des journaux et le bonheur de la presse à sensation. Après tout, n'y avait-il pas quelques dizaines de disparitions de ce genre par jour en France ?

Un bref article de quelques lignes, voilà ce qui resta de l'affaire Darmon dans les colonnes du grand quotidien du Sud-Ouest *La Dépêche* le vendredi 6 juillet 1962, trois jours après la proclamation de l'indépendance de l'Algérie. Même au sein de la chronique des chiens écrasés, le fait divers François Darmon avait fané. Les regards des lecteurs se tournaient plus vers les suites de l'installation du GPRA[39] à Alger et le massacre à Oran de près de sept cents Français par une foule d'Algériens déchaînés que vers la disparition d'un modeste pharmacien de province. Roger continua de feuilleter méthodiquement le dossier, espérant trouver un autre indice. Mais la suite fut bien décevante. Un simple entrefilet, paru dans *L'Indépendant* et daté du mardi 9 juillet 1963, indiquait que l'affaire Darmon, faisant l'objet d'un certificat de *Recherches vaines*, avait été

39. Gouvernement Provisoire de la République Algérienne.

classée, faute de mieux. Tout le monde avait le droit de disparaître…

La suite des coupures de presse contenues dans la chemise cartonnée était d'un intérêt anecdotique, sans rapport avec ses préoccupations. Roger Darmon referma le dossier et serra la sangle de toile. Si le dépouillement de ces journaux de l'époque avait conforté les propos d'Yvette Amiel, il n'y avait pas découvert de révélations fracassantes. Ainsi, l'affaire François Darmon avait tourné en eau de boudin pour, bien vite, tomber dans l'oubli. Fallait-il s'en étonner ? La création du lac de Montbel, une vingtaine d'années plus tard, avait fait disparaître les lieux sous plusieurs mètres d'eau, n'épargnant que les ruines de la métairie de Borde Blanche. Un peu déçu, mais fort d'une meilleure perception de l'air du temps d'alors, il lui fallait miser sur le nom de Jean Saurat. Restait encore à mettre la main sur le bonhomme, en espérant qu'il ne soit pas déjà au cimetière !

Roger jeta un coup d'œil à son bracelet-montre. Il était presque dix-sept heures. Le soleil déclinait déjà derrière les chaînons calcaires du Plantaurel, offrant le charme d'une belle fin d'après-midi d'automne qui irisait d'or les soulanes[40]. Ne voulant pas aller mendier du pain à

40. Désigne, dans les Pyrénées, le versant exposé au soleil, semblable à l'adret dans les Alpes.

sa délicieuse hôtesse comme la veille au soir, il décida de descendre promptement à Sainte-Colombe pour se ravitailler. Il posa le dossier sur la table et tira derrière lui la porte du gîte avant de monter dans la Clio. Parcourant la centaine de mètres du chemin vicinal empierré qui conduisait à la ferme de la Garosse, Roger Darmon retrouva bien vite la petite départementale. Étroite et tortueuse, peu fréquentée, elle descendait vers le village en serpentant entre deux rideaux d'arbres qui se dégarnissaient peu à peu. Parvenu à l'entrée de Sainte-Colombe, Roger s'engagea dans la grand-rue, dépassa le café et la pompe à essence pour atteindre l'épicerie.

Derrière son comptoir, Ginette Laborde était en train de contrôler un carton de boîtes de conserve qu'un transporteur venait de lui apporter. Un crayon à papier à la main, elle en vérifiait avec une application quasi scolaire le détail sur le bon de livraison, le comparant ligne par ligne à la commande figurant sur son agenda de commerçante. La familière clochette qui tinta d'un son cristallin quand Roger poussa la porte du magasin lui fit lever la tête. Elle portait toujours le même tablier de nylon bleu, mais aujourd'hui elle avait troqué sa robe de cotonnade à grosses fleurs rouges et jaunes pour une jupe verte et un chemisier blanc. L'épicière lui sourit. Les clients n'étaient pas nombreux et quoiqu'elle eût passé l'âge où l'on cherche à séduire, l'homme lui était sympathique. Roger contourna la gondole centrale pour s'approcher de la caisse enregistreuse grise et noire, une Citizen des années soixante, héritage de ses beaux-parents qui trônait au bout du comptoir, à côté du moderne terminal de paiement par carte, progrès oblige.

— Ah, le locataire de Brigitte ! Que puis-je pour vous, ce soir ?

— En passant ce matin, je pensais tant à cette madame Amiel que j'ai oublié de prendre du pain…

— À cette heure, il ne m'en reste guère… Té, j'ai juste cette flûte mais, autant vous dire, elle est d'hier, sinon vous avez ce petit montagnard…

— C'est un pain de campagne ?

— Oui, farine de froment et un peu de seigle… Il se conserve bien !

— Ça fera l'affaire !

— Ça vous fait 9,20 francs, lança l'épicière. Autre chose pour votre service ?

— Oui… Est-ce que le nom de Saurat vous dit quelque chose ?

— Ce ne sont pas les Saurat qui manquent dans le Midi !

— Jean Saurat…

— Laissez-moi chercher… C'est un nom assez répandu en Ariège, mais aussi dans la Haute-Garonne.

— Il est sûrement du canton…

— Et vous ne savez pas de quel village est ce type, par hasard ? De Sainte-Colombe ? Du Peyrat ?

— Je l'ignore. Ce que je sais, c'est qu'il devait avoir une vingtaine d'années en 1942.

— Vingt ans pendant la dernière guerre, dites-vous ? Alors ça ne lui en fait pas loin de quatre-vingt maintenant, répondit l'épicière qui, par habitude professionnelle, calculait vite.

— Quelque chose comme ça, en effet…

— À Sainte-Colombe, j'en vois bien un de cet âge-là… Il était contremaître chez Fonquernie à Laroque-d'Olmes.

Ça doit bien faire vingt ans qu'il est à la retraite…

— Vous le connaissez ?

— C'est un client… Il passe tous les jours ici. Comme il est veuf, il ne remplit jamais beaucoup son cabas, ajouta l'épicière avec une moue de regret.

— Et ce Jean Saurat, savez-vous où il habite ?

— Pas très loin, vers le chemin des Filatiers…

— Où est-ce ?

— Près de la gare…

— J'ignorais que la SNCF desservait Sainte-Colombe-sur-l'Hers…

— La gare est désaffectée depuis belle lurette, tout comme la ligne de chemin de fer. Jadis, elle allait de Lavelanet, via le Peyrat, Chalabre et Moulin-Neuf, jusqu'à Pamiers. C'est par là qu'autrefois arrivait la corne d'Argentine, de Nouvelle-Zélande, même d'Australie…

— De la corne ? Pour quoi faire ?

— Pour alimenter l'industrie du peigne.

— Un artisanat local ?

— Une véritable industrie, vous voulez dire ! Ici, on fabrique des peignes depuis le XVe siècle. Au début, ils étaient en buis, une matière première que l'on trouvait dans les collines du Plantaurel. C'est au XIXe, avec le développement du commerce colonial, que la corne s'est imposée. Dans les années cinquante, le pays d'Olmes et ses environs fabriquaient quatre-vingts pour cent des peignes en corne française.

— Les gens travaillaient à domicile comme pour le textile ? lui demanda Roger.

— Pas vraiment. Le travail de la corne est moins commode à installer chez soi qu'un métier à tisser. Cette corne qu'on recevait par train, les hommes devaient la scier, la chauffer, la découper en spirale, la passer à la presse puis façonner les dents à la machine pour que le peigne prenne forme. Ensuite, les cadreurs arrondissaient la pièce à la meule et, enfin, les femmes polissaient, ponçaient, affinaient les dents. Le travail s'est concentré en petites usines très tôt. Mon beau-père m'a raconté que la concurrence était telle que les petits fabricants évitaient de venir à la gare en même temps pour ne pas se faire piquer les adresses de leurs clients. Il paraît même qu'ils retournaient les colis pour qu'on ne voie pas où ils partaient !

— Et les peignes voyageaient en vrac, sans étuis ?

— Non, c'est une famille du village du Peyrat qui fabriquait les emballages en carton.

— Le trafic à la gare ne devait quand même pas être très intense, fit Roger en songeant au volume que représentait un peigne en corne.

— Détrompez-vous ! Mon beau-père m'a dit que dans les années vingt, avant la grande crise, il passait jusqu'à cinq trains par jour et dans chaque sens !

— Bigre !

— Des convois mixtes, wagons de passagers et marchandises… Mais aujourd'hui, ce n'est plus qu'un souvenir ! La ligne a été fermée aux voyageurs en 1943 et le dernier train de marchandises est passé en décembre 1973. Depuis, la voie a été déposée. Ici, nous sommes maintenant un peu loin de tout ! De ce temps-là, voyez-vous, en dehors des gares délabrées et de quelques maisons de gardes-barrières abandonnées qui ont été bien vite vandalisées, il ne reste plus que les ponts en fer et des tunnels envahis de ronces…

À cette évocation, la voix de Ginette Laborde

se voila de nostalgie. Certes, l'épicière était trop jeune pour avoir connu cette époque, mais comment ne pas regretter ce bon vieux temps dont les vieux se faisaient les chantres ? En ce pays de poudingues[41] où les premières traces de présence humaine remontaient à la préhistoire, *pelharòts*[42], colporteurs, *caïfas*[43], étameurs[44], hommes des métiers ambulants ou des travaux plus sédentaires, tels les ferblantiers, forgerons, bourreliers[45], appariteurs[46], qui faisaient hier encore vivre la campagne, avaient tous disparu, terrassés par la course au modernisme qui avait remplacé la paire de bœufs, l'âne ou le cheval par des tracteurs toujours plus puissants, achetés au prix d'un endettement croissant au Crédit Agricole, machines plus ou moins bien amorties par les subventions et les prix garantis par la politique agricole commune de l'Europe.

---

41. Roche sédimentaire constituée de débris agglomérés.

42. Chiffonnier qui récupère plumes d'oies et peaux de lapins.

43. Commerçant ambulant qui, avec son triporteur ou son âne, est vendeur de petits plaisirs, chocolat, bonbons, cigarettes ou café de marque Caïfa, d'où son nom.

44. Artisan souvent itinérant qui rénove les objets métalliques en les plongeant dans un bain d'étain pour les faire briller.

45. Artisan qui travaille le cuir, les courroies, harnais, colliers indispensables à la traction animale.

46. Chargé de faire les annonces sur la voie publique.

— Et ce Jean Saurat du chemin des Filatiers, que savez-vous sur lui ?

— On raconte qu'il est aviseur…

— Aviseur ?

— L'œil de Moscou, comme certains disent parfois, fit Ginette en souriant.

— Un communiste ? demanda Roger.

— Mon Dieu, non ! Ce serait plutôt le contraire, je pense ! Ce qu'on appelle aviseur, ici, voyez-vous, c'est plutôt un bonhomme qui renseigne l'administration, le fisc ou les gendarmes, un type qui dénonce les gens en échange de petites rémunérations ou parce qu'on accepte de fermer les yeux sur ses petits trafics…

— Un genre d'indic ?

— Oui, on peut le comprendre comme ça…

— Il ne doit guère avoir bonne réputation alors !

— Disons qu'on évite de lui faire des confidences… Au magasin, avec moi, c'est : *Bonjour, bonsoir, vous désirez ?*

— Il paye et il s'en va ?

— Oui… La rumeur lui prête l'envoi de lettres anonymes.

— C'est vrai ?

— Allez savoir… En tout cas, dès qu'il fait beau, on le voit rôder dans le village. Les mauvais esprits disent qu'il a toujours une oreille qui traîne…

— Et pendant la guerre, il était dans quel camp ?

— Je ne saurais vous dire ! Je n'étais pas née, mon pauvre monsieur… Demandez plutôt à Yvette Amiel. Au fait, elle m'a dit au téléphone que vous ne vous appeliez pas Lanzac mais Darmon et que vous étiez le fils de ce François Darmon qui a mystérieusement disparu à Borde Blanche dans les années soixante… C'est vrai, cette histoire ?

— Oui, Lanzac, c'est le nom de ma mère. Mes parents ont divorcé à ma naissance. Ma mère est morte peu de temps après et, de mon père, je ne sais rien ou presque… Il y a quelques mois, j'ai trouvé un article relatant sa disparition. À mon âge, on commence à s'intéresser à ses racines, j'ai eu envie d'en savoir plus, expliqua Roger.

— C'est bien naturel ! Mais pourquoi vous me posez toutes ces questions sur Jean Saurat ? Ce type est mêlé à la disparition de votre père ?

— C'est ce que je cherche à savoir ! Brigitte Espinasse m'a confié un des dossiers de presse que constituait son beau-père, Albert Espinasse. Le nom de Jean Saurat figurait au crayon en marge d'un article sur mon père.

— Té, regardez ! fit Ginette Laborde. Quand on parle du loup…

— C'est lui ?

— Oui, Jean Saurat en personne. Je me demande bien où il va à cette heure…

Roger Darmon fixa la silhouette légèrement voûtée par le poids des ans que l'épicière lui désignait du menton sur le trottoir d'en face. C'était celle d'un petit homme à cheveux blancs, vêtu d'un pantalon bleu et d'un léger blouson de toile, une casquette à carreaux sur la tête, une enveloppe à la main. D'une nature maigrichonne, il avançait en traînant un peu la jambe, souvenir d'une mauvaise chute au printemps dernier dans l'escalier de sa maison. Avait-il perçu le poids des regards tournés vers lui ? Instinctivement, l'homme marqua un temps d'arrêt, leva la tête, se sentant soudain épié. Darmon distingua mieux ses traits : les petits yeux, enfoncés dans les orbites, étaient durs et noirs, très mobiles. Ils illuminaient son visage de fouine d'une méchanceté naturelle. Les lèvres minces, le nez aquilin étroit et un teint jaune accentuaient une physionomie qui n'inspirait guère de sympathie.

Le vieillard poursuivait tranquillement sa route quand soudain, derrière la large baie vitrée de la devanture du magasin, il vit deux silhouettes. Malgré son âge, il n'avait pas besoin de lunettes pour les reconnaître. L'une lui était familière. Avec son éternel tablier de nylon, il était facile d'identifier Ginette Laborde. Quant à l'autre, il ne pouvait se méprendre. Il ne souffrait pas d'hallucinations. Il n'avait pas la berlue. À côté de l'épicière se tenait le type qu'il avait croisé la veille au soir, sortant de la boutique, les bras chargés de victuailles. Nul habitant du village de Sainte-Colombe-sur-l'Hers ne lui aurait prêté quelque attention. L'homme pouvait aisément passer pour l'un de ces touristes désireux, à l'approche des congés de la Toussaint, de s'offrir une petite semaine de repos au soleil des Pyrénées, histoire de profiter des derniers feux de l'été indien. Tout le monde aurait continué benoîtement son chemin…

Tout le monde… sauf lui ! La ressemblance était si frappante que Jean Saurat en éprouvait un profond malaise. Un long frisson lui glaça le dos jusqu'à la taille et une mauvaise sueur aigre perla à son front. L'estomac noué, les mains tremblantes, il était comme tétanisé, incapable de faire un pas. Cette brève rencontre la veille au soir l'avait tant obsédé ! Toute la nuit, il n'avait cessé d'y songer. Les images se superposaient pour s'enchevêtrer en un kaléidoscope angoissant où les souvenirs de la guerre s'entrechoquaient avec ceux des années soixante. Endormi au petit matin, Saurat s'était réveillé, la bouche sèche, le souffle court, le corps en sueur, à demi hagard. Les heures les plus noires d'un passé que pendant tant d'années il avait voulu oublier lui sautaient au visage. Et voilà que maintenant, le cauchemar allait recommencer…

Tel un animal face au danger, le regard bas, la respiration haletante, les mâchoires crispées,

Jean Saurat hésitait sur la conduite à tenir. Que faire ? Continuer son chemin comme si de rien n'était pour ranger cette apparition au magasin des mauvais souvenirs ? Il était trop hanté par ce mois d'août 1944 où il avait vu la populace, avide de faire pardonner son attentisme d'hier par une incommensurable soif de vengeance, proportionnelle à sa lâcheté, ériger, ici et là, des tribunaux populaires improvisés pour procéder à une épuration sauvage qui avait fait plus de dix mille victimes. Il s'en était fallu de peu qu'il ne fasse les frais de cette parodie de justice, lui qui avait discrètement flirté avec la collaboration. Il n'avait pas éprouvé le moindre remords pour ses engagements politiques de jadis ni cherché à les faire passer pour de malheureuses erreurs de jeunesse. Sans renier son passé de délateur, Saurat se savait incapable d'oublier ces moments tragiques où son destin n'avait tenu qu'à la mansuétude d'un curé qui, par charité chrétienne, l'avait soustrait à la vindicte populaire en le cachant quelques jours dans un cagibi de la sacristie, le temps que les esprits s'apaisent.

Quant à faire preuve d'audace, traverser la rue et aller voir de plus près ce quidam pour se renseigner sur son compte, l'aborder en prétextant que son visage ne lui était pas inconnu, inutile d'y songer ! Il n'était ni courageux ni culotté. Ce n'était guère dans son caractère, lui qui par nature se montrait fort avec les faibles et faible avec les forts, préférant comme les cafards l'ombre des bas-fonds nauséabonds à la lumière de la gloire méritée. S'efforçant de dominer la tempête intérieure qui le secouait tel un cap-hornier aux quarantièmes rugissants, de retrouver un peu de calme pour chasser l'angoisse qui lui étreignait la poitrine d'une douleur aussi vive que s'il avait eu une crise cardiaque, Jean Saurat déglutit péniblement, baissa la tête et détourna le regard. Sa décision était prise. Pas question de se contenter d'un coup de fil pour se laisser endormir par quelques belles paroles à peine voilées de menaces. Qu'importe si l'heure était tardive, s'il n'avait pas de rendez-vous ! Pas le temps d'aller mettre sa lettre à la boîte. Le temps pressait. Il fallait qu'ils se voient…

Traînant un peu plus la patte que d'habitude, Saurat se hâta de rentrer chez lui. Il posa l'enveloppe sur la table de la cuisine. Le chèque de sa taxe d'habitation attendrait demain. Il avait plus urgent à faire… Sans prendre la peine de s'asseoir pour se reposer ni même de boire un verre d'eau pour chasser le goût amer qui lui avait envahi la bouche, il ouvrit le tiroir de droite du buffet Henri II qui trônait dans la cuisine. À l'inverse de son voisin de gauche qui lui servait de vide-poche où s'entassait un immonde bric-à-brac de tickets de caisse, de boîtes de médicaments vides, de réclames, de menue monnaie, de vieux bouchons, d'aiguilles, de tournevis et même un marteau et une clé anglaise, celui-ci était à peu près ordonné. Il en ressortit un petit trousseau de clés et un porte-cartes en plastique noir usagé qu'il glissa prestement dans la poche de son blouson.

Nanti des papiers de sa voiture, Jean Saurat quitta son domicile pour gagner la remise en planches, attenante à la petite maison basse qu'il avait fait construire trente-six ans plus tôt. Sa 4 L jaune canari, un véhicule des années quatre-vingts acheté d'occasion dix ans auparavant à la concession Renault de Lavelanet, y coulait une retraite paisible à l'abri du mauvais temps. Comme nombre de gens de son âge, Saurat conduisait de moins en moins et quittait rarement Sainte-Colombe-sur-l'Hers. Depuis son veuvage, il avait tendance à se replier sur lui-même, laissant la solitude le gagner insidieusement. Ses pérégrinations les plus lointaines se limitaient à faire un tour, une fois par mois au marché de Lavelanet, une fois par semaine à Chalabre pour aller retirer un peu d'argent liquide au guichet du Crédit Agricole et, au passage, boire un café chez son copain Augustin Magne, histoire d'échanger les derniers ragots du canton…

Le jour déclinait. Jean Saurat ouvrit toutes grandes les portes de la remise et monta dans la voiture qui, en démarrant, émit un petit panache de fumée blanche. Sans hésiter, il traversa le village et prit la route du château de Montplaisir. Les dents serrées, obnubilé par ce type qui était le portrait craché de son père, Saurat faillit écraser une petite vieille toute voûtée qui sortait de chez elle pour traverser la route et aller nourrir les lapins de son clapier, dans le jardin d'en face, avant que la nuit tombe. Sans doute était-elle sourde comme un pot… Il ne lui fallut pas longtemps pour parvenir aux portes du domaine. Sans hésiter, il franchit le monumental portail en fer forgé et s'engagea dans l'allée cavalière de platanes centenaires pour s'arrêter devant le perron de la maison. Un peu fébrile, Jean Saurat descendit de la voiture, évitant de claquer la portière pour ne pas donner l'alerte. La démarche mal assurée, il gravit les marches et, saisissant la poignée de cuivre, la tira plusieurs fois, faisant sonner une cloche derrière le large battant de chêne clouté. Très vite, la porte s'ouvrit.

— Qu'est-ce que tu viens faire ici ? lâcha Hippolyte Ducos d'un ton rogue, le laissant à peine entrer dans le hall.

— Parler…

— Je t'ai tout dit hier au téléphone !

— Je l'ai revu, murmura Saurat dans un souffle.

— Eh bien, quoi ?

— J'ai peur…

— Peur de quoi ?

— Il me piste…

— Foutaises !

— J'allais mettre une lettre à la boîte et il était à l'épicerie…

— Et alors ? Il faisait ses courses, comme tout le monde !

— Il m'épiait derrière la vitre, je vous dis… La Ginette Laborde, cette langue de vipère, était avec lui. Elle devait lui en raconter des choses…

— Ça suffit, maintenant ! Rentre chez toi, Saurat.

— J'ai peur, je vous dis…

— Fous le camp ! Je ne veux pas qu'on te voie ici… Pour le coup, les gens pourraient se poser des questions.

— Des questions, lui, ce type, il en pose à tout le monde, monsieur Ducos !

— Et d'abord, qu'est-ce que tu veux qu'il découvre, hein ?

— Tout…

— Des témoins de ce temps-là, il n'y en a plus beaucoup…

— C'est vous qui le dites !

— Les Sicre, l'oncle du gamin, on les a jamais revus dans le pays…

— Ceux-là, ça ne risque pas ! Mais hier après-midi, quand j'ai appris qu'il voulait aller voir ce vieux guérillero de Rafael Mendez, j'ai compris que ce type allait fureter partout jusqu'à ce qu'il trouve. Vous ne les connaissez pas, les Juifs ? lâcha Saurat, la bouche mauvaise. C'est d'ailleurs pour ça que je vous ai téléphoné tout de suite, pour vous prévenir…

— Tu as bien fait, répondit Ducos d'un ton plus conciliant. Pas question, en effet, que ce vieil anarchiste lui raconte trop de détails sur ce qui s'est passé à Borde Blanche. À son âge, la mémoire fout le camp… Il ne faut pas réveiller un chien qui dort ! Les gens ont oublié et le lac a noyé une grande partie des lieux. C'est de l'histoire ancienne maintenant, et c'est très bien ainsi, n'est-ce pas ? Il est inutile que ce Darmon de malheur apprenne ce que tu as fait en 1943…

— Vous savez bien que c'est votre père, Léon, qui a insisté pour que j'aille dénoncer les jeunes du maquis aux boches ! Il en avait marre des réquisitions. Faut dire qu'il n'avait pas tort, ces maquisards se comportaient comme des pillards. À tout bout de champ, en échange d'un simple reçu, ils exigeaient du vin ou des patates. C'est à cause de lui que je me suis mis dans de sales draps !

— Fallait pas les dénoncer !

— Votre père m'avait promis le poste de régisseur…

— Les promesses n'engagent que ceux qui les croient, ricana Hippolyte Ducos.

— Il n'avait peut-être pas le courage d'y aller

lui-même, persifla Jean Saurat insidieusement.

— Tais-toi, tu n'es qu'une crevure !

— Mais manque de chance, poursuivit-il, les *schleus* se sont trompés de ferme… Ils ont confondu avec Peyreblanque.

— Tu étais là. Fallait leur dire…

— Je n'ai pas osé… Le *Feldwebel* qui commandait le groupe avait l'air féroce !

— Pourtant, d'après mon père, les boches, c'étaient tes copains ! Tu te pavanais avec eux à Foix… D'ailleurs, à la Libération, tu as jugé plus prudent de te faire oublier.

— Des racontars, tout ça ! N'empêche que si monsieur Léon, votre père, m'a donné de l'argent en 1944 pour que j'aille prendre l'air ailleurs, c'est qu'il avait comme une dette envers moi…

— Ouais… Tu comprends pourquoi notre intérêt commun voulait que je m'occupe de ce vieux bolchevique. Tu sais que c'est un grand cardiaque ?

— On le dit…

— D'un coup de voiture, je suis discrètement passé le voir, entre chien et loup. Ça tombait bien, il n'avait plus de cachets de digitaline Nativelle.

— Mais qu'est-ce que vous lui avez fait ?

— N'oublie pas que j'étais pharmacien et que les *poutingues*[47] n'ont pas de secrets pour moi !

---

47. Médicaments.

J'ai juste un peu forcé la dose de ce qu'il prend d'habitude… Paraît qu'il a fait un malaise et que les pompiers l'ont amené à la clinique.

— Mais à la clinique, les médecins vont s'en apercevoir…

— À son âge, on se trompe facilement sur les médicaments qu'on prend, ricana Hippolyte Ducos. Rassure-toi, le coup est imparable !

— Ce matin, Darmon a rendu visite à Yvette Amiel. On m'a assuré qu'il était resté presque trois heures chez elle.

— La belle affaire ! Tu sais bien que c'est la famille Amiel qui a élevé le gosse, fit Ducos d'une voix doucereuse. Sa visite est toute naturelle, voyons ! Il n'y a pas à s'inquiéter…

Jean Saurat baissa la tête quelques secondes, une manière de prendre le temps de réfléchir. Certes, cinquante-cinq ans s'étaient écoulés depuis l'incendie qui avait ravagé la métairie de Borde Blanche. Le temps, dans sa fuite inexorable, avait fait son œuvre dans les mémoires, effaçant bien à propos les pages sombres d'une histoire où patriotisme et honneur n'avaient pas toujours été les valeurs les plus communes. Toutefois, Jean Saurat ne parvenait pas à partager l'optimisme de façade du pharmacien. Il n'était pas arrivé jusqu'à l'âge respectable qui était le sien sans savoir qu'il suffisait de bien peu de choses, d'un simple détail, pour faire resurgir ce que tout le monde pensait oublié. D'ailleurs, si Ducos s'était aussi rapidement occupé du cas de ce Rafael Mendez, c'est bien qu'il craignait lui aussi que quelques révélations gênantes puissent ternir la mémoire de son père et la réputation des siens.

Du coin de l'œil, Jean Saurat regarda furtivement Hippolyte Ducos. L'ancien pharmacien avait un air inquiétant, celui des mauvais jours. Un sentiment de malaise l'envahit. Il déglutit péniblement, ouvrit la bouche, mais se tut. Derrière un sourire carnassier digne d'un piranha, il discernait chez Ducos un mélange de dureté implacable, de perversité sadique, de froide détermination assortie d'une cruelle perfidie. Certes, il n'avait jamais nourri d'illusions sur lui. Avec son visage fermé et les petites phrases assassines qu'il prenait plaisir à distiller, Ducos était un monstre froid. Ce type n'avait jamais dû aimer personne à part lui-même. Et si parfois, au gré des circonstances, il savait se montrer flatteur, ce calculateur condescendant dépourvu de tout affect moral, incapable d'une quelconque compassion, inapte à l'indulgence et au pardon, éprouvait, en vrai pervers narcissique, une secrète jouissance à rabaisser et à humilier ses semblables.

Jean Saurat prit une profonde inspiration pour tenter de chasser le trouble qui le rongeait aussi sûrement que la phtisie pulmonaire les poumons d'un tubard. Son front se creusait de rides qui tenaient autant à l'âge qu'à la peur. Dans sa tête, les idées les plus sombres se télescopaient violemment. Comme les boules en acier chromé sous la vitre oblique des flippers électriques dans les salles de bistrots, les images du passé se percutaient en éclairs brutaux qui le secouaient de périodiques tremblements nerveux de la tête aux pieds. Par moments, le spasme d'une oppressante douleur revenait lui barrer la poitrine, lui arrachant une grimace. Un goût amer dans la bouche, Jean Saurat se força à relever la tête pour tenter de calmer la tempête qui s'agitait sous son crâne. De ses petits yeux noirs de fouine aux aguets, il fixa le pharmacien.

— Ce qui m'inquiète le plus, c'est le reste, marmonna Jean Saurat d'une voix blanche.

— Que ce type découvre le sort de son père ?

— Oui… C'est une affaire qui est plus proche. Si les gens savaient…

— Il y a peu de chances, lui répondit Ducos d'un ton agacé.

— Imaginez un instant que ce Darmon réussisse à faire le lien avec la disparition de madame Agnès, votre dame…

— Ne prononce pas ce nom devant moi ! Je ne veux plus jamais entendre parler de cette traînée ! Plus jamais, tu m'entends ? Elle est partie et personne ne sait où. Tu as compris ? hurla Ducos, le visage déformé par la haine, en lui posant la main sur l'avant-bras.

— Oui… oui, fit Saurat, battant en retraite. Ne vous énervez pas… De ce côté-là, vous n'avez rien à redouter ! Là où elle est, elle ne risque pas de revenir ! ajouta-t-il avec un ricanement sinistre.

— Tant mieux !

— La mise en eau du lac, il y a quinze ans, a été une vraie chance. Le terrain où l'on a découvert la voiture est aujourd'hui noyé sous plusieurs mètres d'eau.

— Tu vois que tu n'as rien à craindre, lui répondit Ducos d'une voix plus calme.

— N'empêche que…

— De quoi tu te plains encore ? À l'époque, tu as eu ta récompense, non ?

— Ouais… Enfin, cinq millions à deux…

— Eh bien quoi ?

— Ce n'était pas bien cher, surtout pour vous !

— Dis-moi comment tu aurais fait construire ta maison si je n'avais pas été là, hein ?

— J'avais quelques économies…

— Et quand bien même ! Ça n'aurait pas suffi. Tu crois que les banques t'auraient prêté l'argent qui te manquait ?

— N'empêche qu'on aurait pu vous demander plus…

— Tu sais bien que je t'ai donné tout ce que

j'avais dans le coffre ce jour-là !

— Mais maintenant, pour mon silence…

— Ton silence ? Que veux-tu dire ? répondit Ducos en faisant semblant de ne pas comprendre.

— On peut toujours s'arranger, marmonna Saurat d'une voix traînante qui laissait percer ses intentions.

— Salopard ! Fumier ! Crevure !

— Ne le prenez pas comme ça…

— Fous-moi le camp avant que je te corrige, éructa Ducos, vert de rage, en le saisissant par le col de son blouson pour lui faire rebrousser chemin. Allez, ouste ! Du balai ! Et inutile de revenir ici, compris !

Joignant le geste à la parole, Hippolyte Ducos l'entraîna brusquement vers le lourd battant en chêne clouté. Il le propulsa dehors et, sans un mot, lui claqua violemment la porte au nez. Expulsé manu militari comme un vulgaire malpropre, Jean Saurat se retrouva sur le perron dans la nuit qui tombait. L'air frais le fit frissonner dans son blouson de toile. Ducos l'entendit qui vitupérait en descendant les marches du perron pour rejoindre sa voiture : « Enfoiré, putain d'enfoiré ! Je te jure que tu le regretteras… » sous le coup de la haine qui l'habitait, Jean Saurat cala à deux reprises avant de réussir à démarrer. Il tira sur le levier de vitesse et, martyrisant la boîte de la petite 4 L, il s'engagea dans l'allée cavalière pour quitter le château de Montplaisir et regagner son domicile à petite vitesse, plein de rancœur.

La voiture remisée dans le garage attenant à la maison, Jean Saurat rentra dans son logis et ôta sa sempiternelle casquette. Puis il alluma son poste de télévision, comme chaque soir. Trônant sur un meuble bas dans le séjour, il n'avait qu'à en faire pivoter le plateau tournant pour suivre le programme par la porte de la cuisine pendant les repas. Depuis la mort de sa femme, il regardait la télé davantage, même tard le soir, quitte à s'endormir dans son fauteuil. Le petit écran lui tenait compagnie, écourtant ses nuits et retardant l'apparition des fantômes du passé qui dansaient la sarabande dans sa tête. Il jeta un coup d'œil à l'écran cathodique où l'image venait d'apparaître. Zut ! À cause de sa visite chez Ducos, il était en retard sur l'horaire. La série qu'il suivait tous les soirs sur TF1, *Melrose place*, où la blonde Heather Locklear sème la zizanie dans les couples de l'hacienda, avait déjà commencé.

En se préparant un bouillon au vermicelle amélioré d'un demi-cube Maggi, Jean Saurat ne pouvait s'empêcher de ruminer la manière dont s'était conclue son entrevue avec Hippolyte Ducos. Même son feuilleton ne parvenait pas à atténuer le ressentiment qui bouillait en lui. Cette ordure ne l'emporterait pas au paradis ! Il maudissait cette famille de notables qui l'avait utilisé. Voilà comment il était remercié après avoir rendu bien des services à son père, Léon, pendant la guerre, et à lui en 1962. Si, dans cette vieille histoire, ils étaient complices, Jean Saurat était certain que cet Hippolyte de malheur n'hésiterait pas à le balancer aux gendarmes ou, pis, à se débarrasser physiquement de lui. N'avait-il pas tenté de le faire avec Rafael Mendez ? Il ne pouvait lui accorder aucune confiance. Hippolyte Ducos était bien le fils de son père, un vrai enfant de salaud !

Les traits du visage contractés, le front barré de rides, il avala vite son potage, manquant à plusieurs reprises de se brûler. Son dîner complété d'un morceau de fromage des Pyrénées à la croûte odorante et d'un bon verre de vin des coteaux de Lesquerde[48] qu'il achetait en Cubitainer le vendredi matin sur le marché couvert de Lavelanet, une idée germa dans la tête de Saurat. Hippolyte Ducos était dangereux. Comment s'assurer de son silence ? Pour garantir la tranquillité de ses jours et de ses nuits, la seule solution était de le faire taire. Mais comment s'y prendre pour que cela passe inaperçu ? Il lui fallait trouver un stratagème… Soudain, son visage s'éclaira d'un

48. Le vignoble de Lesquerde, situé dans le canton de Saint-Paul-de-Fenouillet, produit des côtes du Roussillon.

sourire pervers. Pourquoi n'y avait-il pas pensé avant ? Dans cette œuvre qu'il n'était pas loin de considérer comme de salut public, quelqu'un pouvait l'aider : Augustin Magne. Ce vieux complice de coups tordus ne refuserait pas. C'était même dans son intérêt…

9
Un crime presque parfait

En sortant de l'épicerie, Roger Darmon avait hésité à aller frapper à la porte de Jean Saurat. Les indications fournies par Ginette Laborde et l'énigmatique mention effacée sur la coupure de presse recueillie par Albert Espinasse avaient mis sa curiosité en éveil. Une intuition lui disait que ce bonhomme savait quelque chose. Sa rencontre nourrissait son espérance d'en apprendre plus sur la disparition de ce père dont, pas à pas, il reconstituait l'étrange et mystérieux destin. Mais, d'expérience, il connaissait assez bien les hommes pour supputer que ce type au regard bas et fuyant avait sûrement un passé trouble. N'avait-il pas marqué un temps d'arrêt en l'apercevant à l'épicerie ? Bien au-delà de la part d'ombre que chacun entretient sur sa vie, sans doute détenait-il quelques lourds secrets…

Aurait-il envie de s'en libérer ? Sa confession ne serait pas facile à obtenir ! En se présentant à sa porte, ne risquait-il pas de le voir se murer dans un pesant silence blindé du poids des petites trahisons ordinaires ?

Quand Roger regagna la Garosse, le soleil était passé derrière les crêtes. La luminosité déclinait et un brin de fraîcheur venait rappeler que le mois d'octobre était déjà bien entamé. En descendant de sa Clio, il aperçut, dans la cour de la ferme, un homme qui s'activait sous la direction de Brigitte Espinasse devant un massif de terre fraîchement retourné. Vêtu d'une salopette bleue, les manches d'une chemise à carreaux remontées sur les avant-bras, le torse incliné vers la glèbe, il tenait un plantoir à bulbes dans la main droite et enfouissait méthodiquement des oignons de jonquille qui illumineraient de jaune d'or le réveil de la nature, au sortir de l'hiver. Brigitte, un tablier gris passé sur son chemisier, leva la tête en voyant son locataire paraître. Elle vint à sa rencontre et Darmon fit quelques pas vers elle, le sourire aux lèvres.

— Je vois que vous préparez le printemps…

— C'est la saison !

— Vous les remplacez chaque année ?

— Hélas, oui !

— Dans le jardin de mon grand-père, à Limoges, j'ai le souvenir qu'elles repoussaient d'une année sur l'autre…

— Autrefois, ici aussi. Mais les bulbes que l'on achète refleurissent mal. Certains prétendent qu'on les passe aux rayons X pour les stériliser !

— Pourquoi donc ?

— Pour forcer les clients à en racheter l'année suivante.

— Je vois, ça fait marcher le commerce…

— Laissez-nous cinq minutes pour terminer ce massif avec Isidore et je vous offre l'apéritif. Mon fils ne va pas tarder et, en attendant, vous me raconterez où vous en êtes dans vos recherches…

Roger acquiesça. Avec ses grands yeux rieurs et son teint hâlé, la jeune femme était loin de le laisser indifférent. Il rentra dans le gîte pour déposer le pain acheté à l'épicerie et en profita pour prendre le dossier de presse que Brigitte lui avait aimablement prêté. Le garder ne lui servirait à rien. Un bref passage à la salle de bains pour se rafraîchir et, cinq minutes plus tard, il se présentait à la porte de son hôtesse. Elle avait ôté son tablier gris et le fit entrer dans la salle. Installé à la table de la cuisine, leur tournant le dos, celui que Brigitte avait nommé Isidore, sa casquette posée sur la jambe de sa salopette, dégustait à petites gorgées gourmandes le ballon de vin rouge qu'elle venait de lui servir. En l'entendant entrer, l'homme se dépêcha de terminer son verre et se leva pour partir. Triturant sa casquette entre ses mains, il bredouilla au passage quelques mots de remerciement.

Sec et noueux, légèrement voûté, Isidore, qui devait approcher des soixante-dix ans, avait le pas traînant de ceux qui se hâtent lentement. En le croisant, Roger nota qu'il avait les bons yeux d'un chien fidèle. Brigitte lui expliqua qu'il était un peu simple. Pas méchant pour un sou, peu bavard, elle l'employait de temps à autre pour de menus travaux. L'homme avait les mains vertes : tout ce qu'il plantait poussait. Malgré son âge, il ne rechignait pas aux tâches les plus fastidieuses. Les heures de jardinage qu'il accomplissait chez les uns ou les autres, de-ci de-là, arrondissaient sa médiocre retraite d'ouvrier agricole, faute d'avoir été régulièrement déclaré à la MSA par des employeurs peu scrupuleux qui avaient abusé de sa naïveté. Confortablement assis sur le canapé devant un verre d'hypocras, Roger narra à Brigitte le résultat de ses dernières investigations. Elle connaissait Jean Saurat de vue. Avec ses cinq cent trente-neuf habitants, Sainte-Colombe-sur-l'Hers n'était jamais qu'un gros village. Elle n'avait jamais eu affaire à lui, mais elle lui rapporta, comme Ginette Laborde, que la rumeur n'en disait pas grand bien. Alexandre Espinasse arriva. Ce vendredi soir, aux portes des vacances de la Toussaint, un large sourire illuminait le visage du jeune homme où l'adolescence s'attardait. Alexandre embrassa sa mère et salua Roger d'une chaleureuse poignée de main.

— Maman, je vais voir le troupeau, lança-t-il.

— Votre fils paraît heureux de rentrer, fit remarquer Roger.

— Oui, la terre, la propriété, c'est sa vie…

— Vous ne m'aviez pas dit que vous aviez des bêtes.

— Ce n'est qu'une partie de l'activité de l'exploitation…

— Des vaches ?

— Non, cent soixante-dix moutons de race mérinos d'Arles, élevés pour la laine.

— Je n'imagine pas ce genre d'élevage ici.

— C'était une idée de Claude, mais c'est assez anecdotique dans la région.

— Vous les tenez en étable ?

— Mon Dieu, non ! C'est un élevage extensif. Ils vivent en stabulation libre sur les collines en dessous de Montpenedy avec des abris couverts pour affronter le mauvais temps.

— Et ils ne se sauvent pas ? demanda Roger, étonné qu'on puisse laisser des bêtes dehors.

— Le parc est bien clôturé et ils sont sous la garde de Jules et Jim, deux patous…

— Des patous ?

— Deux chiens de berger des Pyrénées. Ils dorment au milieu du troupeau et personne n'oserait se frotter à eux !

— Les moutons restent toujours dans le parc ?

— À la fin de l'hiver, nous faisons pâturer notre troupeau dans les collines de la commune. Ils participent ainsi à la lutte contre les incendies de forêt.

— Une activité à l'image des moutons, paisible…

— Détrompez-vous ! Dans quelques jours, nous allons avoir beaucoup de travail.

— Pourquoi donc ?

— Parce que vingt pour cent de l'agnelage se fait à l'automne et le reste au printemps.

— Et vous transhumez ?

— Oui, chaque année, au mois de mai. Le troupeau part à la montagne où il profite d'une herbe nouvelle. C'est un joli spectacle que la montée vers l'estive…

— J'aimerais bien voir ça !

— Il ne tient qu'à vous de revenir…

Roger sourit. À son contact, il découvrait un style de vie auquel ni sa jeunesse citadine à Limoges ni ses études techniques et encore moins ses activités professionnelles sur les plateformes pétrolières ne l'avaient accoutumé. Un courant naturel de sympathie le rapprochait de Brigitte qu'il trouvait de plus en plus séduisante. Ne la savait-il pas courageuse ? Au décès de Claude, deux ans plus tôt, en octobre, la jeune femme s'était en effet retrouvée dans une situation très difficile : bien qu'elle fût depuis plusieurs années associée à la bonne marche de l'exploitation, conduire une telle ferme avec pour toute aide un fils de dix-sept ans n'était pas une mince affaire. Mais Brigitte n'était pas du genre à se laisser abattre. Même si, seule dans sa chambre, il lui était arrivé plus d'un soir de pleurer, elle avait fait face à l'adversité.

Submergée de chagrin par la disparition brutale d'un mari qu'elle aimait, Brigitte avait dû finir les labours, préparer l'agnelage du troupeau et régler les échéances des crédits bancaires. Beaucoup auraient baissé les bras et nombreux dans le pays étaient ceux qui croyaient que la jolie veuve ne tarderait pas à abandonner la partie. Au café, à peine Claude Espinasse enterré, les commentaires du genre : *Et comment veux-tu qu'elle s'en sorte, sans homme ?* allaient bon train. Certains supputaient la part des communaux qu'ils pourraient récupérer, d'autres convoitaient telle parcelle sans vergogne, tous pariant qu'elle passerait la main. Quelques-uns, et pas forcément les plus jeunes, l'auraient carrément bien vue dans leur lit, joignant pour l'occasion l'utile à l'agréable.

Roger profita du retour d'Alexandre pour prendre congé de son hôtesse. Il ne voulait pas abuser de son hospitalité et rester plus longtemps assis dans le canapé à côté d'elle eût été inconvenant à l'heure du dîner. La nuit venait de tomber sur les chaînons du Plantaurel quand il regagna son gîte. Il alluma la télévision juste à temps pour suivre la météo sur la première chaîne. D'une oreille distraite, le temps de préparer son repas, il écouta les prévisions de Catherine Laborde. Depuis le mois de juin, après avoir présenté pendant dix-neuf ans pas moins de huit mille neuf cent quatre-vingt-six bulletins météo, Alain Gillot-Pétré, le présentateur vedette de TF1, lui avait laissé la place. Un coup d'œil à la carte rassura Roger. Demain, le soleil allait continuer d'iriser les Pyrénées d'une lumière dorée. Mais Roger Darmon nourrissait bien d'autres espérances. Il avait l'intuition que l'entrevue avec Jean Saurat serait décisive. Bientôt, avec un peu de chance, il connaîtrait la vérité…

Quand il se leva, ce matin-là, Jean Saurat était, quant à lui, de fort méchante humeur. Il avait mal dormi. Ce n'était ni la pleine lune ni quelques difficultés de digestion de son dîner de la veille qui étaient responsables de ses insomnies. Toute la nuit, il n'avait pu s'empêcher de continuer de ruminer contre Hippolyte Ducos, d'échafauder mille hypothèses… Au réveil, vers les huit heures, en se regardant dans la glace de sa chambre, il s'était trouvé une tête de papier mâché, sa gueule des mauvais jours. Comme un fait exprès, il avait réussi à s'écorcher le menton avec son rasoir jetable en faisant sa toilette. Il avait avalé presque par réflexe un bol de café noir et dévoré une tartine de pain beurré. Déposant la vaisselle dans l'évier, Saurat avait fini de s'habiller, pressé de prendre la voiture pour aller voir Magne, à Chalabre. Toutefois, pas question d'arriver chez lui aux aurores ! Une visite trop matinale aurait mis la puce à l'oreille de Jacqueline Magne, qui avait toujours fait preuve d'une grande méfiance à son égard. Il en profiterait pour faire quelques courses dans le bourg qui, avec ses mille deux cents habitants, faisait figure de capitale du haut Kercorb.

En sortant de chez lui, Jean Saurat tomba nez à nez sur sa voisine, Josépha Alvarez. Une panière à linge en osier sous le bras, elle allait étendre sa lessive dans le jardinet en face de sa maison. Originaire de la région de Braga, elle avait fui, comme des milliers de ses compatriotes, la misère noire qui affligeait le Portugal sous la dictature de Salazar pendant les années soixante. Épouse d'un vaillant ouvrier maçon, elle-même femme de ménage, elle avait la réputation d'être travailleuse. La cinquantaine finissante, elle était toujours vêtue, tradition oblige, de vêtements de couleur sombre, reconduits d'année en année par l'enchaînement successif des deuils familiaux. Josépha le salua avec ce fort accent dont elle n'avait jamais pu se défaire malgré plus de trente ans passés en France :

— Té, Jean… Tu es bien matinal, ce matin !

— Comme toi…

— Le linge, il ne va pas sécher tout seul ! Tu vas promener ?

— Faire mes courses…

— Et tu prends la voiture pour ça ?

— Je vais à Chalabre, répondit Saurat qui connaissait trop la curiosité légendaire de sa voisine pour espérer qu'elle se satisfasse d'un simple bonjour.

— Ce n'est pas jour de marché pourtant !

— Je vais voir mon copain Magne, grogna Saurat en se dépêchant de monter dans sa 4 l jaune pour couper court à la conversation.

Il fallut à peine huit minutes à Jean Saurat pour couvrir les six kilomètres qui, par la paisible D 620, en suivant l'Hers, conduisaient à la petite bastide du XIIIe siècle. Plus encore qu'à Sainte-Colombe, ici, les murs respiraient l'histoire. Dominée par le château médiéval du marquis de Mauléon-Narbonne, la cité n'était-elle pas aussi la ville natale du célèbre capitaine Danjou ? Qui ne connaissait pas le nom de ce valeureux officier du Second Empire amputé de la main gauche ? Lors de la mythique bataille de Camerone, le 30 avril 1863, à la tête de la soixantaine de légionnaires de la 3e compagnie du 2e régiment étranger d'infanterie, il avait résisté jusqu'à la mort aux assauts de deux mille Mexicains déchaînés. Depuis, sa main en bois articulée, rapportée à Sidi-Bel-Abbès en 1865, était pieusement conservée au musée de la Légion étrangère à Aubagne.

Selon son habitude, Saurat gara sa 4 L cours Sully. De là, il pourrait facilement faire ses emplettes avant d'aller sonner chez Magne qui habitait non loin, dans une maison basse qu'il avait héritée d'un oncle célibataire. En déambulant dans les rues de Chalabre de son pas faussement pressé, Jean Saurat, son cabas à la main, ressemblait à nombre de ces petits vieux qui, chaque jour, se rendent à l'épicerie du coin, histoire de briser leur pesante solitude. Qui aurait deviné ce que cachait son regard bas ? Si peu de gens, hormis Hippolyte Ducos, connaissaient aujourd'hui son rôle dans la tragédie de Borde Blanche, personne ou presque ne savait qu'il avait flirté avec la sinistre milice chalabroise, celle-là même qui avait conduit, le 23 mai 1944, la colonne allemande du capitaine Nordstern jusqu'à la ferme du Roudié, où les hommes du maquis Faïta cantonnaient. Il s'en était fallu de peu ce jour-là pour que, cédant aux pressions d'un certain Renoux, il les accompagne dans leur virée. Mais Alfred Renoux, fusillé le 9 septembre 1944, dans les semaines qui suivirent la libération de l'Aude, n'était plus là pour en témoigner.

Il était un peu plus de dix heures trente quand Jean Saurat, le cabas lesté d'un morceau de fromage de Bethmale, d'une boule de pain de campagne, de deux pans de saucisse sèche à la perche et d'un paquet de café, se rendit chez Magne. Par réflexe, il se retourna pour regarder par-dessus son épaule. Rassuré de ne voir dans la rue que la silhouette d'une femme qui balayait son devant de porte, il grimpa les quelques marches du perron et frappa d'une main vigoureuse. Saurat n'eut pas longtemps à attendre. Le battant s'ouvrit et, dans l'encadrement, apparut le ventre bedonnant d'un homme en tricot de peau d'un blanc douteux. Augustin Magne restait, malgré ses soixante et onze ans, une force de la nature. Bâti comme un hercule, il était doté de bras puissants et de mains qui ressemblaient aux battoirs utilisés jadis par les femmes au lavoir. Avec sa trogne rougeaude et perpétuellement mal rasée, ses sourcils épais et proéminents, son mufle en avant – une vraie hure de sanglier, murmurait-on dans son dos quand il s'ébrouait d'un rire gras –, l'ancien garçon boucher, aujourd'hui à la retraite, offrait aux anthropologues un bon exemple de la persistance des gènes néandertaliens chez l'Homo sapiens.

— Qu'est-ce qui t'arrive ? Tu es tombé du lit, ce matin ?

— Faut que je te parle, lâcha Saurat dans un

souffle, comme s'il avait craint qu'un témoin gênant ne surprenne leur conversation.

— Eh bien, entre !

— Ta femme ?

— Sois tranquille, Jacqueline est partie chercher le pain.

— Ça tombe bien…

— Alors, qu'est-ce qui t'amène ?

— C'est rapport à Ducos !

— Ducos ? Hippolyte Ducos ? Le pharmacien du château de Montplaisir ?

— Oui…

— Qu'est-ce qu'il veut ?

— Tu te souviens de ce type, François Darmon ?

— Comment voudrais-tu que j'oublie ?

— Il y a un type qui lui ressemble comme deux gouttes d'eau qui tourne dans Sainte-Colombe depuis deux jours… Il pose plein de questions.

Dans la tête d'Augustin Magne, les images du passé revenaient avec la force d'un boomerang. Si longtemps il avait voulu croire que le temps jouait en sa faveur, mais au fond de lui il avait toujours su qu'un jour ou l'autre les pages sombres de son passé le rattraperaient. Que de coups tordus n'avait-il pas fait dans sa chienne de vie ! Il connaissait Saurat depuis la guerre. Avec lui, il avait trempé dans les juteuses affaires du marché noir dès le printemps 1944. À la Libération, Magne avait à plusieurs reprises extorqué de l'argent à des bourgeois trop pétainistes. Et si le client se montrait par trop récalcitrant, sa force herculéenne avait vite fait de le ramener à la raison. Certes, en 1948, un engagement volontaire dans le corps expéditionnaire français en Indochine lui avait permis de se faire oublier, à défaut de le blanchir, lui offrant par la même occasion, sur les hauts plateaux, au nord de Saïgon, un autre terrain de jeu. De retour au pays, au début des années cinquante, la poitrine bardée de décorations, il avait traîné une fâcheuse propension à tremper dans des entourloupes dans le négoce des bêtes. Et là encore, bien souvent, se vantant d'être tueur à l'abattoir de Carcassonne, il avait joué les gros bras. Bref, le palmarès d'Augustin Magne lui valait de solides inimitiés et une réputation peu recommandable.

— Et alors ? jeta Magne d'une voix veule.

— J'ai peur que Ducos nous dénonce…

— Pourquoi ?

— Pour se dédouaner, té pardi !

— Nous ?

— Oui, moi j'ai juste fait cramer leur voiture avec un bidon de pétrole pour effacer les traces.

— C'était facile…

— Mais rappelle-toi, qui s'est chargé de faire disparaître l'homme et la femme ? Tu comprends, maintenant, pourquoi il faut qu'on fasse quelque chose !

— Et quoi ?

— Faut faire taire ce Ducos de malheur avant qu'il ne parle à ce type et nous envoie en taule ! Le faire taire définitivement, murmura Saurat en prenant soin de bien détacher chaque syllabe pour que les mots prennent tout leur sens dans l'esprit de son vieux complice.

Augustin Magne baissa la tête. Il prit l'air buté qu'il avait lorsqu'il n'arrivait pas à résoudre un problème. Les lèvres serrées, le mufle en avant, le regard obtus, il semblait réfléchir. Cet effort devait lui être inhabituel et pénible car il en avait la respiration courte. À cet instant, sa femme, Jacqueline, arriva. Elle arborait un jogging vert difforme aux couleurs délavées, des baskets fatiguées. Au vu de ses cheveux gris acier permanentés, de son visage sans fards, on devinait qu'elle avait abandonné toute velléité de coquetterie depuis sa ménopause, survenue vingt ans plus tôt, délaissant les plaisirs charnels pour ceux de la table. Cette orientation lui avait fait gagner quelques tours de taille et une bonne dizaine de kilos sur la balance. Mais la septuagénaire n'en avait cure, ayant fait le deuil de tout désir de séduction. Jacqueline Magne, qui tenait *La Dépêche* du jour à la main droite et un panier d'où émergeait une baguette de pain croustillante au bras gauche, fronça les sourcils en apercevant Saurat.

En grimpant les trois marches du perron pour

rentrer dans la maison, elle lui jeta un regard noir. Avec son air de fouine, ce type ne lui avait jamais inspiré confiance. Au-delà de la réputation qui était la sienne, Jacqueline Magne n'ignorait pas que sa mauvaise influence avait à plusieurs reprises entraîné son mari dans des combines qui leur avaient valu la visite des gendarmes. Gêné, Jean Saurat détourna les yeux. Il savait n'être pas le bienvenu et il n'avait pas envie d'affronter cette femme. Prenant congé, il serra la main de Magne. Sa pogne était molle, visqueuse, d'une nature malsaine. Et Saurat tourna les talons avec un grognement, laissant l'ancien garçon boucher dans l'expectative. Augustin le regarda s'éloigner en traînant la patte, ruminant ses noires pensées. Il le maudissait de chercher à l'impliquer à nouveau dans des affaires scabreuses où il n'avait à gagner que des ennuis. Magne, qui n'avait jamais parlé de l'histoire de Darmon à sa femme, considérant que moins Jacqueline en saurait, mieux ce serait, se demandait comment il allait se sortir de ce mauvais pas.

— Qu'est-ce qu'il voulait encore, celui-là ? jeta-t-elle, l'air revêche.

— Oh, rien…

— Comment ça, rien ? Tu ne me feras pas croire que cet oiseau de malheur est venu pour rien depuis Sainte-Colombe !

— Une vieille histoire ! grommela Augustin en haussant les épaules.

Et les mâchoires proéminentes serrées, Augustin Magne lui prit le journal des mains pour aller le lire à la cuisine, confortablement installé dans son fauteuil en osier où, telle une limace fainéante, il restait de longs moments avachi après les repas.

Au même moment, à la Garosse, Roger montait dans sa Clio pour descendre au village. La cloche d'une église tinta au loin. À la caresse tiède du soleil qui effleurait sensuellement les versants boisés du Plantaurel, une belle journée ensoleillée s'annonçait. À cette heure, il pouvait raisonnablement aller frapper chez Jean Saurat sans trop risquer de le déranger, pensait-il en s'engageant sous la voûte de platanes mordorés, à l'approche des premières maisons de Sainte-Colombe. Sans difficulté, en suivant les indications de Ginette Laborde, Roger Darmon trouva l'embranchement du chemin des Filatiers.

Il arrêta la Clio à l'entrée de la voie. Ici, on était loin de ces banlieues surpeuplées qui mitent l'espace rural en périphérie des grandes métropoles, alignant les pavillons au cordeau dans une promiscuité populeuse où chacun se replie derrière sa haie de thuyas pour mieux ignorer l'autre. La voie était des plus paisibles, peuplée de quelques maisons basses. Ne sachant trop laquelle au juste était celle de Saurat, il entreprit de faire la tournée des boîtes aux lettres pour tenter de déchiffrer les noms que la pluie et le soleil avaient tendance à effacer de printemps en automne. À son passage, quelques rideaux s'écartaient discrètement, laissant apparaître un visage furtif. Son manège ne passait pas inaperçu. Bientôt, le vantail d'une fenêtre s'ouvrit et une voix de femme le héla avec un fort accent étranger.

— Vous cherchez quelqu'un ?

— Monsieur Saurat, c'est bien par ici ? lui cria Roger par-dessus la clôture en bois.

— Oui… C'est cette maison, en effet.

— Tout est fermé… Il n'y a personne ?

— Jean est sorti ce matin. Vous l'avez raté de peu…

— Et quand va-t-il rentrer, vous le savez ?

— Ah, ça, je ne peux pas vous dire ! Depuis qu'il est veuf, Saurat n'a pas d'heure. C'est un nomade. Mais si vous avez une commission à lui faire…

— Une commission ? réfléchit Roger.

— Attendez, j'arrive ! ajouta-t-elle aimablement, en refermant sa fenêtre, sans attendre sa réponse.

Josépha Alvarez était assurément une bonne langue devant l'éternel. Pour elle, le caquetage participait à la sociabilité quotidienne et, sans les cancans qui venaient pimenter la grisaille des jours ordinaires, les bons moments de la vie auraient été plus rares. Peu de secrets lui résistaient et elle était experte dans l'art d'habiller les gens pour l'hiver, cultivant les ragots comme d'autres les orchidées, avec passion. Habilement, Josépha questionna Roger, histoire d'alimenter la chronique. Elle-même n'avait guère entendu parler de l'affaire Darmon. À l'époque, elle arrivait tout juste du Portugal, fuyant une misère qui lui avait fait passer la frontière les pieds enveloppés dans des chiffons. C'est à Tarbes, lui expliqua-t-elle, qu'elle avait vécu les premières années de sa vie d'expatriée, avant d'atterrir ici, au début des années soixante-dix, quand son mari avait trouvé du travail à Laroque-d'Olmes.

— Dommage qu'il soit absent ! fit Roger, un peu dépité. Et vous ne savez vraiment pas où je pourrais le trouver ? ajouta-t-il, se voyant mal poireauter toute la matinée dans sa Clio.

— À Chalabre, à ce qu'il m'a dit… Je sais qu'en fin de matinée il a l'habitude de prendre l'apéro au bistrot.

— Lequel ?

— Le *Café de la Paix*, cours Colbert. Il s'installe devant la porte, sous les platanes. Parfois, il passe aussi chez un copain, un certain Magne.

— Et vous pouvez me dire où il habite, ce Magne ?

— Je n'en sais rien, mon pauv' monsieur ! Mais tout le monde doit le connaître là-bas. Dans le temps, il a travaillé aux abattoirs comme tueur. Après, paraît qu'il a trafiqué les bêtes…

— Il faisait le maquignon ?

— Oui, mais pendant plus de trente ans et jusqu'à sa retraite, il a tenu avec sa femme une boucherie à Quillan.

Roger la remercia chaleureusement et remonta dans sa voiture, le cœur plein d'espoir. À Chalabre, cette petite métropole du Kercorb baignée par les eaux du Blau où le génial et inventif Georges Méliès[49] avait ses racines paternelles, tout le monde devait se connaître. S'il avait un tant soit peu de chance, il allait vite retrouver ce Saurat. Quelques minutes plus tard, la Clio parvenait à l'entrée du bourg. Darmon y croisa une 4 l jaune canari dont le conducteur, une personne âgée, roulait au milieu de la chaussée à un train de sénateur. « Encore un qui se croit seul sur la route ! » pesta-t-il en se serrant prestement sur le bas-côté pour éviter un accident. Dans Chalabre, Roger eut vite fait de trouver le *Café de la Paix*. Il gara sa voiture à l'ombre paisible des platanes, à proximité d'une pharmacie herboristerie.

Coincé entre une maison bourgeoise du XIXe siècle et une porte de garage en manque

49. Réalisateur des premiers temps du cinématographe, contemporain des frères Lumière, ce passionné de prestidigitation est l'inventeur de nombreux trucages et effets spéciaux toujours utilisés au cinéma : surimpression, fondus, colorisation… Son grand-père, François Méliès, était originaire de Chalabre (Aude) et sa grand-mère, Marie Fonquernie, de Lavelanet (Ariège).

de peinture, le *Café de la Paix* était un de ces estaminets comme on en compte par dizaines dans la France profonde. Darmon aimait bien ce genre de bistrot. À la terrasse de ces véritables institutions qui servent de siège social au club de rugby ou de foot local, ou encore de rendez-vous aux confréries de joyeux drilles, il avait plaisir à boire un verre en regardant passer les gens. Ces lieux le changeaient agréablement des comptoirs branchés et aseptisés des aéroports internationaux que son métier lui faisait fréquenter. Roger poussa résolument la porte du bar. Le bistrot était vide. Il était encore un peu tôt pour prendre l'apéro. Il fit quelques pas vers le comptoir pour interroger le tenancier. Si personne n'avait vu Saurat ce matin, on lui expliqua aimablement où habitait Augustin Magne. Roger se hâta de reprendre sa voiture. Peut-être l'ancien boucher pourrait-il le renseigner utilement…

Le pavillon de Magne était des plus modestes. Construit à l'aube des années trente, il avait sans doute, comme bien d'autres, bénéficié des facilités de la loi Loucheur[50]. Propre et bien entretenue, la maisonnette évoquait aux passants l'image de ces retraités débonnaires qui, après une vie de labeur, regardent grandir leurs petits-enfants avec

---

50. Loi du 13 juillet 1928 permettant à des particuliers d'emprunter à taux réduit pour faire construire une maison.

la satisfaction d'avoir réussi à donner aux leurs plus qu'ils n'avaient reçu eux-mêmes. Roger huma l'air tiède de cette fin de matinée. Ici, dans cette rue paisible, la vie ne pouvait que s'écouler, calme et tranquille, à l'ombre tutélaire du vieux platane rongé d'anthracnose qui, sur le trottoir d'en face, étendait ses ramures de vénérable témoin des saisons. Darmon monta les quelques marches du perron et, se saisissant d'un marteau en bronze moderne, frappa plusieurs coups au vantail. Bien vite, il entendit un pas résonner et la porte s'ouvrit. Une femme sans charme apparut. Elle n'avait pas vraiment un physique ingrat mais son accoutrement, un tablier rose bonbon porté sur un jogging vert assorti de mules d'intérieur à pompons bleus, n'était pas du meilleur goût. Roger Darmon ne put s'empêcher de penser qu'avec ce visage banal de ménagère, elle aurait pu faire la publicité d'une marque de lessive à la télévision.

Jacqueline Magne le dévisagea quelques secondes. Plus de vingt ans passés derrière le comptoir de la boucherie lui avaient appris à juger au premier coup d'œil le client, bien avant qu'il ouvre la bouche. Celui-ci n'était ni un vendeur d'aspirateurs à la sauvette, ni l'un de ces démarcheurs à la petite semaine qui embrouille les gens pour mieux fourguer sa marchandise. Sans avoir l'air revêche, le regard interrogatif de la femme laissait clairement transparaître que cette visite lui était inopportune. Elle faisait dorer dans sa sauteuse des morceaux de collier d'agneau pour préparer un navarin qui cuirait à feu doux jusqu'au repas du soir. Ce type n'était pas le bienvenu. Roger Darmon se présenta sobrement. À l'annonce du nom de Saurat, le visage de Jacqueline se ferma. Elle se rembrunit aussitôt, se préparant à mettre dehors celui qui arrivait avec une telle introduction. C'est à ce moment qu'Augustin Magne, sortant de la cuisine, apparut dans le couloir et jeta un bref regard à l'inconnu dont la silhouette se découpait dans l'embrasure de la porte.

Comme s'il avait été piqué par l'un de ces petits serpents venimeux qui tombaient sur son chapeau de brousse dans la jungle indochinoise au temps de sa jeunesse, Magne secoua sa hure rougeaude pour s'assurer qu'il ne rêvait pas. Rentrant la tête dans les épaules, comme lorsque les balles miaulaient dans les rizières, il se figea. Mais non, il n'avait pas la berlue. Le passé venait de lui sauter au visage avec la violence de ces portes mal fermées qui claquent par grand vent. Son front se plissa de trois rides épaisses en une fraction de seconde. Il écarquilla ses yeux injectés de sang, regardant, incrédule, l'homme à qui sa femme venait d'ouvrir la porte. Certes, trente-six ans avaient passé, mais comment aurait-il pu oublier ce visage ? Ces instants-là l'avaient longtemps hanté, peuplant ses jours de craintes et transformant ses nuits en cauchemars. Il se voyait encore, assis au bord du chemin, le couteau à la main…

Ce maudit Saurat ne lui avait pas menti. Cette sombre histoire allait leur exploser à la gueule. Le teint pâle, presque exsangue, Magne sentit soudain le sol se dérober sous ses pieds. Une mauvaise sueur perla à son front. Les épaules voûtées, il se tassa sur lui-même. Et pour une fois, ce n'était pas son diabète qui lui jouait un sale tour. Dans un effort désespéré, Augustin s'adossa au mur du couloir tapissé d'un papier peint à grosses fleurs à la mode des années soixante-dix. Sa main chercha un point d'appui. Pour ne pas tomber, Magne agrippa de ses gros doigts velus le chambranle du bloc-porte Isoplane. Il s'y cramponna avec l'énergie du désespoir. Jacqueline se retourna, instinctivement. Elle fronça les sourcils, comprenant que quelque chose ne tournait pas rond. N'allait-il pas lui faire une crise d'hypoglycémie ou une syncope, comme le mois dernier ? Augustin avait ouvert la bouche, mais aucun son n'en sortait. Il semblait brutalement oppressé, cherchant sa respiration comme ces truites qui, hors de l'eau, battent des ouïes en quête d'oxygène.

— Eh bien, qu'est-ce qu'il y a, Augustin ?

lança-t-elle en proie à une angoisse soudaine. Ça ne va pas ?

— Hein…

— Eh bien, quoi ?

— Je… je… finit par articuler l'ancien boucher en faisant un effort sur lui-même pour se reprendre.

Jacqueline se précipita pour secourir son mari. Mais le modeste gabarit de l'ancienne commerçante avait bien du mal à soutenir l'imposante carcasse de plus de cent kilos d'Augustin Magne. Sous l'effet du poids, Jacqueline fléchit. Elle lança un coup d'œil à son visiteur et Roger Darmon lui offrit son bras. Ils conduisirent l'hercule dans la cuisine pour le faire asseoir dans un fauteuil en osier. Saisissant la bouteille largement entamée du trois-étoiles 11,5 degrés qui traînait depuis le repas de la veille sur un coin de la table, Jacqueline lui servit d'autorité un verre de vin. Augustin l'ingurgita d'un trait en jetant la tête en arrière. Sous l'effet du gros rouge, son visage reprit peu à peu des couleurs. Mais si sa respiration retrouvait un rythme plus régulier, Magne restait encore sous le coup de l'émotion.

— Qu'est-ce qui t'arrive ? demanda Jacqueline, la voix pleine d'une sollicitude qui lui était peu coutumière après quarante-quatre ans de mariage.

— C'est de le voir, bafouilla-t-il en désignant

Roger Darmon avant de se resservir un autre verre de picrate.

— Moi ? fit Darmon.

— Vous lui ressemblez tant, jeta Magne dans un souffle.

— À qui ?

— À un type qu'on appelait ici Francou…

— François Darmon ?

— Oui, en vous voyant dans l'entrée, j'ai bien cru qu'il revenait !

— C'était mon père. Il a disparu mystérieusement, il y a trente-six ans…

— Je le sais bien…

— Une curieuse histoire… On n'a retrouvé que sa voiture, incendiée. Borde Blanche, ce nom vous dit quelque chose ?

— Ah… Borde Blanche, soupira Magne.

— C'est pour savoir que je suis là.

Magne leva vers lui des yeux d'épagneul triste. L'épaisse et rugueuse carapace de brutalité qui enveloppait cette âme simple se fissurait comme la glaise se craquelle sous l'implacable chaleur du soleil qui darde la terre de ses rayons en été. Magne paraissait sincèrement malheureux. Loin de jouer les fiers-à-bras, ce dur à cuire avait l'air penaud de ces gosses que l'on prend sur le fait, après une grosse connerie. Et celui qui ne s'était jamais posé beaucoup de questions quand, en Indochine, on lui confiait le sale boulot et qu'il devait trancher la gorge des sentinelles du Viêt-minh d'une oreille à l'autre, la main gauche posée sur leur bouche pour étouffer le gargouillis de leurs cris, celui qui, plus tard, employé comme tueur aux abattoirs, passait ses journées à occire veaux, vaches, cochons, agneaux, moutons, chevaux, celui-là tremblait comme une feuille à l'évocation de ces jours de juin 1962 où François Darmon avait disparu. Quels terribles secrets cachait-il au tréfonds de sa conscience ? Roger Darmon comprit que si ces souvenirs lui étaient douloureux, les taire l'était plus encore.

— Racontez-moi ! J'ai besoin de savoir ce qu'est devenu ce père que, gamin, j'ai tant cherché, murmura Roger d'une voix douce, presque suppliante.

— Oui, Augustin… Dis-nous ce que tu as fait. Je sais que tu n'as pas mauvais fond, insista Jacqueline.

— De toute façon, aujourd'hui, il y a prescription, ajouta Roger.

— Ce n'est pas la justice qui me fait peur…

— Qu'est-ce qui vous retient ?

— Jean Saurat et Ducos… S'ils apprennent la vérité, ils me tueront !

— Pourquoi ?

— Parce que tout les accusera alors !

— Personne n'en saura rien, fit Roger en posant sa main sur la sienne pour l'encourager à poursuivre.

Alors, d'une voix atone, Magne commença à leur confesser ce qu'il savait de l'histoire. Hippolyte Ducos avait vite compris qu'Agnès ne partait pas seule. Une jolie femme ne quitte pas un foyer confortable et une vie aisée pour une simple amourette ou sur un coup de tête. Saurat lui avait expliqué la situation, tel que le pharmacien la lui avait laissé comprendre. Si l'aventure d'Agnès avec François Darmon n'avait été qu'une coucherie, Ducos aurait probablement fermé les yeux, sachant pertinemment qu'un divorce, outre l'opprobre, aurait été dispendieux. Agnès détenait la majorité des parts de la société qui contrôlait le laboratoire d'analyses et la pharmacie. N'était-ce pas grâce à sa fortune qu'il avait pu développer l'affaire de son père, Léon Ducos ? N'avait-il pas l'an passé réalisé de fructueux investissements dans une chaîne de produits cosmétiques fabriqués sur les principes de la phytothérapie[51] ? Pas question de la laisser partir avec un tel magot ! Il avait trop à perdre…

L'importante somme d'argent qu'elle avait retirée le matin de son départ ne lui laissait guère d'illusions : s'ils se séparaient, Agnès reprendrait ses billes, l'abandonnant telle une vieille chaussette sale au fond du tambour d'une machine

51. Utilisation des extraits de plantes à des fins médicinales.

à laver. Puisqu'il lui était de toute évidence impossible de la retenir, parce qu'ayant assuré sa lignée, il n'éprouvait plus guère de sentiment pour elle, Ducos devait tout mettre en œuvre afin d'éviter cette issue nuisible à ses affaires. Agnès avait voulu le quitter, disparaître à ses yeux ? Parfait ! Mais que cette disparition soit définitive pour lui être utile ! Toutefois, pas question d'apparaître en première ligne… Il lui fallait trouver quelqu'un pour faire le sale boulot. Et Magne expliqua à Roger que Ducos avait alors pensé à Jean Saurat.

— Pourquoi justement Saurat ? lui demanda Roger Darmon.

— C'est une histoire qui remonte à l'Occupation. Hippolyte Ducos n'ignorait rien du passé de Saurat. Son père, Léon, qui ne cachait pas ses sentiments pétainistes, s'était déjà adressé à lui en 1943 pour chasser la bande de résistants qui squattait la métairie de Peyreblanque et réquisitionnait dans le pays. Hippolyte savait que c'était Saurat qui avait dénoncé les jeunes maquisards et qu'il était responsable du drame de Borde Blanche. Avec un tel passé, Saurat avait tout intérêt à se montrer coopératif.

— Mais vous ? Qu'est-ce que vous veniez faire dans cette embrouille ?

— À la Libération, j'ai trempé dans plusieurs affaires pas très nettes… Et dans les années cinquante, à mon retour d'Indochine, je me suis laissé aller à faire un peu de carambouille sur des veaux d'Italie. À l'abattoir où je travaillais alors, il n'y avait pas beaucoup de contrôles. C'était facile… Tout ça, Saurat le savait. Il a toujours une oreille qui traîne…

— Ce type-là, j'ai jamais pu l'encadrer ! persifla Jacqueline, les lèvres pincées.

— Avec ma femme, on voulait s'établir, acheter une boucherie. C'était l'époque de *Suivez le bœuf*, cette grande campagne publicitaire à l'ORTF pour inciter les gens à consommer plus de cette viande qui se vendait mal parce que trop chère. La filière était en danger…

— On faisait donc appel au patriotisme des citoyens-consommateurs.

— Oui… Mais pour m'installer, j'avais besoin d'argent… Et Ducos nous avait promis un joli paquet si on lui rendait service.

— Un drôle de service ! Un double meurtre… fit Jacqueline, sincèrement horrifiée.

— Comment avez-vous pu réussir votre coup ? demanda Roger en essayant de maîtriser l'émotion qui le submergeait.

— On a été servis par la chance, poursuivit Magne. Ducos avait engagé un détective privé pour filocher sa femme. Je crois qu'il a très vite su où les deux amants se cachaient, un petit hôtel discret à Blagnac, pas très loin de l'aérogare. Mais pas question d'agir là-bas, c'était trop risqué. Il ne voulait pas qu'on retrouve les corps ni que leur disparition passe pour un accident.

— Pourquoi donc ? C'était plus simple, non ?

— Ses enfants auraient hérité. Vu leur jeune âge, il y aurait eu un conseil de famille et il n'aurait pas gardé la main.

— Pourquoi donc ?

— Agnès avait une sœur cadette, une certaine Chantal, épouse d'un architecte en vue dans la Ville rose. Elle n'avait pas d'enfant et se montrait envahissante. Agnès et François devaient s'être comme évaporés… Il avait signalé l'absence d'Agnès du domicile, il lui suffisait d'attendre le bon moment, celui où il n'y aurait pas de témoin.

— Ce qui s'est produit…

— Au bout de trois jours passés à se cacher à Blagnac, les tourtereaux ont quitté leur nid d'amour pour prendre la route de Sainte-Colombe.

— Pourquoi ? Ils couraient se fourrer dans la gueule du loup…

— Je crois que votre père voulait revoir une dernière fois le pays où il avait passé sa jeunesse. Vers midi, les deux fugitifs se sont arrêtés à Lavelanet pour déjeuner à la brasserie du théâtre. Le détective qui les pistait en a profité pour téléphoner à Ducos. Le pharmacien a vite compris : ils allaient sûrement traverser le

Kercorb, à portée de main. C'est lui qui nous a prévenus. Si l'on voulait toucher un bon paquet de pognon, fallait y aller…

— Un véritable contrat…

— Avec Jean Saurat, on s'est mis aussitôt en embuscade à la sortie de la Bastide-sur-l'Hers. On n'a pas eu à attendre longtemps leur voiture ! On les a suivis discrètement au volant de ma dauphine, juste à bonne distance pour ne pas se faire repérer. Ils ont laissé leur 403 sur le chemin de Borde Blanche, à côté des ruines de la ferme et, de là, ils sont partis se promener en amoureux, main dans la main, tranquillement.

— C'était l'occasion que vous espériez.

— Oui, un lieu désert et isolé… On ne pouvait mieux trouver !

— Mon Dieu, quelle horreur ! murmura Jacqueline, la voix brisée.

— À travers les mâtes de ronces et d'ajoncs, j'ai pris un raccourci pour leur barrer la route. En me coulant dans les frondaisons, quelques tourdes se sont enfuis en piaillant. J'avais peur de me faire remarquer, mais ils étaient trop occupés à s'embrasser à pleine bouche. Saurat a profité de ce qu'ils continuaient de se bécoter pour se rapprocher d'eux. J'étais à deux mètres, derrière un buisson. Jean avait une longue matraque. Il a frappé votre père le premier, un coup sec à la nuque. Il s'est effondré dans les bras de sa compagne qui s'est mise à hurler comme une bête. Pris de panique, il a voulu faire taire la femme. Cet imbécile l'a atteinte en bas de la tempe. Sous le choc, son arcade sourcilière a éclaté, inondant son visage de sang tandis qu'elle partait à la renverse.

Augustin Magne baissa la tête. Comment pourrait-il jamais oublier ces instants ? À les évoquer, ils retrouvaient brutalement toute leur intensité. Dans sa mémoire, les souvenirs réveillés s'entrechoquaient tel un kaléidoscope barbare. Il revoyait la main de Saurat frapper sauvagement François Darmon et, d'un retour de bras, à la volée, s'abattre sur la belle Agnès… Presque comme dans un dessin animé, il revoyait le sang de l'arcade sourcilière de la jeune femme venir éclabousser d'un jet son chemisier de soie blanche immaculé. Il inondait son beau visage qui se déformait à l'impact en un rictus d'une atrocité abjecte. Le plan se décomposait image par image en un ralenti monstrueux, plein de cris et de fureur, d'angoisse et de frayeur. Et les images rebondissaient les unes sur les autres, dantesques, telles ces faces grimaçantes dont les contours s'altèrent à l'intérieur d'un labyrinthe de miroirs dans les fêtes foraines.

— Et toi ? Pendant ce temps-là, tu es resté là sans rien faire ? jeta Jacqueline, outrée.

— Idiote ! Si je leur avais porté secours, je pouvais dire adieu à mon pognon !

— Qu'avez-vous fait alors ?

— Quand je suis sorti de mon buisson, je n'étais pas bien fier. Mais Saurat l'était encore moins. Il avait le souffle court. Il a voulu fumer une clope pour se donner une contenance et se calmer les nerfs, mais ses mains tremblaient tellement qu'il n'arrivait pas à allumer son briquet. Et quand il y est parvenu, je crois bien qu'il a cramé la moitié de sa Balto[52] ! *À toi de jouer, maintenant*, m'a-t-il dit en expirant une longue taffe de sa clope.

— Et qu'avez-vous fait alors ?

— Pendant qu'il les gardait, je suis reparti à la voiture chercher mes outils.

— Quels outils ?

— Saurat m'avait demandé d'emporter ma mallette de Wüsthof, d'excellents couteaux professionnels en acier de Solingen qui me servaient quand je découpais pour des particuliers, chez eux. En partant, j'ai entendu un bruit devant moi.

52. Cette marque de cigarettes à tabac blond, vendue par la Seita, a été introduite en France vers 1934 et commercialisée jusqu'au milieu des années soixante-dix. Elle faisait référence à la ville de Baltimore, productrice historique de tabac. Elle a été remplacée par la Marlboro, promue par un cow-boy plus viril et vendeur. Sur les 70 000 bars-tabacs de la France des années soixante, beaucoup portaient le nom de Balto en raison des aides financières versées par la Seita aux cafetiers si leur établissement faisait la promotion d'une marque de cigarettes.

Quelqu'un qui détalait, quelqu'un qui nous avait vus…

— Un témoin pour le moins gênant !

— Au sortir des buissons, j'ai aperçu la silhouette d'un gosse d'une dizaine d'années qui courait à perdre haleine vers la plaine. Un gamin du village, le fils d'un agriculteur du coin. Un certain Espinasse, je crois…

— Vous ne l'avez pas poursuivi ?

— Il courait bien trop vite pour moi et puis j'avais mieux à faire. Je l'ai raconté à Saurat en revenant, sans lui donner le nom du mioche, bien sûr. Il a grimacé et m'a fait jurer de ne jamais rien dire à Ducos. J'ai haussé les épaules et j'ai posé ma mallette sur le talus pour l'ouvrir. À la vue de la panoplie de couteaux, de la feuille et de la scie, Saurat est devenu blanc comme un linge. Il a détourné la tête. J'ai choisi la lame que je prenais pour les veaux. Comme par réflexe, avant de commencer à travailler, j'y ai passé quelques coups de fusil pour en affûter le fil. En entendant le bruit métallique du coutelas qu'on aiguise, Saurat s'est tassé sur lui-même. J'ai bien cru qu'il allait tomber dans les pommes ! En d'autres temps, je l'aurais brocardé, traité de gonzesse, mais là…

— Vous n'aviez pas le cœur à le plaisanter…

— Pas vraiment ! Pourtant, des bêtes, j'en avais découpé des milliers, vous savez… Et puis, sans que j'aie eu le temps de prononcer une parole ou d'esquisser un geste, Saurat a pris ses jambes à son cou. Il est parti en courant, abandonnant même sur place la matraque dont il s'était servi. Le salaud m'abandonnait ! J'ai gueulé : *Oh, reviens ! Reviens*... Peine perdue !

— Mon Dieu, quand je pense que depuis trente-cinq ans je dors avec un criminel... murmura Jacqueline Magne en n'osant pas regarder en face son grand gaillard de mari.

La fuite de Saurat avait complètement décontenancé le garçon boucher. Il était resté là, comme un imbécile, tout seul au bord du chemin, son couteau à la main, la lame pendant au bout de son bras. Saurat disparu, il lui fallait s'armer de courage pour finir le travail. Un tourde, horrifié par cette perspective, s'enfuit à tire-d'aile, le ramenant à la réalité. Magne avait essayé de se reconcentrer sur le travail qu'il avait à exécuter. Il respirait péniblement. En approchant le coutelas des deux corps imbriqués, il avait vu son visage se refléter dans l'acier miroir de la lame. Jamais de sa vie il n'avait eu un aussi sale boulot à accomplir. Lui qui se montrait d'ordinaire insensible à l'odeur fade et écœurante des boyaux chauds qui jaillissent des flancs éventrés, aux cris des bêtes qu'on égorge, aux derniers regards de désespérance animale, lui, le tueur aux abattoirs, sentait que son bras n'avait pas la même force implacable.

Du pied, comme il n'osait pas les toucher, Magne tenta de séparer les corps, effondrés l'un sur l'autre. Manquant de perdre l'équilibre, comme une cigogne sur une jambe, il effleura de la pointe de sa chaussure le visage ensanglanté d'Agnès Ducos qui, dans un mouvement naturel, pivota alors doucement vers lui. Frappée avec moins de violence que son compagnon, la jeune femme reprenait peu à peu connaissance. Elle ouvrit un œil rond, plein d'une incompréhension mêlée d'effroi. Le couteau à la main, Magne sentit en cet instant son sang se glacer. Le courage qui armait professionnellement sa main vacillait. Le regard d'Agnès s'éclaira d'une lueur d'espoir, comme si elle était parvenue sur l'autre rive. La jeune femme esquissa une ébauche de sourire qui priva Augustin Magne de ses dernières certitudes. Et soudain, sans qu'il l'eût décidé, son bras s'affaissa, ridicule, le long de son corps.

— Je n'ai pas pu… Je n'ai pas pu, avoua-t-il dans un souffle. Elle me regardait, vous comprenez ? J'étais vaincu… Vaincu ! répéta-t-il, la voix remplie d'une émotion non feinte.

De grosses larmes inondaient la figure rougeaude d'Augustin Magne. Roger Darmon le regarda. L'ancien garçon boucher était pitoyable. Tassé sur lui-même, pareil à ces paquets de chiffons qui servent à faire le ménage, en cet instant, il était redevenu le petit garçon qu'il avait cessé d'être à l'âge d'une adolescence boutonneuse. Ses yeux reflétaient tout autant la défaite d'un homme que le fond d'humanité qui dort dans l'âme des criminels les plus endurcis. Magne était nu, sans défense. Lui, ce type dont la grande gueule et les poings avaient fait fermer le clapet à plus d'un, chialait comme un gamin pris en faute. Il pleurait sur ce qu'il n'avait pas été capable de faire ce jour-là, sur cette faiblesse qui avait transmué cette brute épaisse en homme. Et assurément, les gestes qu'il n'avait pu accomplir, en cette journée de juin 1962, avaient dû le hanter longtemps…

Par réflexe, au creux de ce chemin embaumé des senteurs de l'automne, Augustin Magne avait sorti son mouchoir de sa poche. Le carré de tissu à carreaux était sale, maculé de morve et de sueur. Un mouchoir de travailleur… Mais qu'importe. Sans un mot, il le lui avait tendu. La jeune femme était incapable de le saisir. Alors il avait laissé tomber son couteau pour se pencher vers elle. Jamais il ne s'était senti tout à la fois plus bête, mais aussi plus humain et plus fort. Porté par un sentiment de compassion aussi puissant que celui qui armait son bras quelques minutes auparavant, il lui avait tamponné l'arcade sourcilière avec toute la douceur dont sa main de brute était capable. Gisant à côté d'elle, François Darmon restait inconscient. Magne jeta un coup d'œil par-dessus son épaule. Saurat avait définitivement disparu. Sous le regard de gratitude de la jeune femme qu'il réconfortait, il n'était plus question de mener à bien leur funeste projet…

10
Dans le silence et l'oubli

Magne était brisé. Retrouvant des gestes d'affection conjugale qu'elle avait oubliés depuis des années, sa femme Jacqueline lui caressa la nuque. D'une voix atone, cherchant ses mots, son large front plissé de rides, Augustin leur raconta comment il avait porté secours à François, lui tamponnant les tempes de son mouchoir trempé dans l'eau du ruisseau tout proche. Il était occupé à les réconforter de son mieux quand leur était parvenue une tenace odeur de brûlé. Dressé sur son séant, Magne avait aperçu une colonne de fumée noire s'élevant dans le ciel d'octobre. Il n'avait pas été long à comprendre : pour effacer les traces de leur crime, Saurat avait mis le feu à la 403 de Darmon. Les corps volatilisés, la voiture carbonisée, il serait bien difficile de faire jamais la lumière sur la disparition des jeunes gens. Le plan de Ducos était respecté à la lettre. Le pharmacien n'aurait plus qu'à remettre discrètement à ses deux complices l'enveloppe de papier kraft contenant le salaire de leur forfait.

Dès que François et Agnès eurent repris quelques forces, Magne, craignant que Saurat ne se décide finalement à revenir sur ses pas, les avait entraînés vers un repli de terrain, à l'abri des regards. Guidé par le garçon boucher, le jeune couple avait trouvé refuge dans un épais buisson d'ajoncs. Éclairés par les explications parfois confuses de Magne, les deux jeunes gens avaient découvert l'affreuse manigance dont ils étaient l'objet. Pour éviter un divorce coûteux qui aurait fait péricliter son entreprise, Hippolyte Ducos avait tout simplement décidé de les faire disparaître. Et si, dans cette affaire, Saurat était le bras armé, l'exécuteur des hautes œuvres et des basses besognes, Ducos était le commanditaire. Mais, confronté à des juges, le pharmacien jurerait contre vents et marées n'être pour rien dans cette machination, prenant le ciel à témoin. Agnès connaissait assez son mari pour savoir que, n'hésitant pas à jouer la comédie de l'époux trompé mais toujours transi, le confondre serait difficile… Cette réalité faisait bouillir de rage François Darmon qu'Agnès essayait d'apaiser.

— Ton mari est un monstre ! Laisse-moi aller à Montplaisir, je vais lui régler son compte ! tempêta François, assoiffé de vengeance.

— Mon pauvre François, que veux-tu faire ? Lui casser la figure ?

— Je vais lui arranger le portrait à ce fumier ! Ah ça, tu peux me faire confiance !

— Et après ? Écoute-moi ! Tant qu'il nous saura vivants, Hippolyte n'aura de cesse de nous nuire. C'est un teigneux. Jamais il n'acceptera une séparation à l'amiable…

— Je ne suis pas de ceux qui tendent le cou pour qu'on les égorge ! Attends un peu qu'il croise mon chemin et ce salopard verra de quel bois je me chauffe ! fulmina Francou.

— Pour te retrouver en prison et me laisser à sa merci ?

— Que faire alors ? lui demanda Francou.

— Lui laisser croire ce qu'il veut ! Qu'importe la fortune que je peux avoir et dont il a l'usage… Hippolyte a la loi pour lui. Tu sais bien que nous, les femmes, n'avons toujours pas le droit d'ouvrir un compte bancaire sans l'autorisation de notre mari, ni même d'acheter des titres à la Bourse de Paris.

— Ces dispositions sont idiotes !

— Je te l'accorde, mon chéri, mais *dura lex sed lex*[53] et notre amour, lui, n'a pas de prix. Mettons le plus tôt possible l'Atlantique Sud entre

53. *La loi est dure mais c'est la loi.* (Latin.)

lui et nous. Partons… En Argentine, comme nous l'avions envisagé. La somme que j'ai retirée à la banque nous permettra de nous établir là-bas…

— Et s'il nous retrouve ?

— Sois tranquille, Hippolyte ne nous cherchera pas. Ce n'est pas dans son intérêt !

— Nous n'avions pas prévu de partir aussi vite. De quoi vivrons-nous ?

— La vie n'y est pas chère et mon cousin nous aidera, j'en suis sûre…

— Encore faut-il y arriver !

— Il nous faut gagner Barcelone et, de là, prendre un avion vers Buenos Aires.

— Barcelone ? Mais comment, d'ici ?

— Vous avez une voiture ? demanda Agnès en se tournant vers Augustin Magne.

— Oui, mais Saurat doit m'attendre. Je vais le ramener à Sainte-Colombe avec la dauphine et prendre la 2 CV fourgonnette du boulot. C'est moins confortable pour voyager mais plus discret. Et je peux vous amener à Carcassonne, si vous voulez, balbutia Magne qui cherchait tout autant à faire oublier sa complicité avec Saurat qu'à les voir quitter rapidement le pays.

— Ce sera très bien, répondit Agnès en lui décochant, malgré son visage tuméfié, un sourire. De Carcassonne, on se débrouillera pour attraper un train…

— Alors ne bougez pas. Attendez-moi là, leur

avait glissé le garçon boucher. Ça va me prendre un moment mais je vais revenir… Surtout, ne vous montrez pas !

Magne s'était éloigné aussi discrètement qu'un sioux sur la piste d'un troupeau de bisons dans les plaines du Kansas. François Darmon avait ramassé deux pierres qu'il serrait dans ses poings, se jurant de défendre chèrement sa peau et celle d'Agnès contre tout nouvel agresseur. Arrivé à l'endroit où il avait laissé sa voiture, Magne trouva Jean Saurat adossé à la portière de la dauphine. Il fumait nerveusement une Balto. Ses mains tremblaient encore et il avait le regard bas et fuyant d'un âne qui recule. Magne, qui, soulagé par l'issue que prenait cette affaire, avait retrouvé une mâle assurance, sentait son compère nerveux.

— Tu as fini ? l'apostropha Saurat, l'air mauvais, en le voyant apparaître.

— Non… Pas encore.

— C'est bien long ! Qu'est-ce que tu fous ?

— Je voudrais t'y voir ! Môssieur n'a pas envie de venir m'aider ?

— Non, non… ce n'est pas ce que je veux dire. Mais putain, qu'est-ce que tu viens faire ici, alors ?

— Me faut une pelle, rétorqua Magne.

— Une pelle ? Pour quoi faire, diable ?

— Imbécile ! Pour creuser ! Je ne tiens pas à ce que les chiens déterrent les morceaux de barbaque pour les déposer sur le paillasson de leur maître, vois-tu ! lâcha Magne avec un sourire sarcastique, sûr et certain que l'horreur de la besogne dissuaderait Saurat de revenir.

— Eh bien, vas-y, prends ta pelle, mais dépêche-toi ! Faut pas qu'on traîne ici…

— La pelle, elle n'est pas dans le coffre. Je l'ai oubliée à la maison…

— Putain, c'est pas vrai !

— Ne t'affole pas, y vont pas s'envoler. Allez, monte, je te dépose au passage… Je finirai le travail tout seul.

Saurat avait maugréé. Puis, écrasant rageusement de la pointe de sa chaussure sa cigarette à moitié grillée, il avait tiré sur la poignée chromée de la porte de la dauphine pour s'installer à la place du passager. Magne n'avait pas menti au couple : il lui avait fallu plus d'une bonne heure pour revenir. Francou et Agnès commençaient à trouver le temps long, à l'abri des regards indiscrets dans leur buisson d'ajoncs. Les deux jeunes gens froncèrent les sourcils en le voyant paraître, le manche de pelle sur l'épaule, un sac en grosse toile de jute dans l'autre main. François Darmon était sur la défensive. Quelle confiance pouvait-il accorder à ce type ? Certes, il avait renoncé à les assassiner une heure plus tôt, mais sa trogne patibulaire ne plaidait pas en faveur d'une indéfectible loyauté.

— Et la pelle, c'est pourquoi, dites-moi ? demanda Francou en gardant les deux pierres dissimulées dans ses poings serrés.

— Pour creuser, répondit tranquillement Magne avec un large sourire qui, malgré sa spontanéité, ne rassura qu'à moitié Agnès.

— Creuser ? Mais…

— Ne craignez rien, ma petite dame ! C'est juste pour enterrer ça, ajouta-t-il en désignant le sac qu'il venait de poser à terre.

— Qu'est-ce que vous transportez là ?

— Des os de porc…

— Diable ! Que voulez-vous donc en faire ?

— D'ordinaire, je les donne à Bernard Moreno, mon voisin… pour sa meute de chiens de chasse. Le cochon, vous savez, ça ressemble beaucoup à l'homme. Alors, des fois qu'il leur prendrait l'envie de venir fouiller ici… Ducos et Saurat tomberaient sur un os, ricana Augustin Magne, fier de son trait d'humour.

Francou acquiesça, désarmé par la roublardise de l'hercule. Si cette ruse prêtait à sourire, Darmon en connaissait assez sur le pourrissement des corps enfouis dans la terre pour savoir qu'elle pouvait se révéler utile. Son subterfuge mené à bien, Augustin Magne les entraîna, tel un Indien sur les sentiers de la guerre, vers la fourgonnette garée non loin. Le véhicule était d'un gris pisseux. De toute évidence, ce modèle

AZU 475 centimètres cubes, sorti de l'usine de la porte d'Ivry à paris plus de sept ans auparavant, ne comptait pas les kilomètres parcourus dans sa carrière commerciale. Mû par son instinct de chasseur, le boucher effectua une brève reconnaissance des lieux avant de les faire monter à l'intérieur, histoire de vérifier si la voie était libre. Magne ouvrit la double porte à l'arrière. Attentif aux éventuelles mauvaises rencontres qu'ils pourraient faire en chemin, il les enjoignit à grimper sans plus attendre.

Se faire une place dans l'affreux bric-à-brac qu'il transportait n'était pas des plus aisés. Le jeune couple s'installa tant bien que mal, une fesse calée sur un billot de bois scarifié à coups de hachoir pour l'un, une jambe repliée sur des sacs en toile de jute pour l'autre, dans une odeur fade de chair en putréfaction. Voyager dans ces conditions n'avait rien d'une partie de plaisir. Seul avantage : l'arrière de la fourgonnette, entièrement tôlé et nervuré, était totalement opaque. Ils étaient ainsi à l'abri des regards indiscrets. Tassés l'un contre l'autre, dans une demi-pénombre, les doigts de leurs mains amoureusement enlacés pour se réconforter après les épreuves vécues, brinquebalés comme de vulgaires paquets de linge sale, François et Agnès quittèrent le Kercorb sans voir grand-chose du paysage.

Via les routes sinueuses du Limouxin qui les

rejetaient l'un sur l'autre à chaque virage, la fourgonnette mit plus d'une heure à rejoindre Carcassonne. Délaissant la N113 pour franchir le pont Marengo sur le canal du Midi, elle stoppa enfin dans le crissement de ses freins à tambour fatigués devant le parvis de la gare, boulevard du Maréchal-Joffre. Au frontispice du bâtiment à l'architecture classique, mis en service en 1857, l'horloge ronde avait involontairement suspendu son temps, suivant les prescriptions de Lamartine. Ouvrant en grand la double porte de la camionnette, Magne les délivra en leur jetant : « Vous voilà arrivés ! » Francou sauta le premier sur le bitume, heureux de pouvoir se dégourdir les jambes et échapper à la puanteur nauséabonde de leur taxi.

— D'ici, vous pourrez prendre un train pour Perpignan…

— Comment vous remercier ? murmura Francou.

— En disparaissant très vite, très loin d'ici, bougonna Magne.

— Ne craignez rien, vous n'entendrez plus parler de nous ! Jamais… lui assura François Darmon.

— L'Argentine est un pays immense et le silence des grands espaces propice à l'oubli, ajouta Agnès.

De sa pogne de fort des Halles, Magne leur serra la main à leur broyer les doigts. Prise d'une impulsion subite, Agnès Ducos déboutonna sans pudeur le haut de son chemisier pour plonger ses doigts dans l'échancrure de son corsage. Du creux de ses seins, elle retira un épais rouleau de billets de banque de 500 francs à l'effigie de Molière. Sans un mot, la jeune femme les fourra d'autorité dans la main d'Augustin et lui colla deux bises sur les joues. Magne demeura interloqué et rougit comme rarement ça lui était arrivé. Sans qu'il eût ni le loisir ni le temps de prononcer une parole, la jeune femme pirouetta prestement sur ses talons pour rejoindre François Darmon sur le trottoir. Elle se retourna afin de lui adresser un signe d'adieu de la main avant de se fondre dans un groupe de voyageurs qui, encombrés de valises, entraient dans la salle des pas perdus.

— C'est grâce à cet argent, ajouté à l'enveloppe que Ducos nous a remise à Saurat et à moi, que j'ai pu quelques mois plus tard acheter la boucherie à Quillan.

— Quand je pense que tu m'avais dit à l'époque que tu avais gagné le tiercé du prix d'Amérique dans l'ordre, soupira Jacqueline.

— Fallait bien que j'invente quelque chose, grommela Magne en haussant les épaules.

— Et vous n'avez jamais revu ni mon père ni Agnès ? demanda Roger Darmon.

— Ni l'un ni l'autre… Et je n'ai jamais cherché à avoir de leurs nouvelles, vous pouvez me croire !

Roger Darmon hocha la tête. Ses yeux se plissaient d'un petit sourire de gratitude. Il était soulagé de savoir que Francou et sa compagne avaient pu échapper à la sinistre machination ourdie par Hippolyte Ducos. Son imaginaire pourrait voguer par-delà l'Atlantique Sud, des pampas à la Terre de Feu, errer à travers les plaines sèches et caillouteuses du Gran Chaco jusqu'à la cordillère des Andes, parce qu'au dernier moment le bras de ce grand escogriffe d'Augustin avait flanché. Magne, les yeux perdus dans la contemplation du carrelage octogonal de la cuisine, la bouche close sur un rictus obtus, le front buté, s'était tu, méditant les conséquences de ce qu'il n'avait pu se résoudre à accomplir ce jour-là. Et parce qu'il avait failli, la brute qu'il avait été retrouvait toute sa dignité d'homme.

Laissant Magne s'abîmer dans ses pensées, Roger Darmon avait sobrement pris congé de Jacqueline et s'était discrètement retiré. De retour à sa voiture, il constata que la pendule de bord de la Clio indiquait presque quatorze heures. Trop tard pour déjeuner à l'*Hôtel de France*, un établissement réputé de Chalabre. Roger décida finalement de regagner directement la Garosse et de grignoter un morceau au gîte. Il avait la tête trop pleine de folles supputations qui ricochaient les unes sur les autres comme les billes en acier de ces flippers que les adolescents secouaient dans les arrière-salles des bistrots enfumés. Il rentra à petite vitesse. À cette heure où les habitants du Kercorb s'attardaient à table, la route était déserte. Fort des aveux de Magne, il comptait bien aller demander des explications à Saurat et surtout à Ducos, responsable de cette singulière histoire. En pénétrant dans la cour de la ferme, il tomba nez à nez sur Brigitte qui sortait de sa voiture.

— Vous avez fait une bonne promenade ? Lui lança la jeune femme d'un air enjoué en refermant sa portière.

— Mes pas m'ont poussé jusqu'à Chalabre…

— Une agréable petite cité, n'est-ce pas ?

— Oh, je n'y étais pas pour faire du tourisme, mais pour retrouver la trace d'un certain Jean Saurat.

— Jean Saurat ?

— Votre beau-père a mentionné son nom en marge d'articles découpés dans *La Dépêche*.

— Si c'est celui à qui je pense, il n'a guère bonne réputation…

— C'est bien celui-là, j'en ai peur…

— Et vous l'avez trouvé ?

— Hélas, non ! Mais un de ses copains, un type nommé Magne, m'a bien instruit sur la disparition de mon père.

— Vous me raconterez.

— Bien volontiers !

— Et du coup, vous n'avez pas déjeuné ?

— Je n'ai pas encore eu le temps de passer à table, avoua Roger.

— Tout comme moi… La faute à trois moutons qui ont jugé bon de faire une fugue !

— Comment est-ce possible ? Vous m'aviez dit que vos parcs étaient clôturés…

— Oui, mais quelqu'un a dû laisser la *cleda*[54] qui permet de les passer d'un enclos à l'autre ouverte.

— Un acte de malveillance ?

— Même pas. Plutôt la négligence de promeneurs…

— Des gens du pays ?

— Non, ici tout le monde sait trop ce que c'est que de cavaler après les bêtes ! Un coup des doryphores probablement…

— Qu'est-ce que ces coléoptères ont à faire avec vos parcs ?

— Ce ne sont pas les insectes qu'on surnomme ainsi, lui répondit Brigitte Espinasse en riant. Ce sont les Toulousains qui viennent passer le weekend ou quelques jours de vacances !

— Résultat, vous êtes partie en coup de vent ?

— Oui, et même si j'ai réduit le feu sous mon

54. Porte à claire-voie. (Occitan.)

faitout, j'ai peur que mes gras-doubles n'aient accroché !

— Des gras-doubles ? Ma grand-mère à Limoges en préparait à la saison, mais il y a des années que je n'en ai pas mangé. Comment vous les accommodez ?

— Moi, je les prépare à la tarasconnaise, comme ma belle-mère m'a appris. Une fois les gras-doubles coupés en carré, je les fais cuire à l'eau bouillante une dizaine de minutes puis je fais revenir une bonne tranche de lard maigre, un peu de jambon de pays avec un oignon et un bouquet garni. J'ajoute une tomate et je fais roussir le tout. Je mouille bien avec du vin blanc et je laisse cuire à feu doux trois bonnes heures.

— Ça doit être délicieux. Vous me mettez l'eau à la bouche !

— Une assiette vous tente ? répondit Brigitte.

— Et comment donc !

— Allez, entrez ! Vous en profiterez pour me raconter votre visite à Chalabre…

— D'autant que j'ai appris certains détails concernant votre mari, claironna-t-il sans réfléchir.

À ces mots, Darmon vit le visage de la jeune femme s'assombrir. Une onde de tristesse voila son regard d'une peine infinie. Elle baissa la tête. Soudain, Roger se sentit bête. Il était sincèrement désolé d'avoir, par maladresse, ravivé un chagrin que le temps avait du mal à estomper. Comment se faire pardonner ? Sagement, il suivit Brigitte qui s'effaça pour le laisser entrer dans le hall. L'odeur d'une bonne chère, mijotée à petit feu, flottait dans l'air. Son fumet délicat monta aux narines de Roger, le ramenant aux sources de son enfance en Limousin. Dans l'entrée, la jeune femme se délesta de son blouson de toile qu'elle suspendit au portemanteau. Elle se précipita vers la cuisinière où, d'un faitout en épaisse fonte noire, s'exhalait le parfum subtil d'une cuisine campagnarde des temps passés.

— Hum, ça sent bon ! fit Roger.

— Attendez d'y goûter ! Dieu merci, les gras-doubles ne sont pas carbonisés, lâcha Brigitte en soulevant le couvercle pour remuer le contenu avec une cuillère en bois. Installez-vous…

Sans plus de cérémonie, la jeune femme déposa deux assiettes en grès et des couverts sur la toile cirée qui nappait la table. Puis, en un tournemain, elle versa à chacun un verre de vin d'une bouteille de côtes du Roussillon déjà bien entamée. Virevoltant comme une abeille, elle installa le lourd faitout sur un dessous-de-plat représentant le viaduc de Garabit, souvenir d'une escapade de quelques jours dans le Cantal avec son défunt mari. Brigitte servit d'autorité une pleine assiette de gras-double à Roger. Elle lui expliqua que, d'ordinaire, on accompagnait ce plat populaire de taillous, de grosses pommes de terre – souvent des bintjes – cuites à la vapeur, mais que, avec l'épisode des moutons, elle n'avait pu les mettre à cuire à temps.

Mijotés à feu doux une bonne partie de cette fin de matinée, les gras-doubles étaient succulents. De toute évidence, Brigitte Espinasse était bonne cuisinière. Au-delà de ses dispositions naturelles, sans doute avait-elle été à bonne école. Par son tour de main, le vin blanc, un La Clape sec 1995, avait conféré à la sauce de l'onctuosité et un fruité à nul autre pareil. Le faitout de tripes avait ainsi acquis cette dimension mystique qui transcende une préparation culinaire pour lui donner l'épaisseur humaine du vécu. Tout en déjeunant, Darmon et la jeune femme bavardaient. Brigitte était avide de savoir où en étaient ses recherches sur son père. Elle manifestait une curiosité sincère et il lui raconta en détail tout ce qu'il avait pu apprendre de la bouche d'Augustin Magne.

Le récit circonstancié qu'il lui fit de l'agression de Francou et d'Agnès glaça le sang de Brigitte. « Ce Saurat est un vrai monstre ! Quant à Ducos, ça ne m'étonne pas… » ne put-elle s'empêcher de conclure avant de lui proposer une crème à la catalane. Pour ne pas risquer de voir son regard se voiler à nouveau, Roger s'était abstenu tout au long de ce déjeuner improvisé d'évoquer ce qui concernait Claude, son mari. Sagement assise à côté de lui sur le canapé, devant une tasse de café, c'est Brigitte elle-même qui prit l'initiative d'aborder la question. D'une voix neutre qui se voulait exempte de toute émotion mal contrôlée, elle l'amena habilement à lui rapporter ce que Magne lui avait dit. La jeune femme l'écouta attentivement avant de conclure :

— Ce que vous me dites éclaire les insinuations de mon mari au sujet des Ducos.

— Que racontait-il sur eux ?

— Il n'a jamais été très loquace mais, à l'entendre, il avait de quoi les envoyer cent fois en prison.

— Votre mari était en conflit avec eux ?

— Disons qu'entre les Espinasse et les châtelains de Montplaisir, ça n'a jamais été l'entente cordiale, tant s'en faut !

— Et pour quelles raisons ?

— Tout simplement parce que nos terres sont mitoyennes. Depuis des décennies, nos deux familles sont en bisbille, notamment en ce qui concerne la propriété du chemin du Moulin, qui permet de desservir nos prés de la Paychère et les abords du bois du Parrégas où nos bêtes vont pacager. Les Ducos prétendent qu'il leur appartient de toute éternité et les Espinasse ont toujours soutenu qu'ils s'étaient indûment approprié un passage d'usage communal.

— Le cadastre, ça existe, non ? Il suffit de le consulter, de faire passer un géomètre…

— En ville, c'est ainsi qu'on procède, oui… Mais ici, c'est différent.

— Il doit bien y avoir des bornes sur le terrain pour déterminer les limites.

— Ah, les bornes ! répondit Brigitte en riant. Comme si les Ducos se gênaient pour les déplacer quand ça les arrange.

— Tout de même !

— On voit bien que vous ne les connaissez pas ! Ces gens-là se sont toujours comportés comme les seigneurs du pays. Ils se croient tout permis. Tenez, quelques jours avant que mon mari n'ait son accident de tracteur, les Ducos ont fermé le chemin pour nous empêcher de passer avec les moutons. Ce soir-là, Claude était exaspéré. Il est parti voir Hippolyte pour s'expliquer. Je l'entends encore me dire : *De toute façon, ce salaud, j'ai de quoi le faire plier !*

— Sans doute faisait-il allusion à ce qu'il a surpris, gamin, en juin 1962.

— Vous m'apportez la conviction que Claude savait qu'il était à l'origine de la disparition de votre père et d'Agnès.

— Hippolyte Ducos avait tout intérêt à ce qu'il se taise, définitivement…

— Vous croyez que c'est lui qui…

— Il y a de fortes présomptions… Seul Ducos pourrait le confirmer, mais avouez que c'est un bon mobile.

— Ce salaud ne l'emportera pas au paradis ! Je vous en donne ma parole…

— Gardez-vous de toute initiative ! Croyez-moi, une vengeance ne vous serait que nuisible, la modéra Roger. Pensez à votre fils, Alexandre, à la Garosse… Et pensez aussi à vous…

— À moi ?

— Même si l'on reste fidèle à son passé et au souvenir de l'autre, il faut savoir ouvrir les yeux sur l'avenir, murmura Roger en plongeant son regard dans le sien.

Brigitte baissa les yeux. Penser à elle ? Elle n'en avait guère eu le temps jusqu'à présent. À qui la faute ? Elle avait mené de si durs combats ces deux dernières années ! Après la disparition tragique de son mari, il lui avait fallu se battre. Continuer en sa mémoire à s'occuper du troupeau, payer les traites, rembourser les échéances des crédits en cours qui tombaient aussi vite que les tuiles s'envolaient du toit des granges de la Garosse par grand vent, batailler pour permettre à Alexandre de poursuivre ses études au lycée agricole de Pamiers, vaincre son spleen et lui insuffler assez d'espérance pour qu'il prenne, son BTS en poche, le relais sur l'exploitation. La vie ne lui avait pas fait de cadeaux. Elle avait connu des soirs de désespoir, des nuits d'angoisses, des moments de découragement… Ah, comme elle avait lutté pied à pied, avec obstination, pour réussir là où tout le monde attendait sa chute !

Pour apaiser une âme qu'il sentait meurtrie, Darmon posa affectueusement sa main sur la sienne. Dans le silence de la salle uniquement troublé par le tic-tac de la comtoise, Brigitte, d'une pression de doigts, lui fit comprendre qu'elle appréciait son amicale sollicitude. Il se tourna vers elle et, approchant son visage du sien, Roger effleura sa bouche entrouverte. Brigitte ne le repoussa pas. S'enhardissant à ce contact, il l'embrassa follement, croquant comme un fruit d'été juteux ses lèvres douces et tièdes. Il sentit la main de la jeune femme caresser sa nuque pour lui rendre un baiser plein de fougue. Les yeux clos, Brigitte s'abandonna avec délice au partage charnel d'un bonheur oublié, laissant en cet instant le temps suspendre son vol.

Tandis que Roger et Brigitte s'attardaient dans les bras l'un de l'autre, dans le bourg de Sainte-Colombe, à quelques kilomètres de là, rue des Filatiers, Jean Saurat sortait de chez lui. Au retour de son escapade à Chalabre, lui aussi avait déjeuné plus tardivement que d'ordinaire. Vêtu d'une grosse veste en velours marron et d'une épaisse chemise de flanelle, comme les bûcherons en portent, il se retourna pour jeter un coup d'œil à la dérobée. Dans la maison d'en face, le rideau de la cuisine s'écarta imperceptiblement sur Pauline Astier qui, comme d'habitude, consacrait ce début d'après-midi à faire un peu de couture. À voir l'expression sournoise qui fleurissait sur son visage, il ne fallait pas être fin psychologue pour deviner que Saurat préparait un traquenard.

Serrant sous son bras un paquet enveloppé dans un vieux chiffon, il ferma à clé le portillon de son jardinet et monta dans sa 4 l jaune canari. Sans s'attarder, il démarra dans un panache de fumée bleue, témoin de l'usure des cylindres de la petite Renault. Pauline Astier, derrière sa fenêtre, soupira. Où allait donc à cette heure celui qu'on appelait familièrement dans le quartier *la fouine* ? Elle, qui avait raté sa carrière de concierge, le vit disparaître au bout de la petite rue. Sans se soucier davantage du devenir de son grincheux voisin, Pauline laissa tomber le pan de rideau en tergal de la croisée et baissa la tête pour se concentrer sur son ouvrage : repriser maille par maille des fils de coton beige afin de rapetasser le talon translucide d'une paire de chaussettes de son mari tant qu'il y avait assez de lumière pour ses yeux fatigués.

Au même moment, en cette après-midi largement entamée, Roger Darmon avait du mal à s'arracher des bras de Brigitte.

— Laisse-moi maintenant, fit la jeune femme en se dégageant de son étreinte. Il faut que j'aille faire une course à Laroque-d'Olmes. Si je suis en retard, mon vétérinaire sera parti en visite.

— Tu as des moutons malades en ce moment ?

— Des bêtes malades, il y en a toujours ! J'ai surtout besoin de spray antibiotique et de produits pour protéger les pédiluves du piétin…

— Le quoi ?

— Le piétin, c'est une maladie contagieuse qui affecte le pied des moutons, notamment les mérinos. Une saleté de bactérie qui s'installe entre les onglons et provoque inflammation et nécrose. Les bêtes atteintes boitent et ont du mal à se déplacer. L'infection dégage une odeur pestilentielle.

— Comment attrapent-ils ça ?

— Dans les zones boueuses ou sur la litière humide…

— Et tu fais quoi contre cette saloperie ?

— En prévention, nous mettons dans les parcs des pierres à lécher enrichies en zinc, mais rien ne vaut un bon parage des onglons. Dans les cas les plus graves, il faut traiter par antibiotique. Le pédiluve avec du sulfate de cuivre et de zinc, c'est pour limiter les dégâts et la contagion au reste du troupeau…

— Il n'y a pas de vaccination possible ?

— Si, mais ça coûte cher… Et déjà, le véto, c'est une rente !

— Alors sauve-toi vite, fit Roger en la laissant se lever du canapé. Moi, je vais essayer de trouver ce maudit Saurat.

— Pas de bêtise, hein ? murmura Brigitte.

— N'aie crainte, je ne vais pas lui casser la figure, répondit-il en posant un furtif baiser sur ses lèvres.

Darmon abandonna Brigitte au rangement des reliefs du repas. Il ouvrit la porte et huma l'air. Une certaine fraîcheur était déjà perceptible. La faute au soleil qui avait entrepris sa lente descente vers les barres calcaires du Plantaurel. Il monta dans sa Clio et prit la route de Sainte-Colombe. Se faufilant dans les petites rues, il eut tôt fait de retrouver le chemin de la maison de Saurat. En ce milieu d'après-midi, la rue des Filatiers était d'un calme absolu. Même les chats, pourtant nombreux dans le quartier et toujours en vadrouille, l'avaient désertée. Il gara sa voiture devant la maisonnette. Le portillon du jardinet étant fermé à clé, il lui était impossible d'aller sonner à la porte d'entrée. Aucun signe de vie n'était perceptible dans le pavillon. Roger se préparait à remonter dans sa voiture quand la fenêtre de la villa d'en face s'ouvrit. Elle laissa passer la tête d'une femme couronnée d'une permanente argentée qui, en se penchant vers lui, lança :

— Si vous cherchez monsieur Saurat, il est parti depuis un bon moment !

— Ah… Décidément, je n'ai pas de chance ! Ce type est une anguille…

— Faudra repasser.

— Et quand va-t-il revenir, à votre avis ?

— Hum, bien malin qui le saurait…

— Il ne vous a rien dit ?

— Si vous croyez qu'il me fait des confidences !

— Des fois, entre voisins… hasarda Roger.

— Avec lui, c'est toujours du *bonjour, bonsoir*…

— Il n'est pas très causant ?

— Vous voulez rire ! Pour lui arracher trois mots, faut se lever de bonne heure.

— Merci quand même !

— Mais avec plaisir, monsieur… Monsieur comment, des fois qu'il me le demanderait ?

— Darmon, comme mon père… Je pense qu'il doit s'en souvenir, bougonna Roger, contrarié d'avoir une fois de plus raté son client.

— Je lui dirai, si je le vois, bien sûr…

— Ne vous donnez pas cette peine. Je repasserai…

— Ça vous obligera à faire un détour, surtout que vous n'êtes pas d'ici, fit Pauline Astier en désignant du regard le chiffre 31 qui terminait le numéro de la plaque d'immatriculation de la Clio de location.

— Pas vraiment, non… Je loge actuellement au gîte de la Garosse.

— Chez Espinasse ?

— Oui, c'est ça… acquiesça Darmon.

Roger remonta dans sa voiture. En tournant la clé, l'idée d'aller voir Ducos au château de Montplaisir l'effleura un bref instant. Comment allait-il être accueilli ? Ce qu'il avait appris sur le pharmacien l'incitait à se méfier de ce personnage pour le moins sulfureux et antipathique. De toute évidence, il ne serait pas le bienvenu. Ce type était un dur à cuire, retors, calculateur et dépourvu de morale. Une réaction violente de sa part n'était pas impossible. Tout bien réfléchi, Roger préférait affiner sa stratégie avant d'aller l'affronter. Déçu de n'avoir pu voir Saurat, plutôt que de rentrer à la Garosse, il se décida à faire un crochet pour rendre visite à Yvette Amiel, histoire de mettre la vieille dame au courant de la confession de Magne. Accueilli dès sa descente de voiture par le concert de ses cerbères, il trouva la vieille dame au jardin, le *bigòsset*[55] à la main, le dos cassé en deux, à planter trois rangs d'échalotes pour le printemps suivant. En le voyant apparaître, Yvette Amiel releva la tête et esquissa un sourire.

— Ah, monsieur Darmon… Quel bon vent vous amène ?

55. Diminutif de *bigòs*, petite houe à deux dents. (Occitan.)

— Des nouvelles de Francou.

— Francou ! Mon Dieu, vous l'avez retrouvé ? souffla la vieille dame en levant vers lui le regard éperdu d'une mère récupérant son enfant au terme d'une longue fugue.

— Non, pas encore, mais…

— Attendez ! Je rappelle les chiens, ne bougez pas.

— Ça ne risque pas ! sourit Roger devant les crocs menaçants émergeant des babines des molosses.

— Calme, Jason ! Calme, Irma ! Allez, entrez donc ! lui lança-t-elle par-dessus la clôture du jardinet.

Obéissant aux ordres de leur maîtresse, les deux dogues allemands, à l'appel de leurs noms, s'étaient faits presque affectueux. Domptés, ils venaient même effleurer de leurs langues humides les doigts de Roger qui, malgré tout, restait sur ses gardes. Les deux chiens les accompagnèrent jusqu'au pied de l'escalier qui conduisait à la terrasse. Ils gravirent les marches et Yvette l'introduisit dans la cuisine. Elle le pria de s'asseoir sur l'une des chaises en Formica vert pâle, le temps pour elle de se laver les mains à l'eau froide sous le robinet de l'évier. Saisissant un torchon taillé dans un vieux drap usé auquel elle avait ajouté un bout de ganse pour servir d'attache, la vieille dame essuya vigoureusement ses doigts rongés de rhumatismes avant de murmurer : « Maintenant, vous allez tout me raconter… »

Dans la lumière chaude du soleil couchant qui irisait de ses rayons obliques le conquérant couvert forestier des crêtes du Plantaurel, fruit de la déprise de l'activité agricole traditionnelle, Darmon s'exécuta de bonne grâce. Yvette voulait tout savoir, jusqu'au moindre détail, de cette sordide entreprise. Elle connaissait vaguement Magne, un peu mieux Saurat qu'elle tenait déjà en piètre considération, ignorante pourtant de la sale bête qu'il était. Par moments, à l'écouter, Roger la sentait bouillir. Il la voyait serrer les dents, se retenir pour ne pas mettre son grain de sel et dire tout haut sa façon de penser. Avide de précisions, elle ne l'interrompit pourtant qu'à deux ou trois reprises pour ne pas casser le fil d'une narration qui apaisait sa soif de vérité. Quand il se tut, au terme de son récit, Yvette Amiel, en le regardant droit dans les yeux, lui dit de la voix assurée des Justes :

— Je n'ai jamais eu l'esprit de vengeance, seulement un profond désir de justice. Rattrapez ces salauds et, même si leurs crimes sont aujourd'hui prescrits aux yeux de la loi et des tribunaux, faites-leur payer tout le mal qu'ils nous ont fait !

— J'y compte bien !

— Méfiez-vous ! Ces crapules ne reculeront

devant rien pour couvrir leurs forfaitures…

— Ne craignez rien, je sais me défendre.

— On n'est jamais assez prudent avec ces fripouilles, assena la vieille dame d'un air convaincu avant d'ajouter, comme si les murs avaient des oreilles : Ne bougez pas, je reviens…

Yvette Amiel s'éclipsa quelques secondes, laissant Roger détailler à loisir le décor de la cuisine. Les murs transpiraient le charme désuet des années soixante, le temps des trente Glorieuses où l'on trouvait facilement de l'embauche, où l'on pouvait taxer légitimement de fainéant celui qui, assis en terrasse, passait ses journées à regarder les filles. Pour elle, le temps n'avait pas connu d'accélération. Certes, le poste de télévision était passé du noir et blanc à la couleur, d'une chaîne unique regardée jusqu'à l'apparition de la mire marquant l'extinction en fin de soirée de la diffusion à une multitude de programmes trop souvent insipides, peuplés de séries américaines aux actrices plastifiées et aux mâles bodybuildés. Entre ces murs qui respiraient la dignité d'une classe ouvrière fière de son ouvrage, porteuse des valeurs de solidarité et de justice sociale, une vie s'était écoulée. Et avec elle, sous l'effet de la dévalorisation du travail, de l'effritement du militantisme syndical, de la montée du chômage de masse, un monde avait disparu…

— Voulez-vous une arme ? fit-elle en réapparaissant.

— Une arme ? répondit Roger, surpris d'une telle proposition.

— Oui, tenez ! Ça pourrait vous être utile… ajouta Yvette en lui tendant un paquet enveloppé de vieux chiffons.

— Qu'est-ce que c'est ?

— J'ai gardé le pistolet que mon père avait récupéré à la Libération sur un officier allemand, expliqua Yvette en exhumant l'étui en cuir fauve d'un Luger P08.

— Il est chargé ?

— Bien sûr. Du moins, je le pense… Vous savez vous en servir ?

— Oui. Enfin…

— Prenez-le… On ne sait jamais !

— Merci, mais ça ne sera pas nécessaire.

— Vous êtes sûr ?

— Tout à fait ! répondit Roger qui se voyait mal aller trouver Jean Saurat ou Ducos lesté de l'encombrant cadeau.

— J'espère que vous ne le regretterez pas…

La vieille dame n'insista pas, un peu déçue que son initiative soit repoussée par son visiteur. Darmon s'attarda encore un bon moment chez elle car Yvette Amiel, toute à la joie de savoir que son Francou avait pu échapper à l'affreux traquenard, lui avait offert un verre de vin de

Maury, histoire de fêter dignement la nouvelle. Était-ce l'effet du vin cuit ? Au fond de ses yeux brillait désormais une lueur d'espoir, celui de serrer dans ses bras, au crépuscule de sa vie, le gamin qu'elle n'avait pas eu. Au loin retentit la sirène d'une ambulance.

Quand Roger Darmon regagna le gîte, le jour tombait sur le Kercorb. Un angélus sonna, appelant ce samedi soir à une messe que les fidèles avaient désertée. La lumière brillait chez Brigitte Espinasse mais Roger n'osa pas la déranger. Certes, passer la soirée dans ses bras n'aurait pas été pour lui déplaire, mais il n'était pas du genre à s'imposer. Et puis, sans doute, en ce premier week-end des vacances de la Toussaint, remplie de joie à l'idée qu'Alexandre reste quinze jours à la ferme pour l'aider, la jeune femme était-elle occupée à la préparation du repas du soir.

Aussi regagna-t-il tranquillement ses pénates pour une soirée solitaire passée à grignoter un plateau télé en dégustant une bière bien fraîche. Par habitude, il alluma le poste de télévision. Une fois de plus, en cette mi-octobre 1998, l'ancienne Yougoslavie, jadis dirigée par la main de fer de Tito, faisait la une de l'actualité. Les affrontements continuaient d'opposer les forces serbes aux rebelles séparatistes de l'Armée de libération du Kosovo. À quelques centaines de kilomètres d'ici, on se battait encore en Europe. Un conflit à désespérer de l'humanité ! Une fois de plus, la haine d'autrui, l'intolérance religieuse, la soif de pouvoir et de puissance poussaient les hommes aux pires crimes. N'avait-on pas tiré les leçons des atrocités de la Seconde Guerre mondiale ?

Épilogue

Un tiède soleil montait pour inonder les pentes du Plantaurel d'une matinale lumière dorée. Le vol tardif d'une quinzaine de palombes glissa au-dessus du bois de la Fajane, à la recherche d'un bosquet de chênes où faire étape. Au loin, le bruit strident d'un moteur de tronçonneuse déchira le silence. Le gravier de la cour de la Garosse crissa sous les roues du Renault Kangoo que la brigade de gendarmerie venait d'acquérir. Deux militaires, l'un grand et bien bâti, l'autre de taille moyenne, en chemisette bleue, tête nue, l'étui du PA MAS G1[56] à la ceinture, sortirent sans se presser. Le claquement des portières fit lever la tête de Brigitte Espinasse de la table de la cuisine, encombrée de papiers. Profitant de la

56. Semblable au Beretta 92 F, cette arme a été en service dans la Gendarmerie nationale de 1989 à 2002 où elle a été remplacée par le sig sauer sp 2022.

présence d'Alexandre, ravi de se dévouer au troupeau de mérinos, elle était occupée à mettre un peu d'ordre dans la paperasserie que la conduite de l'exploitation générait, réglementation oblige. Elle jeta un coup d'œil à l'horloge. Les aiguilles de la comtoise venaient juste de marquer dix heures. Qui pouvait bien venir à cette heure à la ferme ?

En ouvrant la porte, Brigitte fronça les sourcils à la vue de l'estafette de la gendarmerie. Elle reconnut la haute silhouette de l'adjudant Marty, un bel homme régulièrement aperçu aux cérémonies patriotiques. Les pandores de la brigade de Chalabre ne se déplaçaient ni pour ses beaux yeux ni pour contempler le paysage ! Qu'est-ce qui pouvait bien motiver leur visite ? Alexandre avait-il commis une infraction ? Elle connaissait bien son fils. Ce n'était ni un tranche-montagne ni l'un de ces piliers de bistrot qui, fêtards invétérés, prennent une cuite tous les samedis soir en boîte de nuit. Brigitte se sentait au-dessus de tout soupçon : elle avait payé ses impôts, ses factures, réglé ses débiteurs et n'avait reçu aucun courrier recommandé avec accusé de réception pour une quelconque mise en demeure. Par ailleurs, ses bêtes n'avaient pas divagué au-delà des escapades habituelles que tous les agriculteurs connaissent un jour ou l'autre à cause d'une clôture défectueuse. Sans leur laisser le temps de tambouriner à la porte, Brigitte Espinasse se leva.

— Bonjour, messieurs… Que puis-je pour vous ?

— Madame Espinasse ? questionna le gradé.

— Oui… C'est moi-même.

— Nous venons pour un renseignement. Dans votre gîte, vous avez bien actuellement un occupant du nom de Darmon ?

— En effet !

— Nous souhaiterions le voir, continua le militaire sur un ton plein d'urbanité.

— Je vais vous conduire… Mon locataire n'est pas encore parti, sa voiture est toujours là, fit Brigitte en désignant la Clio.

D'un geste de la main, Brigitte Espinasse invita les deux gendarmes à la suivre. Sans doute n'étaient-ils jamais venus à la Garosse car ils semblaient découvrir avec intérêt le paysage que l'on pouvait d'ici embrasser du regard. Avec quelques sommets encapuchonnés des premières neiges, la chaîne des Pyrénées qui se mirait dans les eaux sombres du lac de Montbel présentait les atours d'une montagne à taille humaine. Ici, on n'était pas écrasé par la puissance du relief comme dans les majestueuses Alpes. Au loin résonna le tintement d'une sonnaille. Sans doute une bête en vadrouille sur les pentes du piémont. En contournant le bâtiment principal, la jeune femme les accompagna jusqu'à la porte du gîte, anciennement occupé par ses beaux-parents. Brigitte frappa et s'effaça pour laisser la place aux militaires. Quelques secondes plus tard, la porte s'ouvrit et la silhouette de Roger se découpa dans l'embrasure.

— Monsieur Darmon ? demanda l'adjudant en esquissant un bref salut.

— C'est moi… Que désirez-vous ?

— Vous êtes bien le fils de François Darmon, disparu en 1962 à Borde Blanche ?

— C'est exact !

— L'épicière de Sainte-Colombe, madame Laborde nous a indiqué que vous cherchiez à voir monsieur Saurat. Puis-je vous demander pourquoi ? fait le gendarme.

— Une histoire de famille… Je n'ai jamais connu mon père mais, d'après les informations que j'ai pu recueillir, Jean Saurat est impliqué dans sa disparition, expliqua sobrement Roger, demeurant sur une prudente réserve. Je souhaitais l'interroger à ce sujet. Aussi, à deux reprises, je me suis présenté à son domicile, hélas, sans succès ! Chaque fois, il était absent.

— Deux voisines ont en effet confirmé votre passage.

— Je me préparais d'ailleurs à tenter ma chance à nouveau.

— Inutile, vous n'aurez plus l'occasion de le rencontrer, ni ce matin ni demain…

— Et pourquoi ?

— D'habitude, les bruits vont vite dans le pays… Vous n'êtes pas encore au courant ?

— Non… J'ai passé la soirée ici, devant la télé.

— Monsieur Saurat est décédé hier, laissa tomber l'adjudant.

— Décédé ?

— Oui, enfin ils sont tous les deux décédés, corrigea le deuxième gendarme.

— Ils ? Qui est l'autre ?

— Hippolyte Ducos, le propriétaire du château de Montplaisir.

— Qu'est-ce que vous me dites là ? fit Roger, assommé par la nouvelle.

— Vous le connaissez ?

— Je ne l'ai jamais rencontré, mais ce type était lui aussi lié à la disparition de mon père en 1962.

— On nous a raconté cette étrange histoire…

— Que s'est-il passé au juste ?

— Les deux hommes semblent s'être entretués.

— Mais comment ?

— Le drame s'est produit hier, en cours d'après-midi, probablement vers seize heures ou dix-sept heures.

— Pourquoi ?

— Sans doute un vieux différend qui a mal

tourné. C'est le jardinier qui a donné l'alerte. Vers dix-huit heures trente, quand il est rentré avec sa femme après avoir fait ses courses à Carcassonne, comme tous les samedis, il a voulu prévenir son patron de son retour. Il l'a appelé depuis l'interphone de la cuisine mais personne n'a répondu. Craignant qu'Hippolyte Ducos n'ait eu un malaise, il est parti à sa recherche. Lorsqu'il a poussé la porte du bureau, il a trouvé Ducos, la tête sur sa table de travail, abattu d'une balle en plein front, la main crispée sur la crosse d'un vieux revolver, un modèle 1892, une arme datant probablement de la Première Guerre mondiale.

— Et Saurat ?

— Il était affalé contre la bibliothèque, un pistolet automatique avait glissé de ses mains et il se tenait le ventre.

— Il était encore vivant ?

— Oui, mais incapable de bouger. La balle de Ducos a probablement touché la colonne vertébrale. Il avait perdu beaucoup de sang…

— Vous l'avez vu ? Vous étiez sur les lieux ?

— Nous finissions notre tournée dans le secteur et nous sommes parvenus à Montplaisir quelques minutes après le coup de téléphone du jardinier. Mais le temps que les pompiers arrivent, c'était trop tard. Bien que les circonstances du drame ne laissent aucun doute, je dois vous demander où vous étiez à ce moment-là.

— Faute d'avoir pu voir Saurat, je suis parti chez madame Amiel, au Camp Saurine. Elle vous le confirmera. Mon père était juif. C'est la famille Amiel qui l'a recueilli et protégé pendant la guerre.

— Et vous y êtes resté longtemps chez cette madame Amiel ?

— Jusqu'à ce que la nuit tombe.

L'enquêteur hocha la tête. La réponse à cet interrogatoire de routine corroborait tout ce qu'ils savaient de ce tragique fait divers. L'adjudant posa encore une ou deux questions à Roger Darmon, histoire de préciser les détails de son emploi du temps. Un peu en retrait du groupe des trois hommes, Brigitte l'observait. Le fils du proscrit de Borde Blanche n'affichait ni ressentiment ni rancœur, juste un brin de déception. Celle de n'avoir pu, les yeux dans les yeux, demander des comptes à ceux qui avaient causé le malheur de Francou, son père. Mais Roger Darmon avait la sérénité de l'histoire pour lui. Loin de tout sentiment de revanche, il n'avait fait que chercher la vérité pour honorer la mémoire d'un père inconnu, sans doute idéalisé. Se remémorant son arrivée ici, deux jours plus tôt, elle prit conscience que sa vie était à l'aube d'un grand changement. Les circonstances du décès de Claude étaient établies et, même si toute action en justice était éteinte, elle pouvait désormais faire son deuil, reconstruire sa vie. Roger lui avait ouvert les portes.

En prenant congé, l'adjudant conclut par un laconique : « Passez donc à la brigade cette après-midi pour faire enregistrer votre déposition. L'affaire ne vous prendra que quelques minutes. Une simple formalité de procédure… » Darmon acquiesça. En regardant les gendarmes regagner leur estafette, Brigitte glissa sa main dans celle de Roger. Ses doigts enlacèrent les siens, exprimant une connivence qui n'avait pas besoin de mots. N'étaient-ils pas tous les deux les victimes collatérales des crimes d'Hippolyte Ducos et de son âme damnée, Jean Saurat ? Ne partageaient-ils pas déjà une partie de la même histoire, du même passé et peut-être de l'avenir ? En silence, dans la tiédeur diaphane de ces derniers jours de l'été indien, ils virent le véhicule faire demi-tour pour redescendre en ville.

— Tu ne leur as rien dit sur Augustin Magne, murmura Brigitte.

— À quoi bon ? Trente-six années passées à redouter qu'on ne découvre la vérité n'ont-elles pas été le pire des purgatoires pour ce pauvre type ?

— Et pour ton père, que comptes-tu faire ?

— Même si j'ai peu de chance de le retrouver dans l'immensité des pampas et des *llanuras*[57], je

57. Immenses plaines.

veux courir l'aventure. L'Argentine est un beau pays. Les paysages y sont sublimes, paraît-il. À Noël, là-bas, c'est l'été… Ça te dirait d'y passer quinze jours de vacances ?

— Et le troupeau ?

— Alexandre sera ravi de s'en occuper, j'en suis sûr…

— Tout seul ?

— Ton fils est grand !

— Les garçons sont toujours de grands bébés…

— Il se débrouillera bien sans toi ! Allez, viens…

Et Roger proposa à Brigitte Espinasse de l'accompagner chez Yvette Amiel. Il avait hâte d'annoncer à la vieille dame la nouvelle qui, en ville, s'était répandue comme une traînée de poudre. Les Ducos ne faisaient-ils pas figure de seigneurs du cru ? Ce genre de drame n'était pas monnaie courante dans ce canton rural du Kercorb, coincé entre Ariège et Aude, où la vie s'écoulait aussi paisible que l'Hers sur son lit de pierres moussues. *La Dépêche* avait de quoi alimenter la chronique locale pendant quelques jours, relayant les commentaires des commères qui s'en donnaient à cœur joie.

Quand Yvette, qui s'apprêtait à déjeuner, apprit la fin des deux tristes sires, elle hocha la tête en disant :

— Dois-je vous avouer que leur mort ne m'attriste guère ?

— Moi non plus, lui répondit Roger, avant d'ajouter : leur disparition m'a quelque peu frustré… J'aurais bien aimé entendre leurs aveux.

— Ils ont échappé à la justice des hommes. Il ne reste plus à ces salauds qu'affronter celle de Dieu.

— À Noël, avec Brigitte, nous avons le projet d'aller en Argentine. Outre le dépaysement, peut-être y trouverons-nous une trace de Francou… et la paix de l'âme.

— C'est tout ce que je souhaite, murmura Yvette.

Dans le ciel bleu des Pyrénées, un vol de palombes en quête du grand Sud s'éleva pour franchir les crêtes du Plantaurel qui tiédissaient sous la caresse dorée du soleil. Sur la terrasse du modeste pavillon, Yvette Amiel posa sa main sur l'épaule de Roger Darmon. Elle lui sourit, comme une mère regarde son fils, le regard plein d'une indicible bonté, d'admiration et d'espoir, heureuse d'avoir pu, au soir de sa vie, accéder au crépuscule des Justes.

FIN

La Houchane, 19 mars 2019

T.D.O Éditions, SARL
tous droits réservés
Composition, mise en page : TDO Éditions
ISBN : 978-2-36652-336-2

Dépôt légal février 2023
Achevé d'imprimer en france février 2023
Sur les presses de Laballery - 301585